Verena Schwarzer-Zaugg

JOYA auf Nordkurs

Mit dem selbstgebauten Katamaran
von Basel nach Schweden
und zurück bis Winningen an der Mosel

www.novumverlag.com

Bibliografische Information
der Deutschen Nationalbibliothek:

Die Deutsche Nationalbibliothek
verzeichnet diese Publikation in
der Deutschen Nationalbibliografie.
Detaillierte bibliografische Daten
sind im Internet über
http://www.d-nb.de abrufbar.

Alle Rechte der Verbreitung,
auch durch Film, Funk und Fernsehen,
fotomechanische Wiedergabe,
Tonträger, elektronische Datenträger
und auszugsweisen Nachdruck,
sind vorbehalten.

© 2015 novum Verlag

ISBN 978-3-99048-034-2
Lektorat: Pia Euteneuer, MA
Umschlagfoto:
Verena Schwarzer-Zaugg
Umschlaggestaltung, Layout & Satz:
novum Verlag

Gedruckt in der Europäischen Union
auf umweltfreundlichem, chlor- und
säurefrei gebleichtem Papier.

www.novumverlag.com

„Träume nicht dein Leben, lebe deine Träume."
(Quelle unbekannt)

Dieser Satz hat uns vor Jahren schon gefesselt und nicht mehr losgelassen.

Jörg, der mit dem Element Wasser aufgewachsen und ein mit vielen Medaillen ausgezeichneter Kanu-Regattasportler und Wildwasserfahrer ist, verfolgte stets die neusten Material- und Verarbeitungstechniken im Kanubau. Seine Wildwasserboote fertigte er sich selber. Eines Tages begann er in der Freizeit Regattapaddel aus Kohlefaser herzustellen und war damit sehr erfolgreich. Die Sportler rissen ihm diese Paddel buchstäblich aus der Hand. Sie waren ultraleicht und sehr stoßfest, was damals kaum auf dem Markt zu finden war.

Im Hinterkopf hatte er schon lange eine grandiose Idee: Er wollte sich seinen eigenen seetüchtigen Motor-Katamaran bauen, der auch auf die Bedürfnisse der Schleusenbreiten und Brückenhöhen der Binnenkanäle angepasst ist. In Frankreich beispielsweise sind die Schleusen zum Teil nur 5,10 m breit. Die Brücken haben in der Regel eine Höhe von 3,50 m.

Unsere gemeinsame Leidenschaft ist seit vielen Jahren das „böötlen" (Boot fahren). Für die Pläne meines Mannes konnte ich mich daher sofort begeistern. Ich unterstützte ihn bei seinen Vorbereitungen und dem Planen so gut ich konnte. Mein zukünftiges, eher einfaches Leben an Bord als Smutje (Köchin) und Matrose zu verbringen, konnte ich mir sehr gut vorstellen. Da ich ebenfalls im Besitz des Sportboot-Führerscheins bin, könnte ich bei Bedarf die „JOYA" auch als Käpt'n steuern.

Die Idee ließ unser Projekt entstehen: Zunächst waren es nur Entwürfe, die immer wieder abgeändert wurden bis zur definitiven Planzeichnung. Über zehn Jahre dauerten Planung und Zeichnung nach unseren Vorstellungen und Bedürfnissen.

Dann erfolgte der Bau des Kaskos (der Schale) in einer kleinen Werft an der Schlei. Auf dem Landweg kam der Rohbau Weihnachten 2010 in die Schweiz. Drei Jahre fertigte Jörg praktisch den gesamten Innenausbau in unzähligen mühevollen und schweißtreibenden Arbeitsstunden während seiner Freizeit. Ich durfte meine Ideen und Wünsche, vor allem die Küche betreffend, mit einbringen.

Im November 2013 war es so weit, unser Katamaran „JOYA" wurde eingewassert! Nach einigen Monaten Testphase auf dem Bodensee und der Abnahme durch die Behörden wurde die 14 m lange und 5 m breite „JOYA" mit einer eindrücklichen Feier getauft. Der Name bedeutet Freude oder Schmuckstück. Kurz vor Ostern 2014 konnte sie auf einen Tieflader verladen und nach Basel transportiert werden. Das Abenteuer begann!

KAPITEL 1

Ostermontag, 21. 04. 2014

Wir, beide etwas über 60 Jahre alt, haben unser Haus in der Heimat verkauft und sind mit Hund, Sack und Pack auf die „JOYA" gezogen.

Als Jungrentner und noch ohne Altersrente müssen wir von unserem Ersparten leben. Wir sind gut vorbereitet, und nachdem wir unsere Vorräte für eine längere Zeit im geräumigen Schiff verstaut haben, kann es losgehen.

Ankunft mit unserem Chauffeur Hans in Grenzach-Wyhlen/D im Bootshafen Hörnle bei Basel. Die „JOYA" liegt gut vertäut am Außensteg. Nachdem wir unser Gepäck verstaut und uns wohnlich eingerichtet haben, wird es Zeit, uns von Hans zu verabschieden. Einige Zeit später treffen wir auf Heinz und Gerda von der „Bacchus" und sitzen ein paar gemütliche Stunden zusammen. Unsere erste Nacht verbringen wir hier im Hörnle Hafen. Es ist ein tolles Gefühl!

22. 04. 2014

Frühstück um 07.30 Uhr mit unserer Tochter Kathrin und deren Freund Thomas, die sich verabschieden kommen.
Erste Schleuse Birsfelden. Durchfahrt um ca. 10.00 Uhr. Wetter kühl, bewölkt. Anmelden bei den Schleusen ist Pflicht, entweder per Funk oder per Telefon. Wer immer schön freundlich anfragt, der muss selten lange warten. Wir durchfahren heute fünf Schleusen bis Breisach. Ankunft ca. 16.00 Uhr.

Am Außensteg vom Hafen Breisach machen wir fest, obwohl für uns drinnen Platz gewesen wäre. Aber so sind wir ungestörter und unser Labrador Fiiny kann gut über die Gangbords rein und raus.

Das Wetter macht mit, es ist herrlich warm! Wir kaufen im Städtchen ein, wechseln Geld. Letzteres wird zum Spießrutenlauf. In der Sparkasse wird nicht gewechselt, weil wir kein Konto haben. Das kann ja heiter werden, denke ich. Auf der Postbank wechseln sie kein Geld. So finden wir schlussendlich beim Bahnhof die Volksbank, die uns mit einer Gebühr von 5 € wechselt.

Einkauf von Sockenwolle – Vreni beginnt Socken zu stricken! Jörg lacht laut. „Weißt du überhaupt noch, wie das geht?", fragt er mich. „Klar doch, Elvira hat mir eine genaue Anleitung mit auf die Reise gegeben."

Wir bleiben 2 Nächte in Breisach. Liegegebühren pro Nacht 19,50 € inkl. Strom. Es ist schön hier.

24. 04. 2014

Abfahrt um 11.15 Uhr, drei Schleusen problemlos passiert. Einfahrt im Jachthafen Lahr bei Nonnenweier. Wir werden herzlich empfangen und bekommen einen schönen Innenplatz im Hafen. Viele Hände helfen festmachen. Dies ist ein sehr ruhiger Hafen.

Anderntags Einkauf im Bauernhofladen FRENK. Frisches Holzofenbrot, eigene Butter, eigenes Fleisch und frischer Spargel sowie Eier von Hofhühnern. Herrlich! Liegegebühren pro Nacht 16 € mit Strom.

Am Samstagabend Verpflegung im Clubschiff: frischer Spargel, Brägele und viel Fleisch! Wir lernen hier mehrere nette Yachties kennen, die uns alle beneiden.

27. 04. 2014.

Am Sonntagmorgen machen wir bei schönstem Wetter die Leinen los und fahren weiter.

Ankunft nach drei Schleusen im Jachthafen Greffern. Wir bekommen einen feudalen Platz von einem sehr netten Hafenmeister sowie einem anwesenden Vorstandsmitglied zugewiesen. Sie helfen beim Festmachen. Liegegebühren 13 € mit Strom.

Rolf und Seraina kommen am Abend vorbei. Er ist Redaktor der Zeitschrift „Mobilität" und berichtet über spektakuläre Transporte. So auch über unseren Transport der „JOYA" von Stein am Rhein nach Basel. Nach einem feinen Nachtessen im Clubhaus beginnt sein nicht enden wollendes Interview. Um 23.30 Uhr kommen wir ins Bett.

Am Montag kann ich mir dann endlich Turnschuhe kaufen. Zwar nichts Gescheites, aber sie sind auch billig und jetzt kann ich trockenen Fußes unterwegs sein. Meine alten Bootsschuhe machen vorne schon das Maul auf und hinten, vor dem Absatz, ist die Sohle gebrochen. Ich bringe jedes Mal ganze Kiesladungen darin heim. Nun werden sie entsorgt, ich bin trotzdem dankbar für die gemeinsame Zeit.

Zum ersten Mal ist Fiiny neben dem Velo hergetrabt. Das geht schon ganz gut ohne Leine. Aber nur, wenn keine Spaziergänger mit Hunden unterwegs sind. Seit Sonntag nieselt es ständig und die Sonne zeigt sich kaum. Kurze trockene Phasen gibt es auch.

Dienstag: Jörg geht zur naheliegenden Werft und ersteht zwei gebrauchte Kugelfender, die wir dringend zum Schleusen benötigen. Zudem braucht er PVC, um noch irgendwelche Schwellen im Duschraum abzudichten.

Mittwoch: Heute müssen wir in einer Bank Geld wechseln, da morgen Tanken ansteht. Das kostet doch glatt mal 1800 €! Das sprengt unseren ganzen Euro-Geldvorrat.

30. 04. 2014

Abfahrt vom MYC Greffern um ca. 11.00 Uhr mit Ziel Speyer. Wetter warm und schön. Eintreffen um ca. 15.30 Uhr im mondänen Jachtclub von Speyer. Wir werden willkommen geheißen und liegen wunderbar ruhig weitab vom Straßenlärm inmitten herrlicher Natur! Wir zahlen pro Nacht 20 €. Das ist es wert. Wir werden eingeladen, an der 1. Mai-Feier mit „Anfahrt" mitzumachen. Doch das ist nicht unsere Welt. Alle sind herausgeputzt, weißes Hemd, Krawatte, Blazer etc. Wir lehnen dankend ab und fahren am Morgen des 01. 05. 14 weiter.

KAPITEL 2

01. 05. 2014

Abfahrt bei strömendem Regen, vorbei an den Industrieorten Mannheim, Ludwigshafen (BASF), Worms bis Oppenheim. Kurz vor Oppenheim, wo wir tanken wollen, fällt uns die Steuerbordsteuerung aus. Was nun? Mit Motorenhilfe bringen wir die „JOYA" bis zum Hafen Oppenheim. Tanken werden wir anderntags. Zuerst muss der Schaden behoben werden. Jörg steigt in seinen Blaumann und schaut bei den Motoren nach. Wir haben großes Glück, dass dieser Schaden nicht beim Bingerloch oder bei der Loreley passiert ist. Das wäre fatal gewesen. Jörg kann die Steuerung flicken. Morgen fahren wir zum Tanken und dann weiter bis Schierstein. Liegeplatz in diesem hier nicht gerade schönen Hafen pro Nacht 15 €.

02. 05. 2014

09.30 Uhr Tanken. Die Wasserschutzpolizei kommt auch und legt an. Wir plaudern eine Weile. Sie sind von Mainz und machen hier jeweils Pause. Nachdem einer der Polizisten unseren Hund ausgiebig gestreichelt hat, fahren sie wieder los. Es dauert eine Weile, bis wir vollgetankt haben. Insgesamt 992 Liter Diesel. Jetzt sind beide Tanks mit je 800 Litern voll.

Um 11.00 Uhr fahren wir endlich los zu unserem heutigen Etappenziel Schierstein. Es ist bewölkt und kühl. Drei Jachtclubs sind hier im Hafen. Wir machen am Gästemeldesteg fest. Jörg bekommt einen angenehmen Platz zugewiesen in einer engen Gasse. Aber es kostet ihn etwelche Mühe und Schweiss, ohne irgendwo anzustossen in diese Gasse hineinzufahren. Kosten 45 € für zwei Übernachtungen. Nachdem wir uns eingerichtet haben, das eigene Brot im Ofen, telefoniert uns die Dame von der Rezeption und sagt, wir müssten den Platz wieder räumen. Ein Clubmitglied möchte den uns zugewiesenen Platz haben. Wir könnten am Gästemeldesteg anlegen. So blöd! Was glauben die eigentlich? Jörg geht rauf zur Dame, verlangt das Geld zurück und wir fahren wieder aus diesem ungastlichen Hafen.

Kurz vor Rüdesheim, in einem Rheinseitenarm hinter einer Sandbank, liegt der Hafen Winkel. Hier werden wir freundlich aufgenommen und liegen nahe beim Städtchen. Kosten pro Nacht 16 €. Als wir den Strom einstecken wollen, bemerkt Jörg das Fehlen des blauen Steckers. Ich habe in Schierstein das Stromkabel abgenommen und den Verbindungsstecker nicht mitgenommen. Ja, jetzt muss dieser Stecker geholt werden. Es bleibt mir nichts anderes übrig, als mich aufs Fahrrad zu schwingen und die 30 km unter die Räder zu nehmen. Zum Glück muss ich nirgends auf eine von Autos befahrene Straße. Der Radweg führt entlang des Rheins bis zu meinem Ziel. Nie mehr werde ich den blauen Stecker irgendwo vergessen!

Ziemlich geschafft komme ich zurück. In Eltville habe ich an einem Bauernmarkt noch Chorizobrot, Alpkäse und gebrannte Mandeln erstanden. Vorsichtshalber hatte ich vor der Abfahrt ein paar Euros eingesteckt. Nach einer erfrischenden Dusche geht's nun ans Kochen: Tomatenrisotto und Filet Mignons mit Salat. Diesmal ohne Gemüse. Dazu habe ich keinen Bock mehr. Heute gehe ich früh ins Bett, ich bin fix und fertig!

Anderntags machen wir die Städtchenbesichtigung. Das Wetter ist angenehm warm. An jeder Ecke gibt es Weinbauhöfe, die ihre Tore bis spät in die Nacht geöffnet haben. Wir können nicht widerstehen und probieren uns durch die vielen Weißweinsorten nebst einem riesengroßen Flammkuchen. Obwohl es abends noch recht kühl ist, sitzen die meisten Leute im Freien in den Innenhöfen der Schenken. Die Stimmung ist richtig schön! Wir spüren jedoch beide bereits die Wirkung des Weines und nehmen alsbald den Heimweg unter die Beine.

04. 05. 2014

Wir fahren um 10.30 Uhr weiter bis Koblenz und biegen dann in die Mosel ein. Heute wollen wir in die Marina Winningen.

Diese liegt wunderschön; hier gibt es alles, inkl. Lebensmittel und Bootszubehör. Allerdings ist dies die teuerste Marina bis jetzt – 25 € pro Nacht plus Strom.

Heute treffen wir hier den Schweizer Peter mit seiner Frau Ursi sowie Heidi und Ernst, deren Tochter mit mir in der Steelband spielte. Beide sind auch mit ihren Booten unterwegs. Zusammen gehen wir morgen nach Winningen zur Weinprobe. Das wird bestimmt wieder lustig.

05. 05. 2014

Wunderbares Wetter verleitet uns, die nähere Umgebung zu erkunden. Hoch über den Rebbergen liegt ein Flugplatz. Wir können kleine Flugzeuge an- und wegfliegen sehen. Schöne Spazierwege führen an den Rebhängen entlang und wir haben eine tolle Aussicht auf die Mosel.

Gegen 16.00 Uhr treffen wir uns mit den anderen, bereit für die Weinprobe. Der Fußweg bis zum Winzer des Domgartenhofs führt durch das Dorf Winningen, an den Rand eines Rebberges.

In lustiger Runde probieren wir die verschiedenen Weine unseres Gastgebers. Dazu wird Brot und Käse gereicht. Die Moselweine haben sich in den letzten Jahren sehr gemacht! Wir können auch die Kellerei besichtigen. Natürlich kaufen wir ein paar Flaschen des Rebensaftes ein, zudem Oskar (Sekt) und Trester (Grappa). Das Gekaufte wird uns morgen zum Hafen gebracht. Gegen 19.30 Uhr kommen wir vom Domgartenhof und der Weinprobe zurück, alle ziemlich besäuselt! Es war eine sehr interessante Degustation. Spontan lade ich die vier zum Nachtessen zu uns auf die „JOYA" ein. Es gibt einfach das, was ich noch habe: 6 Lammkotlettlis, 2 Pouletbrüstli, Salat, Peperonigemüse. Heidi bringt ihre 3 Schweinssteaks mit und kocht ein feines Risotto. Peter spendiert zwei Flaschen edlen französischen Wein. Der reicht natürlich nicht den ganzen Abend lang und so holen wir aus unserem Vorrat noch zwei Flaschen italienischen Ripasso. Zuletzt einen Kaffee und ein paar Makrönli.

So sind doch noch alle satt geworden. Dann ist es langsam Zeit, in die Kojen zu kriechen. Aber Halt! Zusammen machen Jörg und ich noch den Abwasch. Danach fallen wir um 00.30 Uhr in die Kojen.

06. 05. 2014

Nach einem ausgiebigen Frühstück mit frischen Brötli und Buttergipfeli sowie 3-Minuten-Ei packen wir alles wieder zusammen und machen uns reisefertig. Wir verabschieden uns von den beiden Schweizer Paaren, deren Ziel die Umgebung von Berlin ist. Um ca. 10.30 Uhr fahren wir wieder los, zurück zum Rhein und dann Richtung Bonn. Im Hafen Oberwinter legen wir für eine Nacht an. (1 € pro Meter Boot, Strom separat). Da es in diesem Hafen eine Waschmaschine und einen Tumbler gibt, nutze ich die Gelegenheit und starte eine 60° Wäsche. Kosten 4 €. Es ist sehr windig und ich hänge alles über die Reling. Die ganze Wäsche ist sehr schnell trocken und riecht wieder frisch und sauber. An diesem Liegeplatz ist es leider sehr laut, da Straße und Bahn gleich nebenan liegen. Aber mit genug Wein intus hören wir diese Geräusche kaum noch. Bettruhe ist diesmal etwas früher.

07. 05. 2014

Abfahrt um 09.30 Uhr – eine lange Fahrt liegt vor uns. Vorbei wiederum an Schlössern, Burgruinen und schönen Dörfern gelangen wir an Bad Godesberg und Bonn vorbei. Es beginnt wieder zu regnen und zu stürmen. Der Wind reißt uns beinahe das Verdeck runter. Jörg, immer noch barfuß und in kurzen Hosen, beschließt, Socken und lange Hosen anzuziehen. Das will was heißen! Es ist wirklich saukalt geworden. Nun fahren wir vorbei an den Vororten von Köln. Die alten Fabriken mussten Neubauten für Büros und modernen Wohnungen weichen. Fragt nicht, was die kosten! In nächster Nähe tuckern wir am Kölner Dom vorbei.

Unser Ziel ist es heute, den Jachthafen von Hitdorf zu erreichen. Um 14.30 Uhr treffen wir dort ein und werden wie meistens sehr freundlich empfangen. Wir haben einen wunderschönen und ruhigen Liegeplatz und ins Städtchen sind es nur zwei Minuten. Fiiny hat hier auch genügend Auslauf, denn es hat gepflegte Parkanlagen entlang des Rheins. Kosten pro Nacht 16,80 €, mit Strom 2 € mehr. Regen–Sonne–Wind–Regen; so geht's auch den ganzen nächsten Tag zu.

Am ersten Abend stecken wir unsern beim Bauern gekauften und einige Tage marinierten Schweinsbraten ins Ofenrohr und nach guten 2,5 Stunden ist dieser gar und bereit zum Essen. Natürlich können wir nicht den ganzen Braten auf einmal essen. Er schmeckt auch kalt vorzüglich. Diesmal machen wir nur Gemüse und vorgängig einen Salat dazu. Mittlerweile haben wir Rotwein in 3 Liter Packungen gefunden und gekauft. Das ist einfacher; man muss keine Flaschen entsorgen und für den Alltag ist dieser Wein gut genug.

9. 05. 2014

Bei starkem Wind verlassen wir diese Marina um 09.45 Uhr in Richtung Holzhafen Duisburg, der nach Düsseldorf in einem schmalen Flussarm liegt. Es regnet fast den ganzen Tag. Hohe Wellen und böige Winde verlangen verstärkte Konzentration. Der Profi-Frachtverkehr ist enorm heute. Vorbei an Dormagen, Kaiserswerth, Krefeld und an den Vororten von Düsseldorf. Und schon kommt der Hafen Düsseldorf in Sicht. Hier liegen alle beliebten Ausflugsschiffe vor Anker. Wir aber fahren weiter, da wir die Stadt schon von unseren jahrelangen Besuchen der Messe „BOOT Düsseldorf" kennen. Der Wind ist leider bei unserem Anlegemanöver in der Marina Duisburg nicht weniger geworden. Wir haben einige Mühe, die „JOYA" an den Steg zu bringen. Die böigen Winde machen das Manövrieren nicht leicht. Aber der Hafenmeister fängt meine Leine auf und gemeinsam schaffen wir es. Wir liegen wiederum sehr ruhig und in nächster Nähe zu den Großeinkaufsläden und der Altstadt von Duisburg. Der Regen lässt sich wieder ein und ein Gewitter nach dem anderen löst sich hier ab. Selbst vor Hagel bleiben wir nicht verschont. Dafür gibt's einen wunderschönen Regenbogen zu sehen. Heute kochen wir ganz einfach, nur Rösti und Salat.

Nach einer ruhigen Nacht und ausgiebigem Frühstück treffen wir Udo N. und seine Frau. Sie kommen aus Dortmund und wollen unbedingt unsere „JOYA" besichtigen. Udo möchte selber einen Katamaran bauen. Sie sind übers Internet auf uns aufmerksam geworden. Wir werden sie noch einmal treffen, damit sie ein Stück mitfahren und die Fahreigenschaften der „JOYA" testen können. Heute Abend gehen wir wieder mal auswärts essen. Heidi und Ernst sowie Peter und Ursi, die beiden Schweizer Paare, sind heute Mittag auch hier mit ihren Booten eingetroffen. Heidi und Ernst laden zum Apéro auf ihr Schiff ein. Abends gehen wir mit Ursi und Peter Essen im Drei-Giebelhaus, einem der ältesten Gasthäuser in der Altstadt und nur 2 Min. zu Fuß entfernt. Das Essen ist ausgezeichnet, das Preis/Leistungsverhältnis stimmt für uns. Allerdings ist das Glas Wein eher teuer mit knapp 5 €.

Nach einer ruhigen Nacht weckt mich in der Frühe abrupt ein lautes Motorengeräusch fast direkt neben mir. Ich schrecke hoch und sehe, wie eine „Pedro" mit finnischer Flagge bei starken Windböen 10 m vor uns festmachen will. Es ist schwierig, aber sie schaffen es.

Der Wetterbericht ist eher schlecht, starke Böen sind angekündigt, mindestens bis Dienstag. Die anderen Schweizer Boote warten noch ein bis zwei Tage, bis das Wetter besser wird.

10. 05. 2014

Wir legen heute wieder ab und machen uns auf die Fahrt zum Wesel-Dattelnkanal. Ach ja, heute ist Muttertag und ich denke an meine Mutter, wie es ihr im Altersheim wohl gehen mag. Sie wird zunehmend dement und schwächer. Seit wir fort sind, ist ihr Zustand unverändert. Meine Schwester sagt mir am Telefon, sie sei sehr müde und schlafe viel. Unsere Kinder schreiben mir zum

Muttertag SMS, dass ich doch die beste Mami sei. Sie würden mich vermissen. Oh, wie gut tut das doch! Ich vermisse sie auch. Heute ist aber nicht unser Tag. Nachdem wir zwei Schleusen mit den Frachtern „Micanto" und „Mercator" sowie einem anderen Sportboot geschleust haben, wollen wir an den Liegestellen Datteln-Altstadt übernachten. Wir sind bis anhin immer hinter dem Frachter „Mercator" zugefahren, schön langsam. Höchstgeschwindigkeit 12 km/h. Als Jörg eine gerade und übersichtliche Strecke vor sich sieht, überholt er die „Mercator". Dann nähern wir uns langsam dem Frachter „Micanto". Zum Überholen haben wir genug Platz. Als unsere Bugspitzen auf Höhe des Steuerhauses der „Micanto" sind, bemerkt Jörg, dass der Frachter vorne zumacht. Jörg lässt sich sofort zurückfallen, da ein Durchkommen nicht mehr möglich ist. Die Heckwelle des Frachters erfasst unser Boot, sodass wir steuerbords, mit dem Bug, den Frachter touchieren. Es gibt einen Knall und wir ahnen Schlimmes. Die „Micanto" fährt einfach weiter. Wir avisieren die Wasserschutzpolizei, legen in Dorsten-Altstadt an und warten auf die Polizei. Viel Ärger um nichts! Der Fahrer des Frachters streitet alles ab, er will uns nicht gesehen haben. Unser Schaden ist nicht groß, Reparaturkosten ca. 600 € geschätzt. Wir werden morgen mehr erfahren, wenn wir in Datteln sind. Die Polizei nimmt mit uns nochmals Kontakt auf.

12. 05. 2014

Nach einer unruhigen Nacht an der Liegestelle Dorsten-Altstadt werden wir um 07.00 Uhr unsanft durch Lärm von der hinter der Uferpromenade liegenden Baustelle geweckt. Dafür kommt Fiiny in den Genuss eines frühen Morgenspaziergangs. Ca. 30 Wildhasen tummeln sich auf der Wiese und buddeln neue Löcher. In Fiiny ist der Jagdtrieb erwacht und sie spurtet los. Ja, wo sind denn all die Hasen geblieben? Plötzlich ist keiner mehr zu sehen!

Die Polizei hat uns persönlich informiert, dass wir am besten die ganze Sache vom vorherigen Tag vergessen sollen. Der Frachter streite alles ab und der dahinterfahrende Frachter (Zeuge) habe ausgesagt, dass er an dieser Stelle nie überholt hätte. Wenn wir auf einer Anzeige beharren, gäbe dies eine langwierige Streiterei. Was soll's, wir haben unsere Lehre daraus gezogen, und wenn es wärmer wird, kann Jörg den Riss mal flicken. Gegen 09.30 Uhr fahren wir weiter Richtung Datteln. Petrus öffnet sämtliche Schleusen für uns – wir sind den ganzen Tag am Fahren und werden nass bis auf die Haut. Langsam frieren wir auch in den nassen Klamotten. In der Schleuse Ahsen müssen wir 1 ½ Stunden warten bei Bindfadenregen. Heute ist nun wirklich so ein Tag, der einem das Bootfahren verleiden könnte! Dafür geht's bei der nächsten Schleuse ruck zuck. Dort treffen wir auf den Frachter „Pandur". Ein älteres deutsches Ehepaar mit zwei Velos an Bord (kein Auto) transportieren Schwarzkohle. Auch sie haben das nasse Wetter satt. Sie wollen jetzt mal eine Pause machen und was essen.

In Datteln biegen wir in den Dortmund-Ems-Kanal ein. Wir fahren noch bis zum Kilometer 39,8, wo wir um 17.00 Uhr in der alten Fahrt Lüdinghausen-Berenbrock im kleinen, aber feinen Jachtclub Kanalstadt Datteln anlegen. Der Hafenmeister ist sehr freundlich. Ich nehme eine lange heiße Dusche im Clubhaus für 50 Cent. Das wärmt mich wieder auf und jetzt meldet sich der Hunger. Ich mache Salat und mit Bolosoße gefüllte große Teigwarenmuscheln. Und die warme Stube gibt mir dann den Rest! Oder ist es der Rotwein?

13. 05. 2014

Nach einem gemütlichen Frühstück dürfen wir mit dem Hafenmeister Jürgen nach Lüdinghausen zum Einkaufen fahren. Wir brauchen wieder Eier, Butter, Wurst, Fleisch, Salat und Gemüse sowie Äpfel für den Hund. Ja, für den Hund: Fiiny frisst pro Tag 2 Äpfel, geschnetzelt mit ihrem Trockenfutter. Der nette Hafenmeister wartet vor dem Laden und meint noch, wir sollen uns Zeit lassen, er habe keine Eile. Er hüte derweil unseren Hund.

Dieser sitzt zufrieden hinten im Kofferraum. Schwer beladen fährt uns Jürgen in den Hafen zurück. Das alles reicht jetzt für eine Woche! Der heutige Ruhetag tut uns gut. Alle gewaschene und nasse Wäsche ist mittlerweile trocken, die Sonne scheint seit heute Mittag und wir planen die morgige Weiterfahrt. Zum *Znacht*★ gibt's nochmals frischen Spargel, neue Kartöffelchen und Sauce Hollandaise. Zum Dessert frische Erdbeeren.
★*Nachtessen*

14. 05. 2014

Ob ihr's glaubt oder nicht, aber ich konnte vergangene Nacht nicht einschlafen. Die Vögel gaben ein Konzert zum Besten, so was habe ich noch nie gehört und das bis 01.30 Uhr! Leider konnte ich das nicht aufnehmen. Irgendwann bin ich dann doch eingeschlafen und heute Morgen scheint tatsächlich wieder mal die Sonne! Aber es ist bitterkalt, denn wir hatten ja Vollmond. Der Hafenmeister meint, das Vogelkonzert sei von den hier gehäuft vorkommenden Nachtigallen gewesen.

Jörg richtet alles für die Weiterfahrt. Heute steigen Udo N. und seine Frau zu und fahren ein Stück mit uns. Keine 10 Kilometer später, wir fahren gerade durch eine Baustelle mit 8 km/h, beginnt es wieder zu schütten. Hört das nie auf? Die WAPO (Wasserschutzpolizei) überholt uns mit überhöhter Geschwindigkeit. Sie winken uns zu und sprinten weiter. Ca. 3 km weiter oben ist ein Unfall passiert. Wir vermuten, dass beim Abladen eines Frachters jemand ins Wasser gefallen ist. Die Feuerwehr und ein Krankenwagen sind vor Ort. Wir fahren langsam weiter. Durch Münster – erneute Baustellen – bis zur letzten Schleuse im Dortmund-Emskanal. Herr und Frau N. haben wir nach einigen Kilometern wieder an Land abgesetzt.

Diesmal können wir mit dem Frachter „INSPE" mitschleusen und haben keine Wartezeit. Nicht mehr lange und wir biegen in den Mittelland-Kanal ein. Auf der ganzen Fahrt nur Regen, Regen, Regen. Gegen 17.00 Uhr erreichen wir unseren Liegeplatz in ruhiger Natur und ich beginne, Bohnen zu fädeln. Heute gibt's Salat, Speck, Bohnen und Kartoffeln. Nochmals zeigt sich die Sonne, bevor wir ganz mit dem Essen fertig sind. Ich freue mich auf eine ruhige Nacht!

15. 05. 2014

Der Regen hat nachgelassen und wir hoffen auf einen trockenen Tag. Durch die grüne Natur des Mittellandkanals tuckern wir stetig unseren Weg. Eigentlich ein langweiliger Kanal, da man außer ein paar Bauernhöfen und unzähligen Weiden nicht viel sieht. Doch, einige Frachter kreuzen uns – jedes Schiff hat einen Namen. Manchmal sehr kurlige Namen wie „Fridorius", „Amadeus", „Frieda die Zweite" und so fort.

Nach einem langen Tag legen wir trocken an einer schönen Liegestelle an, unweit des Restaurants „Zum fröhlichen Ankerplatz". Wir spazieren mit dem Hund mal dahin und finden nicht nur Beiz, sondern auch Schiffsbedarf und Lebensmittelladen, alles in einem. Als wir eintreten erwartet uns das reine Chaos. Hier kaufe ich nichts ein! Jörg braucht noch Taue, also kauft er 15 m ein. Ein alter Mann, der alles hier führt mit seiner Tochter (eine Ehefrau ist nicht zu sehen), beginnt, uns seine Lebensgeschichte zu erzählen und er hört nicht mehr auf. 1945, als Kind, sei er in Polen mit seiner ganzen Familie vertrieben worden; sie hätten alles verloren. Sein Vater sei trotz diesen Widrigkeiten erst mit 104 Jahren gestorben. Zum Kindermädchen von damals, das in Danzig lebe, habe er immer noch gute Kontakte. Hier in diesem kleinen Nest seien sie damals ansässig geworden und hätten 1955 das Anwesen kaufen können (doch nicht alles verloren, reime ich mir so zusammen). Wir genehmigen uns noch einen Apéro in der schmuddeligen Beiz und machen dann, dass wir wegkommen.

Auf dem Rückweg sehe ich kurz vor unserem Boot am Wegrand je ein Töpfchen Schnittlauch und *Peterli**. Welcher Jachtie hat die wohl hier vergessen? Der Smutje wollte sie wahrschein-

lich bei dem Regen vom Vortag draußen begießen lassen. Schade, jetzt hebt jeder Hund, der hier vorbei geht, sein Bein (und es gibt viele Hunde hier!).
Petersilie

16. 05. 2014

Bei strahlendem Sonnenschein genießen wir unser Frühstück. Wir haben entspannt geschlafen in dieser Ruhe hier. Ich traue meinen Augen nicht. Da kommt ein alter Mann mit einem E-Bike des Weges und durchwühlt sämtliche Abfalltonnen entlang des Uferwegs. Die Tonne in unserer Nähe ist besonders voll, da wir sie eben noch mit unserem ganzen Abfall gefüllt haben. Igitt, der Mann macht jedes Hygienesäckli auf, wühlt in Küchenresten und stopft für ihn noch Brauchbares in seine Taschen auf dem Velo. Ich gebe ihm 2 leere Bierflaschen mit, die er dankend nimmt. Er ist Pole und dürfte Kriegserlebnisse mit Hunger gehabt haben.

Wir fahren zeitig los, denn heute möchten wir ein gutes Stück vorwärts kommen.

Bei schönem Wetter kommen wir nach einer kurzen Wartezeit bei der Schachtschleuse in Minden gut durch. Auch die restlichen drei passieren wir ohne Probleme. Wir sind jetzt in der Weser, in einer sehr schönen, natürlichen Landschaft. Man sieht viele Entenarten, Wasservögel und sogar einen Eisvogel. Aber bis ich mit dem Fotoapparat parat bin, ist der Vogel weg – schade!

Um 17.45 Uhr erreichen wir den wunderschön gelegenen Anleger des Wassersportvereins Landesbergen. Ein anwesendes Clubmitglied begrüßt uns herzlich. Pro Kopf kostet die Uebernachtung 5 €. Wir beschließen zwei Tage hier zu bleiben, obwohl in der Nähe ein Kohlenkraftwerk steht. Das stört uns nicht. Der Weg ins Dorf ist nicht weit und wir können Fiiny hier frei rennen lassen.

Am zweiten Tag kaufen wir direkt vom Hof frischen weißen Spargel und neue Kartoffeln. Auf dieses Nachtessen freuen wir uns den ganzen Tag. Während der Spargelzeit könnten wir jeden Tag davon essen.

18. 04. 2014

Nur ungern verlassen wir diesen freundlichen und ruhigen Ort, doch wir müssen weiter. Nach dem Frühstück tuckern wir nordwärts auf der Weser. Nach rund 50 Kilometern und einigen Schleusen erreichen wir die Aller. Gegen 16.30 Uhr treffen wir im Hafen von Verden ein. Pro Meter Schiff 1 € Liegegebühren; Strom kommt extra dazu. Hier wollen wir Freunde aus der Schweiz treffen. Dörte und Edi erwarten uns bereits am Steg und helfen beim Festmachen. Wir duschen noch schnell, dabei merke ich, dass kaum noch Wasser fliesst, obwohl der Tank voll ist. Danach werden wir mit dem Auto an den Wohnort der beiden nach Langwedel gefahren. Es braut sich ein Gewitter zusammen – wir wollten doch grillieren. Dörte meint, das komme nicht so schnell, essen könnten wir alleweil noch draußen. So ist es dann auch, ein kurzer Spritzer, dann wieder trocken und kaum gegessen, geht's los mit dem Regen. Dörte und Edi laden uns bei sich zu Hause zu einem feinen Grillznacht ein. Herzlichen Dank – ihr habt gut gekocht! Dörte hat feine Salate zubereitet und Edi ist der Grillmeister. Sie bringen uns später an den Hafen zurück. Mit vollen Bäuchen sinken wir nicht allzu spät in die Kojen.

19. 05. 2014

Heute fahre ich mit Dörte und ihrem Auto nach Verden, um diverse Sachen einzukaufen. Ganz in der Nähe gibt es eine Storchenstation. Man kann überall Störche sehen. In der Station werden verletzte oder kranke Störche wieder aufgepäppelt und später fliegen sie weiter. Jörg baut in der Zwischenzeit mit Edi die von ihm geschenkte Schiffshupe ein. Jetzt hört uns aber bestimmt jeder Frachter! Nun trinken wir noch zusammen Kaffee und essen Kuchen. Gegen 16.00 Uhr verabschieden sich die beiden. Ich hänge meine Wäsche an der Reling auf, die wunderbar trocknet, bis auf mein Nachthemd. Das lasse ich noch etwas im Wind flattern. Nach unserem einfachen Nachtessen möchte ich mein nun trockenes Nachthemd herein holen, aber nach dem Lösen der Klammern fällt es runter ins Wasser. Meine Reaktion ist leider viel zu langsam. Jörg sitzt hinten in der Plicht und ich rufe ihm zu: „Mein Nachthemd, bitte fisch es raus!", da die Strömung es nach hinten treibt. Aber nach zwei Metern verschwindet es in der braunen Brühe auf Nimmerwiedersehen! So ein Frust und ich hatte mich schon auf mein frisch duftendes Nachthemd gefreut! So muss jetzt ein ausrangiertes T-Shirt als Oberteil herhalten. Der normale Pyjama ist mir einfach zu warm. Den nehme ich dann wieder, wenn es kälter wird.

20.–22. 05. 2014

Am nächsten Morgen, kurz vor 09.00 Uhr, holt uns Dörte ab und bringt uns zu Hertz (Mietwagenverleihung). Wir fahren gleich los in die Heimat, da wir am 21. 05. an einer Eigentümerversammlung teilnehmen. Wir verwalten noch eine kleine Eigentumswohnung. Es gibt wichtige Entscheide zu treffen. Am Donnerstag werden wir jedoch schon wieder zurück nach Verden fahren und unsere Reise Richtung Schlei bzw. Schweden bald fortsetzen.

Es herrscht ein Wahnsinnsverkehr auf den deutschen Autobahnen!

22. 05. 2014

In der Munotstadt Schaffhausen hat alles zu unserer besten Zufriedenheit geklappt. Kurzer Besuch bei Mutter. Hab das Gefühl, es geht langsam, aber sicher bergab mit ihr. Sie hat nicht gut ausgesehen, aber uns sofort erkannt und beim Namen genannt. Über unsere Ansichtskarten hat sie sich gefreut.

Hans St. fährt mit uns zurück nach Verden und verbringt ein paar Tage mit uns zusammen auf der „JOYA". Die Fahrt ist kurzweilig dank Hans' witzigen Sprüchen! Kurz vor Verden blitzt uns doch tatsächlich so ein grauer Kasten an! Oje, nun ist uns noch eine Geldbuße gewiss! Aber lieber eine Buße als ein Unfall! Als wir nach guten 7 Stunden Fahrt wieder beim Schiff ankommen, ist es dermaßen „tüppig"*, dass wir alle zuerst duschen möchten. Jörg hat noch keine Zeit gefunden, den Duschkopf auseinanderzuschrauben. Daher fließt das Wasser immer noch spärlich. In der „JOYA" ist es so heiß wie in einem Backofen. Wir reißen sämtliche Fenster auf und machen Durchzug. Die Solarzellen haben das Boot über diese Tage mit Strom versorgt. Jetzt lechzen wir alle nach einem kühlen Bierchen! Unterwegs haben wir noch eingekauft. Wir grillieren heute Abend. Das wird gemütlich und Hans gefällt's! Ein Gewitter braut sich zusammen und rund um uns herum flammen Blitze auf. Doch das tut unserer Stimmung keinen Abbruch!

schwül

23. 05. 2014

Nachts hat es geregnet und auf 16° abgekühlt. Jetzt ist es wieder angenehm. Hans hat wunderbar geschlafen und wir frühstücken ausgiebig. Um 10.00 Uhr geben wir den Mietwagen ab. Edi holt uns bei Hertz ab, dann picken wir Dörte beim Fitnessstudio auf und fahren zusammen zum Boot zurück. Hans hat mit Fiiny in der Zwischenzeit einen langen Spaziergang gemacht. Tolle Begrüßung für Hans durch die beiden Nordlichter. Wir plaudern noch ein wenig, dann machen sich Edi und Dörte wieder auf den Heimweg. Wir gehen heute Abend alle zusammen essen und sie kommen uns abholen.

Das Wetter ist durchzogen, mal scheint die Sonne, mal regnet es. Doch die Temperatur ist angenehm. Ich leg mich zwei Stunden zum Schlafen hin, Hans und Jörg ebenso. Um 16.00 Uhr sind Jörg und Hans dabei, die Filter zu putzen. Nun ist alles wieder sauber. Die Fäkalientanks werden ebenfalls geleert, denn es kommt demnächst wieder ein längerer Regenguss. Vorher schneide ich Jörg noch die Haare. Nein, ich bin keine Coiffeuse – ich nehme den Kahlrasierer dazu.

Nach dem feinen Nachtessen im „Borsteler Hof" werden wir durch Edi und Dörte wieder zum Schiff zurückgebracht. Während Jörg und Hans noch bis nach Mitternacht draußen in der Plicht dem spanischen Syrah verfallen und von alten Zeiten sprechen, möchte ich mir mal in aller Ruhe einen guten Kriegsfilm im TV reinziehen. Im Dunkeln greife ich nach dem On-Schalter, schnappe mir das Zapper-Kästlein und los geht's. Aber es ist alles gestreift! Was ist los? Ich rufe Jörg, ob etwas mit der Satelliten-Schüssel nicht in Ordnung sei. Jörg kann es nicht fassen! „Hans, komm schnell, das musst du dir ansehen", ruft er. Als er Licht macht, sehe auch ich, warum der Bildschirm gestreift ist: Das gestreifte Tüechli liegt noch als Schutz über dem Bildschirm! Sie lachen sich einen Schranz weg und ich versinke vor Scham im Boden! Ich hab es wirklich nicht gesehen.

Nach dem spannenden Film kann ich wunderbar schlafen, ohne einen dummen Kopf vom Wein zu haben, dafür muss ich mir noch tagelang die Sticheleien von den Streifen auf dem Bildschirm anhören ...

24. 05. 2014

Eine strahlende Sonne weckt uns schon um 08.00 Uhr und nach einem langen Frühstück wird die „JOYA" gründlich geputzt, drinnen vor allem. Fiiny verliert so viele Haare; wir müssen jeden Tag Staub saugen. Ich ziehe die Böden der Plicht sowie der Nasszellen feucht auf. Dann ist eine ausgiebige Spielzeit mit Fiiny angesagt. Hans und Jörg übernehmen dies und gehen Richtung Storchenwiese. Ich mache noch den Abwasch vom Frühstück. Um 12.00 Uhr kommen Dörte und Edi und holen Hans ab. Sie zeigen ihm ihr Daheim in Langwedel (wir kennen das ja bereits). Jörg haut sich in der Zwischenzeit aufs Ohr und ich schreibe meine Berichte.

Es ist kurz vor 15.00 Uhr, als die drei mit einem von Edi gebackenen Kuchen zurückkommen. Jetzt gibt's Kaffee dazu und wir haben ein gemütliches Kafikränzli!

Etwas später als sonst essen wir unsern Znacht: Hörnli/
Schinkenauflauf mit Salat. Morgen müssen wir früh aufstehen,
damit wir sonntags durch alle vorgesehenen Schleusen kommen.
Wir fahren ein Stück zurück, allenfalls wieder bis Landesbergen
für eine Nacht.

25. 05. 2014

Tagwache um 06.45 Uhr. Frühstück diesmal ohne 3-Minuten-
Ei. Es muss schnell gehen heute. Um 09.30 Uhr passieren wir die
erste Schleuse. Herrliches Wetter! Hans hat fleißig die Sonnenkollektoren geschrubbt. Bei solchem Traumwetter leben wir
nur von der Sonnenenergie, brauchen also keinen externen
Strom. Wir haben Glück und können bei allen Schleusen, ohne
warten zu müssen, einfahren. So erreichen wir unseren Zielort (Landesbergen) gegen 16.00 Uhr. Doch wer steht denn da
schon bereit? Es sind Dörte und Edi! Sie kannten diesen Platz
nicht und wollten natürlich sehen, wie es hier so ist, da wir sehr
davon geschwärmt hatten. Wir plaudern noch eine Weile, dann
verabschieden sich die beiden. Wiederum gibt es in Landesbergen einen herzlichen Empfang durch die „Bewohner" des
Platzes. Diesmal bleiben wir nur eine Nacht. Abends grillieren
wir Koteletts, dazu gibt's Peperoni, Kartoffel- und Gurkensalat.
Mmmmmhhhh, das ist lecker! Nach einem herrlichen Sonnenuntergang gehen wir alle frühzeitig in unsere Kojen, es ist ein
langer Tag gewesen.

26. 05. 2014

Hans nimmt mein kleines E-Velo und fährt zum Bäcker ins Dorf.
Mit den mitgebrachten frischen Brötchen machen wir ein aus-
gedehntes Frühstück. Danach wird der Hund noch 30 Minuten
bewegt (inklusive mir) und dann machen wir die Leinen los.
Heute sind es erneut gute 50 km bis nach Minden, wo wir die

Nacht verbringen werden. Ich habe unterwegs frische Wiesenblumen gepflückt, damit es auf dem Tisch etwas Farbe hat. Das Wetter ist sehr schön, heiß mit etwas Wind. So ist die Hitze gut zu ertragen. Nach drei Schleusen kommen wir um 15.45 Uhr in Minden an.

Vor uns liegt ein Polizeiboot. Unser perfektes Anlegemanöver wird von zwei Augenpaaren scharf beobachtet. Prompt kommen zwei Polizisten daher. Der arrogante Schnauztyp belehrt uns betreffend Anlegestellen. Dann schreibt er sich unseren Bootsnamen in sein Notizbuch. So ein Angeber! „Steifer Wind heute, was? Jaja, nicht einfach, hier anzulegen." Und so ging's weiter. Der andere Polizist, ein kleiner netter junger Mann geht, ohne ein Wort zu sagen, wieder zum Polizeiboot zurück. Ist ihm wohl auch zu blöde geworden.

Hans hat uns heute zum Znacht in die Stadt Minden eingeladen. Wir lassen Fiiny als Wache auf der „JOYA" zurück. Hier lungern einige komische Typen herum. Wir marschieren los und nach einer halben Stunde erreichen wir endlich die Altstadt. Bei einem italienischen Lokal mit einer riesigen Speisekarte kehren wir ein. Wir „fressen" uns durch die Karte – nein, nicht so wild – aber Vorspeise muss sein. Das Essen ist sehr gut, die Preise moderat und der Wein schmeckt.

Hans zahlt und ich kontrolliere noch die Rechnung. „Ja, was ist das denn? Das hatten wir aber nicht!" sage ich zu der Bedienung. Die freundliche Kellnerin geht mit der Rechnung nach hinten und wir hören eine laute Diskussion. Die junge Bedienung (vielleicht neu?) wird zusammengestaucht. Dann kommt die Chefin und entschuldigt sich. Hans bekommt 13 € retour. Danach wird uns ein Sambuco Schnaps eingeschenkt auf Kosten des Hauses. Vielen Dank, Hans, für das feine Nachtessen. Der Marsch zurück zur „JOYA" regt unsere Darmtätigkeit an. Die Männer furzen hemmungslos und lautstark im Duo bei jedem Schritt und ich muss mich beeilen, damit es noch auf das Klo reicht. Es wird knapp, aber ich schaffe es noch …

27. 05. 2014

Der Liegeplatz ist nicht ideal, es wellt die ganze Nacht, ab 03.00 Uhr fahren Frachter vorbei und die nahe Baustelle der Schachtschleuse nimmt ihren Betrieb ab 06.00 Uhr bereits wieder auf. Das Wetter soll sich heute Morgen wieder verschlechtern. So fahren wir nach dem Frühstück los Richtung Hannover. Jörg und Hans steuern abwechselnd. Ich lese meinen Schmöker zu Ende und heize im Salon mit dem Pelletofen ein. Es ist kühl und es regnet wieder mal. Kurz vor dem heutigen Ziel bunkern wir noch Wasser, da wir die letzten 3 Tage damit nicht gespart haben. Gegen 16.00 Uhr erreichen wir unser Tagesziel; eine Liegestelle ca. 2 km nach dem Nordhafen Hannover. Hans verlässt uns morgen, er hat es nicht weit zum Bahnhof.

Ich koche uns ein feines Nachtessen: Gemischter Salat, zweierlei Gemüse, Frikadellen an Tomatensoße, Pennette mit Reibkäse. Wie gewohnt gibt's nach dem Essen den obligaten Espresso mit Grappa. Heute ist uns eine ruhige Nacht gewiss!

28. 05. 2014

Nachdem es nachts ununterbrochen geregnet hat, haben wir auch heute einen total verregneten Tag und die Temperaturen sind auf 12° gesunken. Hans verlässt uns nach dem Frühstück um 09.00 Uhr und fährt mit dem Taxi zum Bahnhof Hannover. Wir hatten zusammen eine gute und lustige Zeit auf der „JOYA". Es regnet seit mehr als 24 Stunden und wir fahren nicht weiter, sondern warten noch auf besseres Wetter. Wir schlafen uns mal richtig aus. Gegen Abend, es regnet immer noch, mache ich uns Bratwurst mit Rösti und Salat. Dann werden ein paar Telefonate erledigt und die Tagesberichte geschrieben. Hans ist inzwischen gut heimgekommen. Natürlich mit Zwischenhalt in seiner Stammbeiz „Hardereck".

29. 05. 2014

Heute ist Auffahrtstag – in Deutschland Vatertag – sprich das extreme Besäufnis von Männergruppen, die wandern, grillieren, zelten, Spiele machen und das Bier im Bollerwagen mitführen! Teils sind die Gruppen bekränzt mit Hawaiiblumenketten und dekoriert mit roten Nasen und lustigen Hüten. Überall dem Kanal entlang herrscht Partystimmung und Highlife! Obwohl das Wetter kühl ist und keine Sonne scheint, lassen sie sich den Vatertag nicht verdrießen. Im Verlaufe des Nachmittags erreichen wir, diesmal mehr oder weniger trocken, unser Nachtlager, einen schönen Liegeplatz bei Wenden. Hier liegt schon die kleine „Patmos" aus Aschaffenburg. Der Eigner hilft uns beim Anlegen. Kurz darauf trifft noch die große Motorjacht „Conch" ein, die ebenfalls hier übernachtet.

Jörg stellt fest, dass bei dem vielen Regen seine Einzelkoje etwas Wasser erwischt hat. Es ist unter die Luke gelaufen und hat das Holz darunter getränkt. Er demontiert alles und legt es zum Trocknen an die Sonne. Nun muss alles wieder abgedichtet werden. Irgendwann wird das Holz darunter ersetzt werden müssen, da wir kaum alle Feuchtigkeit rausbringen. Zum Znacht machen wir es heute einfach: Gebratene Kartoffeln und Teigwarenreste zusammengemixt, mit Käse bestreut und fertig! Dazu einen üppigen Salat. Morgen soll es endlich wieder schön und warm werden. Wir gehen zeitig zu Bett.

30. 05. 2014

„Guten Morgen, liebe Sonne!" Tatsächlich ein wunderschöner Tag, allerdings noch recht kühl am Morgen. Wir kaufen ein paar Lebensmittel im nahegelegenen Dorf ein und dann fahren wir los. Unser Ziel ist heute Bad Bodenteich. Das ist ein mittelalterliches Städtchen. Unterwegs kommen wir an die Abzweigung Hamburg-Berlin. Wir fahren Richtung Hamburg. Jetzt sind wir im Elbe-Seitenkanal. Mitten durch die Natur geht der Kanal, beidseits gesäumt von Birken, Fichtenwäldchen, grünen Weiden. Wir kreuzen mit zwei schwedischen Sportbooten. Zeitweise sieht man auch schon nordisch angehauchte Ferienhäuschen, halb versteckt hinter Bäumen. Wenn es jetzt noch Berge hätte, könnte man fast meinen, wir seien in Kanada. Unterwegs rennt ein fetter Feldhase auf dem Spazierweg entlang des Kanals. Fiiny hat ihn nicht gesehen und ich bin einmal mehr zu spät dran mit dem Fotoapparat! Wir haben soeben einen Frachter überholt (mit genügend Abstand), da beginnt der steuerbordseitige Motor Alarm zu hupen. Warum das jetzt? Vielleicht weil er mal etwas zu leisten hatte? Kühlwassertemperatur ist in Ordnung. Die Temperaturanzeige liegt bei normalen 81°. Den steuerbordseitigen Motor abgestellt, fahren wir mit einem Motor weiter. Nach einer Weile starten wir ihn wieder und die Fehlermeldung ist weg. Jörg will am Abend in der Bedienungsanleitung nachlesen sowie die Filter reinigen. Gegen 16.00 Uhr treffen wir am Liegeplatz Bad Bodenteich ein. Der Jachtie von gestern mit der „Conch" liegt schon da. Sie fahren auch nach Hamburg, den Nord-Ostseekanal in die Nordsee und die Ostsee. Dann werden wir sie bestimmt noch ein paar Mal antreffen. Während Jörg die Luke seiner Koje repariert und die Filter reinigt, gehe ich mit Fiiny spazieren. Sie darf frei rennen und genießt diese Freiheit. Ein anderer Hündeler macht mich darauf aufmerksam, dass in ganz Niedersachsen Leinenpflicht sei und die Bußen hoch seien. So nehme ich Fiiny an die Leine (und mache die Faust in meiner Hosentasche). Zurück an Bord denke ich, wie schön doch jetzt ein Liegestuhl wäre! Ich durfte meinen von zu Hause nicht mitnehmen (aus Platzgründen). Aber wir haben so viel Platz, da reicht es auch noch für einen Liegestuhl. Ich stelle Jörg vor die Tatsache, dass ich im nächsten Bau- oder Gartencenter einen Liegestuhl kaufen werde. Schließlich kriegt er auch seine Bierkisten. Werden morgen mal schauen, ob es in diesem Ort so was gibt. Heute höre ich den ganzen Tag Oldies aus den 60er bis 90er-Jahren im Radio.

18.30 Uhr, nun ist es Zeit für die Vorspeise: Mosel-Weißen, Parmaschinken und Melone. Hauptgang: Salat, Kohlrabigemüse, Nüdeli und Nierstückplätzli.

31. 05. 2014

Heute suchen wir im Dorf nach einem Baumarkt, den es leider nicht gibt. Aber in einem Billigladen (KIK) kauft sich Jörg mal zwei Shorts, die sehen aus wie „Knielis" Jackett. („Knieli" heißt der Clown im Schweizer Zirkus KNIE). Nun, praktisch sind sie und außerdem spottbillig. Zudem kaufen wir nebenan eine Kiste Flens, das ist ein supergutes Bier aus Flensburg. Die Kiste können wir dann an der Schlei wieder abgeben. In Deutschland zahlt man für jede Flasche, auch PET, Pfand. Also ist Flaschensammeln angesagt. Weiterfahrt um ca. 12.30 Uhr bei bewölktem, mehrheitlich schönem Wetter. Nach der Schleuse von Uelzen, die wir ohne lange Wartezeit passieren können, machen wir Halt im Jachthafen dieser Stadt. Wir brauchen dringend Wasser und ich möchte einen Waschtag einlegen. Der Gästesteg ist leider voll belegt. Wir werden an einen Außenplatz verwiesen. Hier bekommen wir jeden Schwell der vorbeifahrenden Frachter zu spüren. Zudem ist der Ausstieg nicht ganz einfach, vor allem für Fiiny. Die Lage wäre eigentlich schön, wenn nicht von gegenüber den ganzen Samstag lautes Hundegebell, auch lang gezogenes Hundegeheul, die Leute total nerven würde. Es sei jeweils am Wochenende schlimm, meint der Hafenmeister. Aber sie könnten nichts dagegen machen. Es gäbe dort einen Hundesportplatz.

Dafür kann ich im Hafen die dortige Waschmaschine für 2,50 € nutzen. Ich habe Bettwäsche zu waschen. Der Liegeplatz kostet uns satte 19 €, was bei dem Lärm und Schwell schlichtweg eine Zumutung ist! Dieser Hafen ist auf keinen Fall fürs Wochenende zu empfehlen! Die Hafenanlage selbst ist jedoch sehr schön und im Clubrestaurant gibt es die Möglichkeit zum Essen.

Jörg merkt, dass die Wasserpumpe nicht mehr richtig läuft und seit Tagen immer lauter wird. Er will diese am andern Tag noch reparieren. Wir essen heute im Clubhaus eine Kleinigkeit: Krabben auf Rührei mit Speck-Bratkartoffeln und Salat. Dazu Bier bzw. Alsterwasser (Radler). Das Essen ist gut und preiswert. Müde gehen wir beizeiten schlafen.

KAPITEL 3

01. 06. 2014

Jörg reinigt nach dem Frühstück das Ansaugrohr des Wassertanks. Es ist verstopft mit Spänen aus dem Tank. Der Hersteller hat die Löcher gebohrt und die Späne im Tank nicht sauber abgesaugt. Das rächt sich jetzt. Eine mühselige Arbeit mit viel Aufwand. Danach aber läuft die Wasserpumpe einwandfrei und schnurrt wie ein Kätzchen. Auch die Dusche hat jetzt wieder einen normalen Strahl und ist kein armseliges Rinnsal mehr. Zum Glück kann Jörg fast alles selber flicken. Ein Servicemonteur würde jedes Mal eine beachtliche Summe kosten.

Die vielen Hunde heulen und bellen wieder unerträglich! Die Hündeler haben alle mit Wohnmobilen (WoMos) und Zelten auf der gegenüberliegenden Seite des Kanals übernachtet. Wir tanken noch Wasser und legen dann die Leinen los. Nur fort von hier! Kurz vor 15.00 Uhr erreichen wir das Hebewerk Scharnebeck. Man stelle sich eine Riesenbadewanne vor, in die man hineinfährt und dann wie mit einem Lift 38 m tiefer wieder unten aus der Badewanne hinausfährt. Dieser Hebelift ist ein monumentales Bauwerk! Kurz danach biegen wir in die Elbe ein. Hier hat es wieder mehr Strömung. Wir fahren den nächsten Hafen an. Es ist der Hafen Artlenburg. Sehr schön und ruhig gelegen. Allerdings ist die Einfahrt wirklich eng. Das Dörfchen liegt 300 m neben dem Hafen. Fiiny hat tollen Auslauf über die gemähten Wiesen. Dass Leinenpflicht in GANZ Niedersachsen herrscht, habe ich bereits vergessen. (Wo kein Kläger, kein Richter.) Hier zahlen wir 1 € pro Meter Schiff und € 1,50 Strom. Im Vergleich zum letzten Hafen viel zu billig! Bei einem tollen Sonnenuntergang genießen wir unser Nachtessen: Ghackets mit Hörnli (Teigwaren) und Apfelmus! Und wir haben Gäste: Dörte und Edi kommen uns besuchen und essen auch gleich mit. Es reicht gut für alle und wir genießen den Abend zusammen. Nach dem Essen verlassen uns die beiden und fahren heimwärts. Sie brauchen ca. 4/5 Stunden. Wir haben für zwei Nächte gebucht, legen also wieder einen Ruhetag ein. Hier lohnt es sich, auch die nähere Umgebung anzuschauen.

02. 06. 2014

Was für ein Morgen! Die Sonne weckt uns, die Vögel zwitschern und die Enten schnattern. So eine Idylle stärkt uns für den ganzen Tag. Jörg holt beim nahen Bäcker frische Brötchen. Wir schmausen einen Schifferzmorge mit allem Drum und Dran! Dann erkunden wir das Dörfchen. Wir erfahren einiges über die Gegend hier an der Elbe, die Hochwasser, die entstandenen Schäden usw. Ein alter Mann behauptet, sein Vorgarten werde bei jedem Hochwasser überflutet.
In Lauenburg soll es einen Schiffsbedarfsladen namens Sindbad geben. Im Internet werde ich fündig und telefoniere gleich. Wir brauchen eine Kartusche Silikon, um die Luke innen abzudichten und drei große Kugelfender. Die Chefin persönlich bringt uns die Sachen am Abend hierher in den Hafen. Das nennen wir Service!
Ich nutze die Zeit und mache meine roten Hosen enger. Oh nein, abgenommen habe ich kaum! Ich hab sie zu groß gekauft. So kann ich sie jederzeit wieder auslassen. Das Nähen von Hand ist zwar mühsam für mich, da ich das Ganze nah an meine Augen nehmen muss, aber es klappt ganz gut. T-Shirt drüber und man sieht den „Schnurpf"[*] nicht mehr. Am Abend legen wir unsere Steaks auf den Holzkohlegrill beim Hafenmeister. Dazu wärmen wir noch die Hörnlireste und es gibt frischen Blumenkohl und Salat. So könnten wir es noch eine lange Zeit hier aushalten, aber morgen müssen wir weiter. Wir haben bereits die Saisonkarte für den Götakanal (Juni-Ende August) gekauft. Kosten 1500 €. Aber darin sind sämtliche Hafengebühren, Schleusengebühren, Strom etc. enthalten. Das kommt also günstiger als Einzelzahlungen. Unser Ziel ist am nächsten Tag der Nord-Ostseekanal.

[*]*von Hand zusammengenäht*

03. 06. 2014

Hafen Hamburg. Wir laufen bei „kabbeligem" Wasser ein – ein Rodeoritt ist gar nichts dagegen! Fiiny drückt sich flach wie eine Flunder auf dem vorderen Deck gegen die Scheibe. So ist sie gut geschützt. Ich kralle mich an die Reling und genieße den Ritt. Zwischendurch schieße ich ein paar Fotos. Große Frachtschiffe liegen an den Piers und wow, die neue „QUEEN MARY 2" liegt vor uns an einem Außenpier. Ein gigantisches Schiff und wir als kleine Nussschale da unten. Man sieht ein paar Leute zuoberst auf ihren Balkonen. Wohin die Reise wohl geht? Im Hafen selbst ist viel los: Ausflugsschiffe kurven herum und machen beachtliche Wellen. Große Frachter ziehen vorbei, meist voll beladen. Wir könnten jetzt in jeden Hafenarm hineinfahren, aber da wir das schon alles kennen, beschränken wir uns auf die Durchfahrt.

Vorbei an Blankenese, dem Villenviertel von Hamburg, steuern wir den Hafen von Hamburg-Wedel an. Hier liegen 2500 Boote an vielen Stegen. Wir ergattern uns einen freien Platz am Kopfsteg bei Schlegel J. Hier haben wir Sonne, bis sie untergeht, und können die vorbeiziehenden Schiffe gut sehen. Nachdem wir die „JOYA" fest vertäut haben, gehen wir an Land, um uns anzumelden. Dieser tolle Liegeplatz kostet nur 16 € inkl. Strom. Allerdings hat der Strom nur 6 Ampère-Sicherungen und nützt uns nichts. Zuerst brauchen wir jetzt ein kühles Bierchen. Ich habe Lust auf eine Currywurst mit Pommes. Mmmmmmh, die schmeckt aber lecker! Wir teilen uns diese zünftige Portion. Jetzt wird aber heute Abend nicht mehr gekocht! Nach diesem Vesper gehen wir zu Fuß ca. 1,4 km hoch zur Schiffsbegrüßungsanlage beim Fährhaus Schulau. Hier werden alle Ozean-Schiffe ab 1000 t mit Flagge und Nationalhymne des jeweiligen Landes des Schiffes begrüßt und über Lautsprecher werden Angaben über Länge, Breite, Ladung etc. durchgegeben. Gegen 19.30 Uhr kehren wir zu unserem Boot zurück und duschen erst mal. Jetzt haben wir schon wieder starken Durst, denn es ist immer noch sehr heiß. Als wir gemütlich unser Bierchen schlürfen, trauen wir unseren Augen nicht: Die „QUEEN MARY 2" kommt doch tatsächlich gegen 21.30 Uhr daher gefahren und zieht langsam und majestätisch vor unserem Hafen vorbei. Wahrlich ein Gigant! Sie wird von vielen kleineren Booten und Seglern ein Stück weit begleitet. Wir genießen den lauen Abend, ich erledige noch den Schreibkram.

04. 06. 2014

Wir starten heute gegen 10.15 Uhr mit der auslaufenden Flut. So haben wir eine gute Strömung. Einige imposante Frachtschiffe kreuzen uns. Manche kommen von hinten und überholen uns. Alle wollen durch den Nord-Ostseekanal. Wir müssen nur wenige Minuten warten vor der Schleuse, dann können die Sport- und Kleinboote alle hinter den Frachtern einfahren. Unser Übernachtungsort ist heute der erste Hafen unmittelbar nach der Schleuse (Brunsbüttel). Hier können wir einige Meerschiffe bei der Ein- oder Ausfahrt beobachten. Darunter auch Passagierschiffe wie die „Adonia", Heimathafen Hamilton. Ein Riese im Vergleich zu uns!

Neben uns, als „*Päckli*"★, hat ein Motorboot mit 3 Jungs festgemacht. Alle Mittvierziger und auf verlängerter Vatertagstour. Sie sind von Hamburg und fahren übermorgen erst heim. Mittlerweile liegen bald alle im „Päckli", der Hafen ist voll besetzt. Wir zahlen hier 15 €, allerdings ohne Strom. Gleich gegenüber unserer Liegestelle gibt es einige Restaurants. Wir entscheiden uns, heute zum Italiener zu gehen. Da sitzen wir draußen und können Fiiny mitnehmen. Hundemüde falle ich um 22.00 Uhr in die Koje. Aber an Schlaf ist nicht zu denken! Die ganze Nacht fahren die Riesenkolosse direkt neben uns in die Schleuse ein oder aus. Die Schrauben dieser Schiffe tönen unter Wasser extrem laut. Meine Matratze vibriert und es ist, als ob ein Panzer neben mir vorbeifährt. Jedes Mal, wenn ich wieder eingenickt bin, schreckt mich der nächste Koloss auf.

★*Schiff neben Schiff aneinander festgemacht*

05. 06. 2014

Es hat die ganze Nacht hindurch geregnet, ich habe kaum Schlaf gefunden und bin wie gerädert. Zuerst gehe ich mit dem Hund Gassi, dann mache ich Frühstück. Jörg hat geschlafen wie ein Murmeltier und nichts gehört oder gemerkt. Das ist bei ihm fast immer so. Er würde nicht mal hören, ob einer auf unser Boot steigt in der Nacht. Er behauptet zwar, dass er sofort wach sei in so einem Falle, aber er hat die drei Männer, die um 02.30 Uhr (und nicht etwa leise!) über unser Boot auf ihres rüber gestiegen sind, nicht gehört.

Es ist 09.00 Uhr, der Regen hat nachgelassen und wir gehen noch kurz mit dem Leergut zu Edeka, kaufen wieder das Nötigste ein. Dann, um 10.45 Uhr legen wir die Leinen los. Der Regen hat aufgehört und zeitweise scheint auch die Sonne wieder. Es ist nicht kalt. Unser heutiges Ziel ist der Hafen Büdelsdorf-Rendsburg, den wir gegen 16.30 Uhr, gerade noch vor dem erneuten Regen, erreichen. Fast die ganze Fahrt hierher blieb trocken. Dafür hatten wir viel Wind. Jetzt aber können wir den Rest des Tages hier auskosten. Wir treffen auf einen Schweizer Segler. Er ist von Holland her gekommen und wartet hier auf seine Familie. Dann geht's auch bei ihnen vorerst an die Schlei.

Heute gibt es zum Znacht Salat, frisch gebratene Kartoffelscheiben mit Wienerlistücken und viel Zwiebeln. Dazu etwas Gemüse. Das lieben wir!

06. 06. 2014

Wir bleiben heute noch hier im Büdelsdorfer Jachtclub. Ich hole bei einem Tierarzt in Büdelsdorf Entwurmungstabletten für Fiiny. Laut Zollvorschriften müsse der Hund mind. 14 Tage vor Grenzübertritt nach Schweden durch einen Tierarzt entwurmt worden sein. Jörg macht derweil Motorenkontrolle etc. Dann gehen wir gemeinsam auf Großeinkauf. Wir bunkern Wasser und andere Vorräte, da in Schweden alles sehr teuer ist. Ich suche noch eine

Apotheke auf. Habe ein Geschwür am vordersten Fingergelenk. Dort heißt es, damit müsste ich zum Arzt. Aber dafür habe ich jetzt keine Zeit. Also schmiere ich es mal mit Bepanthensalbe ein. Wenn es weiter wuchert, kann ich immer noch zum Arzt. Dann muss man es wohl rausschneiden. Aber sonst geht es mir recht gut. Meine Rückenschmerzen halten sich nicht zuletzt dank Medis in Grenzen. Ich mache auch jeden Tag meine Übungen. Aber mit den Augen habe ich mehr Mühe. Vertrage den heftigen Wind schlecht und das grelle Sonnenlicht blendet mich extrem trotz Sonnenbrille. Zudem habe ich einen Friseur nötig. Meine Haare sind schon wieder viel zu lang!

Die Stadt Rendsburg ist über 800 Jahre alt. Ihr Wahrzeichen ist die Eisenbahnhochbrücke mit der Schwebefähre. Wenn man als Besucher in der Innenstadt immer der blauen Linie am Boden entlanggeht, wird man so gute drei Kilometer durch alle historischen Sehenswürdigkeiten der Stadt geführt.

Jetzt, kurz nach 18.00 Uhr, hat der Wind aufgehört und die Sonne brennt heiß. Wir grillieren heute Schweizer Bratwürste und Servelats, dazu Salat und Peperoni vom Grill. Von Dörte und Edi hören wir, dass sie mit dem WoMo in Domburg gelandet sind. Wir haben zeitweise SMS-Kontakt. Vielleicht kommen sie auch noch an die Schlei hoch. Wir denken, dass wir bis in 2–3 Tagen in Schleswig sind.

07. 06. 2014

Um 09.15 Uhr sind wir heute Morgen gestartet; haben nur schnell einen Kaffee getrunken. Es ist fast windstill und sonnig. Ein Konvoi von Seglern und einigen Motorbooten fährt am rechten Rand des Nordsee-Ostseekanals (NOK) Richtung Kiel-Holtenau hintereinander her. Mächtige Ozeanriesen kommen uns wieder entgegen. Wir überholen die Segler und die kleinen Motorboote und führen bald den Tross an. Um 12.45 Uhr erreichen wir die Schleuse zur Einfahrt in die Ostsee. Nach einer Wartezeit von wenigen Minuten können wir alle in die kleinere Schleuse einfahren. Wir müssen steuerbord festmachen und schon bald liegen alle Boote „im Päckli". Nach dem Festmachen muss jeder Eigner nach oben und bezahlen. Ich klettere die ca. 4–5 m hohe Leiter hoch und gehe zahlen. Ich darf nur nicht runter schauen, denn ich habe Höhenangst! Mit unserer Schiffsgröße zahlen wir satte 35 € für die Befahrung des NOK! Da wir den ganzen Kanal befahren haben, müssen wir das einfach bezahlen. Hinter uns legt ein Segel-Katamaran an. Ebenfalls ein Eigenbau. Jörg und der Segler kommen miteinander ins Gespräch. Ich unterhalte mich währenddessen mit Amerikaner, die nach Norwegen segeln wollen. Solche Gespräche sind immer hochinteressant. Nachdem alle Boote bezahlt haben, werden wir hochgeschleust. Der Höhenunterschied beträgt nur wenige Zentimeter. Fiiny muss dringend einen Bisi machen, sodass wir an einem Kopfsteg gleich nach der Schleuse in Kiel-Holtenau kurz anlegen. Nach 10 Minuten fahren wir wieder los, weil wir hier eigentlich nicht hätten anlegen dürfen. Aber das war schließlich ein Notfall!

Um 13.30 Uhr sind wir in der Ostsee – endlich Meer! Hunderte von Segelbooten fahren schon weit außen am Wind. Wir nehmen Kurs auf die Schlei. Wir müssen aufpassen, da wir militärisches Sperrgebiet umfahren müssen. In diesem Gebiet macht die Bundeswehr U-Boot-Übungen und Bombenabwürfe durch Flugzeuge. Wir hoffen, dass heute an Pfingsten keine solchen Übungen stattfinden. Es wäre natürlich irre, wenn vor uns plötzlich ein U-Boot auftauchen würde – dann säßen wir wie im Film in der ersten Reihe (hahaha).

Das Meer ist ruhig, nur die vielen Boote machen Wellen. Die Fahrt bis zur Schleimündung verläuft ohne Probleme. Nun müssen wir nur noch einen ruhigen Liegeplatz finden. In Maasholm ist der Hafen voll, so fahren wir bis Kappeln. Die Brücke geht erst in 45 Min. wieder auf. Wir klappen den Geräteträger runter und das Verdeck nach hinten. So kommen wir locker unter der Brücke durch. Die ersten beiden Häfen sind ebenfalls rammelvoll. Wir haben Glück und finden im Museumshafen Kappeln (dem Hafen der antiken Segelschiffe) einen guten Platz für nur 14 € pro Nacht. Unser großer Bruder, sprich der Hochseekatamaran-Segler, liegt gleich nebenan. Wir fühlen uns hier pudelwohl und bezahlen für 2 Tage.

Für morgen hat sich unser Berater und Schiffsbau-Ingenieur Jürgen Peter aus Kiel zu Besuch angemeldet. Er ist natürlich gespannt, wie Jörg die „JOYA" ausgebaut hat.

Unser Nachtessen, bestehend aus Rindssteak und Fenchelgemüse, natürlich fehlt auch die Kräuterbutter nicht, schmeckt ausgezeichnet! Nach diesem Essen sitzen wir gemütlich mit Kaffee in der *Plicht**, da kommt noch ein Segler durch die Hafeneinfahrt. Doch plötzlich steht er still, macht keinen Wank mehr. Ups, er ist aufgelaufen. Ein Mittvierziger mit einer sehr jungen Freundin. Er turnt wie verrückt auf dem Baum (Teil des Mastes mit dem eingerollten Segel, der hin und her geschwenkt wird). Die junge Frau steht einfach nur da, völlig hilflos. Das Schiff macht immer noch keinen Wank. Nun kommt einer mit einem Gummiboot und hilft dem armen Segler. Zu dritt bringen sie das Boot in eine Schieflage und kommen so frei. Nun wird er von der flotten Hafenmeisterin aufgefordert, das Boot vor unserer „JOYA" festzumachen. Der Typ hat jedoch wenig Ahnung und man muss ihn mit Seilen an den Steg ziehen. Peinlich, was? Für dieses Paar dürfte der Abend wohl gelaufen sein ...

Kurz vor 22.00 Uhr hört man von Weitem ein „Bumm, bumm, bumm"-Bassgedröhne. Wo ist denn hier ein Open Air oder so was? Ha, es ist ein Disco-Schiff, die „Schlei-Princess", die vollgeladen mit jungen Leuten Party macht. Sie fährt langsam bei uns vorbei. Man möchte gleich mit abdancen! Doch nun ist's genug für heute, wir gehen schlafen.

**Sitzplatz hinten im Schiff, meist offen*

09. 06. 2014

Heute Morgen, immer noch in Kappeln, dürfen wir uns den Alu-Katamaran, der neben uns liegt, ansehen. Eric, ein Weltenbummler und Lebenskünstler, empfängt uns in seinem goldbestickten wallenden Rock. Er sieht aus wie ein König, wirres langes Haar und Bart. Drinnen herrscht ein Chaos! Überall liegen seine Sachen herum, sein Bürotisch ist so sehr mit Kabeln belegt, dass ich wirklich gut schauen muss, wo sein Laptop ist. Eric ist ein Tüftler und Einzelgänger. Im Salon hat er riesige Fenster. Vorne an den Fenstern ist eine Art „Spielwiese" eingerichtet mit Fell und Kissen. Naja, wen hat er da wohl schon alles vernascht? Eric ist sehr speziell. Im Salon steht ein uralter Kanonenofen mit einem langen Rohr, das direkt an seiner Garderobe vorbeiläuft. Dahinter ist eine Holzverkleidung. Ist wohl eine Frage der Zeit, bis hier was brennt. Denn abgenommen ist in diesem Schiff gar nichts. Eric will sich von niemandem dreinreden lassen. Die Schlafkojen sind kleiner als unsere gehalten und liegen ca. 1,60 m abgesenkt in den Schwimmern. Es gibt keine Türen, auch nicht im Bad oder WC. Der Experte des Schweizer Schifffahrtsamtes bekäme hier einen Herzkasper, wenn er diese Missachtung von Sicherheitsvorschriften sähe! Kohlenmonoxid sinkt bekanntlich ab und kann hier unbemerkt die Kojen füllen. Also ganz wohl wäre mir hier nicht, wenn ich eine Überfahrt bei Eric buchen würde. Er fährt Ende Woche wieder los, diesmal hoch in den Norden. Vor einer Weile war er 4 Jahre unterwegs im Indischen Ozean.

Im Gegenzug kommt er kurz bei uns vorbei. Er staunt über unseren Luxus und findet die Holzarbeiten von Jörg sehr schön. Doch wir sind ihm für seine Verhältnisse viel zu klein! Jedem das Seine, denken wir und sind zufrieden mit dem, was wir haben.

Gegen 11.30 Uhr machen wir die Leinen los und fahren weiter.

Am idyllischen Fischerdorf Lindaunis vorbei, durch die Hebebrücke, die immer um 15 Minuten vor der vollen Stunde hochgezogen wird. Wir fahren zum beinahe versteckten Seglerhafen Lindaunis, den wir von früher her kennen. Hier liegt auf dem Land ein anderer riesiger Alu-Katamaran, die „Zoe". Keiner weiß so genau, wann sie wieder schwimmen wird.

„Endlich ein Bier", meint Jörg und wir suchen ein schattiges Plätzchen. Wieder mal glustet's uns, eine Kleinigkeit zu essen. Wir teilen uns eine Quarkkartoffel mit Pfingstbraten. Ich trinke nur Radler-Bier. Gegen Durst das Beste! Im Garten steht eine Blechskulptur, zwei Wasser speiende Raben. Fiiny findet das lustig und beißt denen das Wasser ab. Das könnte sie wohl stundenlang machen.

Weiter geht unsere Fahrt nach Missunde. Hier auf dem Campingplatz von Anke und Silke hatten wir während der Bauzeit des Kaskos unseren Wohnwagen stehen. Wir sind in den zwei Jahren jedes freie Wochenende an die Schlei gefahren, damit Jörg beim Bau mithelfen konnte. Als wir nach Beendigung des Baues im September 2010 den Wohnwagen wieder zurück in die Schweiz holen wollten, ist unser Auto auf dem Parkplatz des Campingplatzes ausgebrannt. Das war vielleicht eine unvergessliche Aufregung! Am Steg in Missunde hat es keinen Platz und er wäre auch zu schwach für unser Boot. Ankern wäre eine Möglichkeit, doch das Wetter ist unsicher. Also drehen wir eine Ehrenrunde und versuchen, auf dem Rückweg nochmals hinzufahren. Gegen Abend treffen wir im Stadthafen von Schleswig ein. Wir finden einen guten Platz und zahlen gleich für 2 Nächte. Kosten 18 € pro Nacht, inkl. Strom und ein paar Gutscheine für Vergünstigungen. Der Hafen ist recht voll, denn es sind Unwetter für heute Nacht angesagt. Wir machen alles fest, was irgendwie fortfliegen könnte. Der Wind weht schon recht heftig. Heute essen wir kalt, haben beide keinen nennenswerten Hunger. Es ist hier bis 22.45 Uhr hell und wir sitzen gemütlich draußen in der Plicht. Als es um 23.30 Uhr immer noch keinen Sturm gibt, gehen wir schlafen.

10. 06. 2014

Wir sind fast ein wenig enttäuscht, dass es weder regnete, noch stürmte, noch der angekündigte Hagel gekommen ist. Aber die Gefahr sei noch nicht vorbei, heißt es. Warten wir's mal ab ...
Es ist sehr heiß heute mit enormer Luftfeuchtigkeit. Der Schweiß rinnt an uns herab, ohne dass wir etwas tun. Jörg möchte nochmals nach Haithabu. Ich mag endlich zum Friseur. Also fährt Jörg mit der Fähre rüber ins Wikingerdorf Haithabu. Ich hüte Hund und Schiff, gehe aber um 13.00 Uhr zum Haareschneiden. Fiiny bleibt für eine halbe Stunde allein auf der „JOYA". Jörg kommt begeistert von seinem Besuch im Wikingmuseum und Dorf zurück. Er wäre gerne in die Wikingerzeit geboren worden!

Gemeinsam gehen wir noch ins Städtchen, trinken in einem hübschen Hinterhof-Gärtchen einen Eiskaffee und teilen uns ein Stachelbeer-Kuchenstück. Ihr denkt jetzt sicher, wieso immer teilen – reut uns das Geld? Nein, ganz und gar nicht! Essens- und Kuchenportionen sind hier so gigantisch, dass es einer allein nicht aufessen kann, ohne dass es ihm danach übel ist! Uns ist auch klar geworden, warum man hier oben so viele extrem dicke Leute sieht. Bei **den** Essensgewohnheiten!

In Schleswig steht ein sehr alter Dom. Jörg hat für mich ein paar Fotos gemacht. Freiwillig geht er sonst nie in eine Kirche, außer zu Hochzeiten, Taufen und Beerdigungen. Für mich macht er mal eine Ausnahme. Ich darf mit Hund nicht rein. Draußen lese ich, dass demnächst ein dänischer Oratorienchor hier ein Konzert gibt. Bis dahin sind wir jedoch schon weiter auf dem Weg nach Schweden – schade.

Es wird mittlerweile immer schwüler und auch Fiiny scheint unter dieser Hitze zu leiden. Wir lassen sie baden, was sie sehr freut. Ich nehme an Bord eine kalte Dusche und lege die Beine etwas hoch. Das Nachtessen besteht heute aus Grillfleisch und Salat. In dieser Nacht kommt der Regen, aber wieder kein Sturm oder Hagel, was uns auch recht ist. Endlich kühlt es etwas ab und wir verbringen einen angenehmen Abend. Wir besprechen noch, dass wir morgen Bier, Wein und Mineralwasser für einige Wochen bunkern müssen.

11. 06. 2014

Die Sonne scheint, es ist feucht-schwül und es weht ein schwacher Wind. Noch vor dem Frühstück kaufen wir direkt vom Fischer am Pier fangfrischen Fisch. Wir entscheiden, noch eine Nacht hierzubleiben, und zahlen beim Hafenmeister nach. Nach dem Frühstück marschieren wir zum Busbahnhof in der Stadt und fahren mit dem Bus ins Industriequartier hinaus zu REAL. Das ist fast wie eine Stadtrundfahrt und dauert ca. 30 Minuten. Fiiny hütet die „JOYA" in der Zwischenzeit. Nun kaufen wir unsere

Getränkevorräte für Schweden ein. Da wir dies alles unmöglich tragen können, bestellen wir ein Taxi. Laderaum und Hintersitz sind rammelvoll. Der Chauffeur bringt uns zum Hafen. Alles ausgeladen – jetzt zum Schiff tragen. Jörg macht das im Nu. Ich mühe mich mit einer vollen Tasche Dosen ab. Schon müssen wir uns Kommentare von Leuten anhören wie „Na, ihr habt aber enormen Durst!" und „Wie lange soll das denn reichen?" Einer meint, das würde bei ihm grade mal drei Wochen halten. Wir hoffen, dass es bis Ende August reicht.

Jetzt haben wir uns aber ein Bierchen verdient, das wir in der Fischbude vorne am Hafen trinken. Wir können den frischen Riesengarnelen im Bierteig nicht widerstehen. Die sind echt gut und es gibt 10 solche Schwänze für wenig Geld.

Für heute Mittag hat sich eigentlich Alex von der DEGEROE Werft angekündigt. In dieser Werft haben wir das Kasko der „JOYA" bauen lassen. Er kommt aber erst am Abend mit seinen beiden Söhnen. Wir wollten gerade unser Fischmahl verspeisen. Er ist beeindruckt vom heutigen Schiff, hat er es doch immer nur im Kaskozustand gesehen. „Damals sah es aus wie die Arche Noah, ohne Fenster und schwerfällig", meint er. Alex möchte morgen nochmals kommen und Fotos machen, da er die „JOYA" als Referenz auf seine Homepage nehmen will. Gerne mache er wieder so ein Projekt wie unseres. Er scheint begeistert zu sein. Unser fangfrischer Fisch schmeckt vorzüglich. Ich habe das Filet in vier Teile geschnitten, mit Zitrone beträufelt, gesalzen und einige Zeit stehen lassen. Danach im Ei gewendet und in Butter gebraten. Dazu nur Salzkartoffeln. Da wir zwei Fische erstanden haben, gibt es morgen noch das andere Filet. Das mache ich aber dann im Ofen auf Gemüse.

Um 21.00 Uhr gehen wir noch mal mit dem Hund Gassi. Wir treffen einen Hamburger an, der im Kanton Aargau (CH) geheiratet und gelebt hat. Jetzt ist er geschieden. Dies sei sein teuerster Fehler gewesen, meint er. Er hat einen Rhodesian Ridgeback namens Lotta dabei. Unsere Hunde spielen fast eine halbe Stunde lang zusammen auf einer nahen Wiese. Das tut beiden gut! Wir nutzen die Gelegenheit und plaudern eine Weile mit dem Herrn. Er ist

Physiotherapeut, fährt ein Sportboot, hat bereits seinen dritten Hund und arbeitet jetzt hier in Schleswig. Er meint, wir sollen doch noch hier bleiben, da jetzt die Kieler Woche beginnt. Doch wir lehnen ab, uns zieht es weiter nach Norden ...

12. 06. 2014

Ein frischer Morgen begrüßt uns. Wir schauen zuerst die Wetterlage an. Heute gibt's noch ziemlich Wind. Also beschließen wir nach dem Frühstück nach Missunde zu fahren, zu Anke, Silke und Thomas. Sie betreiben den Campingplatz Wees in Missunde und haben auch einen eigenen kleinen Schiffsanlegesteg. Thomas zieht gerade das Elektrische ein, der Steg ist im Moment eine Baustelle. Wir legen außen an und können dank unserer eigenen Gangway bequem auf den Steg rüber gehen. Anke traut ihren Augen nicht: „Was, die Schweizer! Jaja, euch werde ich nie vergessen wegen eurem Auto, das damals ausgebrannt ist. Schön, dass ihr zu uns gekommen seid. Ihr seid heute unsere Gäste!" Diese Begrüßung ist so herzlich und wir freuen uns natürlich auch, sie alle wiederzusehen. In ihrem Laden kaufen wir gleich noch Frischwaren ein und bestellen die Brötchen für den Morgen. Dann genehmigen wir uns ein Bier und eine Bockwurst. Silke macht inzwischen ihren legendären Kartoffelsalat, dem wir nicht widerstehen können. Das bringt allerdings mein Programm mit dem Fisch auf Gemüse etwas durcheinander. Also wird es Fisch aus der Pfanne mit Kartoffelsalat geben. Schließlich ist die Bordküche ja flexibel!

Gestärkt macht sich Jörg daran, die „JOYA" außen zu reinigen. Sie hat einen richtigen Dreckrand! Mit dem Beiboot und dem Strupper (Bürste an langem Stiel) schrubbt er das Boot rundherum. Da er auch die Dioden putzen will, muss er ins Wasser. Jetzt kann er seinen neuen Neoprenanzug testen. Ich gehe in dieser Zeit mit Fiiny auf einen langen und schönen Spaziergang. Der Heuet auf den Wiesen ist vorbei und Fiiny kann herumspringen und spielen. Jörg ist endlich fertig. Das war harte Arbeit und die Arme tun ihm weh. Das wird morgen einen rechten Muskelkater geben. Nach dem feinen Fischznacht sitzen wir in herrlicher Ruhe in der Plicht und schauen zum fast vollen Mond. Die Nacht ist kalt, unser Schlaf so gut!

13. 06. 2014

Wir verabschieden uns von Anke, die am Morgen schon im Laden steht. Geplant ist, heute nach Dänemark zu fahren, da wir wenig Wind haben gemäß Vorhersage. Doch das Wetter hat sich verändert. Es windet stark und schwarze Regenwolken ziehen auf. Es geht nicht lange, dann regnet es. Wir laufen gegen Mittag in Kappeln ein und entscheiden uns, hier anzulegen und eine Nacht zu bleiben. Für morgen ist fast kein Wind zu erwarten. Wir schauen uns noch mal die norwegische Wettervorhersage (www.yr.no) an, die bis auf eine halbe Stunde genau stimmen soll. Also, morgen gehen wir sicher los!

Bewegung tut gut und wir gehen unser Leergut entsorgen. Zudem kaufen wir einen Steig- oder Treppenfender. Bei den tiefen Schleusen komme ich nur schwerlich von Bord mit meinen kurzen Beinen. Jetzt kann ich mich über diesen Fender runterlassen. Außerdem kaufe ich einen Kescher (Netz), damit ich künftig ins Wasser gefallene Sachen einfacher rausfischen kann. Wahrscheinlich fällt jetzt nie mehr etwas runter! Unser Mittagsbierchen genehmigen wir uns am Pier des Städtchens. Heute ist wieder viel los. Ganze Busladungen Rentner werden ausgeladen und sie strömen gleich in die Hafen-Beizen.

Das Wetter hat aufgefrischt, aber es regnet nicht mehr. Wieder auf der „JOYA" fülle ich noch eine Maschine mit Wäsche und starte sie. Wer weiß, ob wir in Dänemark dazu eine Gelegenheit haben. Zum Znacht mache ich Fleischkugeln an Currysoße. Aus frischen Mett-Bratwürsten drücke ich den Inhalt heraus und forme die Kugeln. Mit viel Zwiebeln werden sie scharf angebraten. Dazu Wildreis und überbackenen Blumenkohl. Jetzt müssen wir mal den Inhalt des Kühlschrankes leer essen, bevor wieder neue Ware gekauft wird.

Obwohl heute Freitag, der 13. ist, hatten wir weder Pannen, noch liefen uns schwarze Katzen über den Weg. Dafür ist heute Vollmond!

14. 06. 2014

Heute Morgen starten wir zeitig, da wir eine lange Fahrt vor uns haben. Das Wetter ist nicht so, wie gestern noch im Wetterbericht angegeben. Wir verlassen die Schlei und biegen in die Ostsee ein. Es windet stark aus Nordost und anfänglich sind die Wellen kurz und heftig. Zum Glück regnet es nicht. Wir tauchen tief in die Wellen ein und die Gischt spritzt bis ans Steuerhaus hoch. In Kürze ist alles mit einer Salzkruste überzogen. Ganze Straßen von weißen bzw. durchsichtigen Quallen treiben im Meer. Diese sind zwar ungefährlich, aber hier schwimmen möchte ich keinesfalls! Wir versuchen, uns möglichst an der Küste zu halten, doch ganz ohne offenes Meer geht es nicht. Fiiny bekommt ihre Schwimmweste verpasst. Das stinkt ihr gewaltig! Unser Ziel heute ist Dänemark. Wir haben Gegenwind und die „JOYA" kämpft sich zügig voran. Je weiter wir ins offene Meer kommen, umso höher werden die Wellen. Wir schätzen sie jetzt auf ca. 1,80 m. Meist sitzen noch weiße Schaumkronen auf den Wellen. Das geht so runde drei Stunden, dann beschließen wir eine Kursänderung Richtung Soenderborg. Hier biegen wir in den Als Sund ein, wo wir etwas geschützter sind. Wir fahren den Sund hoch bis zum Ende und nach der Spitze der Insel Als wieder ins offene Meer. Erneut wellt es zünftig. Nach insgesamt knapp 8 Stunden Fahrt erreichen wir unser Etappenziel, die Insel Aeroe. Hier müssen wir leider direkt neben der Fähre anlegen, die noch bis 23.00 Uhr fährt und morgens schon um 07.00 Uhr wieder den Betrieb aufnimmt. Wir zahlen für diese Übernachtung (ohne Strom/Wasser) 22 €! Fiiny ist froh, endlich an Land gehen zu können und macht einen nicht enden wollenden Bisi. Überall liegen Krabbenscheren herum und schwarze Muschelschalen. Fiiny stürzt sich gierig drauf und frisst alles zusammen, bevor

wir es richtig wahrnehmen. Hoffentlich kann sie danach noch normal stuhlen. Wir werden sehen ...
Da wir keine dänische Währung mithaben, fragen wir am Kiosk zuerst vorsichtig, ob sie auch Euro nehmen. „Klar doch, gerne", ist die Antwort. Jörg probiert ein dänisches Bier aus. Es schmeckt ihm ganz gut. So ein 33-cl-Fläschchen kostet 2 €. Da es mittlerweile schon 18.30 Uhr ist, beginne ich mit der Zubereitung des Nachtmahls: Salat, frische Rösti und Spiegeleier mit Schinken. Ein herrlicher Sonnenuntergang entschädigt uns für die lange und unbequeme Fahrt. Ich lese noch meinen Krimi von Minette Walters zu Ende und gehe dann auch schlafen. Jörg träumt bereits ...

15. 06. 2014

Um 07.00 Uhr werde ich wach, weil die Fähre ihre Motoren startet bzw. losfährt. Ein herrlicher Tag erwartet uns. Ich gehe mit dem Hund raus. Sie kann ganz normal ihr „dickes" Geschäft machen. Haben ihr die Krabbenscheren doch nichts gemacht. Bei den noch verlassenen Fischerhütten liegen Netze, Bojen, leere Fischkisten etc. herum. Da sitzt doch tatsächlich in einer weißen leeren Kiste ein ausgewachsener brauner Feldhase. Der lässt sich von uns jedoch nicht stören und genießt sein Sonnenbad. Nachdem Fiiny ihren Morgenspaziergang beendet hat, essen wir ein kurzes Frühstück. Wir nutzen die Gunst der Stunde und legen um 09.00 Uhr ab Richtung Middelfart (Meerenge), an Frederica vorbei, überqueren den Vejle Fjord und laufen den Hafen Juelsminde an. Das Meer ist total ruhig und es hat kaum noch Wind. So können wir die dänische Südsee genießen! Um 15.00 Uhr kommen wir im Hafen an. Hier haben wir einen schönen Platz und müssen zum ersten Mal für Mehrrumpfboote bezahlen. Das kostet pro Nacht ohne Strom 250 dänische Kronen (DKR), was ca. 35 € sind. In der nahegelegenen Bank holen wir etwas dänische Währung aus dem Bankomaten. Das reicht noch für die nächsten zwei Übernachtungen und ein wenig Bier in der Fiske Bar.

Ein dänisches Seglerpaar liegt vor uns. Sie sprechen etwas Deutsch und Englisch. Wir unterhalten uns ein wenig und erfahren, dass sie das gleiche Endziel haben wie wir. Die meisten Segler sind im Alter zwischen 65 und 80 Jahren. Junge Leute siehst du kaum auf langen Strecken. Naja, die müssen eben noch arbeiten und ihre Rente verdienen. Wir sind noch am Essen, da sagt jemand „Grüezi" vom Pier her. Eine Frau aus der Schweiz? Ja, sie ist mit ihrem Mann mit dem Segelboot unterwegs. Sie haben unsere Schweizerflagge gesehen und sind neugierig geworden. Sie sind seit vielen Jahren am Segeln, überwintern aber immer in der Schweiz. Da kommt auch noch ihr Mann dazu. Beide erzählen uns Geschichten, es hört nicht mehr auf! Den GöK (Götakanal) finden sie sehr schön und würden ihn nochmals machen. Aber, meinen sie, wir würden Mühe haben mit unserem großen Boot, und wenn wir hochkommen, sei Hauptsaison und ganz Schweden am GöK unterwegs. Wir werden sehen. Der Diesel kostet in Dänemark auch 2 € pro Liter. Wir hoffen, unser Diesel reicht noch, bis wir wieder in Deutschland sind.

16. 06. 2014

Es ist bewölkt und fast windstill. Das Meer total ruhig – wie schön! Wir legen um 09.45 Uhr die Leinen los und fahren wieder ins offene Meer. Es ist trotz Bewölkung warm. Jörg pumpt den Fäkalien-Tank ins Meer ab. Oh, ich hasse diesen ätzenden Gestank!! Mir wird fast übel davon. Bis jetzt bin ich nicht seekrank geworden, trotz dem starken Wellengang den wir vor ein paar Tagen hatten. Aber dieser Duft von unserer eigenen Sch… widert mich an! Doch muss es sein, denn eine andere Abpumpmöglichkeit gibt es hier nirgends.

Mittlerweile sind wir im Kattegat, so heißt das Meer hier oben. Gegen 15.00 Uhr frischt es heftig auf und wir haben wieder starken Wellengang. Heute wollen wir bis Oere gelangen. Hier gibt es einen kleineren Kanal mit einer Schleuse. Davor soll es Liegemöglichkeiten haben und wir müssten nicht in einen Hafen. Endlich da angekommen, ist alles belegt. Kein Platz für uns, wir drehen um und fahren nochmals drei Stunden bis nach Grenaa. Hier können wir seitlich anlegen, was zum Ein- und Aussteigen für den Hund immer besser ist. Wiederum zahlen wir 270 DKR. Langsam gewöhnen wir uns an diese Preise! Vor uns liegen Norweger Segler, drei Stück. Sie sind sehr hilfsbereit und freundlich. Es ist später geworden als geplant. Heute kochen wir Spaghetti mit Sugo und Piccata dazu. Das schmeckt doch immer! Vorher sind wir noch schnell ein Bier trinken gegangen. Auswärts Essen macht uns nicht mehr richtig an. Alles hat einen süßen „Touch" und der Salat ist auch gezuckert. Da lob ich mir doch meine Küche!

Während ich hier so sitze und schreibe, habe ich das Gefühl, wir hätten hohen Wellengang. Doch das ist eine Fata Morgana, wir liegen ganz ruhig hier. Wie immer am Abend wird es schön und windstill. Ein toller Sonnenuntergang lässt unseren langen Tag ausklingen.

17. 06. 2014

Wieder ein wunderschöner sonniger Tag mit Wind aus Südost und damit Zeit, weiterzugehen. Wir fahren los um 10.45 Uhr. Kaum sind wir im Kattegat draußen, haben wir wieder relativ kurze, spitze Wellen.

Als Kattegat bezeichnet man das 22.000 km² große und durchschnittlich 80 m tiefe und äußerst schwierig zu befahrende Meeresgebiet zwischen Jütland (Dänemark) und der Westküste Schwedens.

Ein paar Kormorane sind am Fischen. Unser Ziel heute ist Hals. Die Wellen werden immer heftiger und auch von der Seite kommen sie. Jetzt „rollt" das Schiff sehr stark. Wir haben eine Fahrzeit von ca. 6 Stunden vor uns. Das kann ja heiter werden! Bis jetzt ist mir noch nie schlecht geworden. Aber das „Rollen" macht mir zu schaffen. Nach drei Stunden Ankämpfen gegen das

Übelwerden werde ich so müde, dass ich mich hinlegen muss und anscheinend sofort einschlafe. Jörg steuert eisern weiter und bringt uns sicher übers Meer! Was würde ich nur ohne ihn machen! Heute begrüßt uns in Küstennähe eine Taube – fast wie bei der Arche Noah in der Bibel! Allerdings hat sie keinen Olivenzweig im Schnabel. Sie sitzt auf den Solarpanels ab und merkt, dass sie heiße Füße bekommt, denn sie fliegt sofort wieder auf und weg ist sie.

Im Hafen haben wir wiederum einen schönen seitlichen Liegeplatz. Hier gibt es zwar einen Hafenmeister, doch man zahlt an einem Automaten mit der Kreditkarte. Heute kosten wir 255 DKR. Jedes Mal andere Preise, aber immer sauteuer! Nach uns legen noch zwei dänische Segler mit Bavaria Booten an. Nachdem wir tidensicher vertäut haben, gehen wir mit Fiiny spazieren. Auf einer breiten Wiese kann sie sich austoben, nachdem sie 6 Stunden ausharren musste. Sie ist wirklich ein toller Hund; immer hält sie sich zurück, bis wir angelegt haben. Aber dann kennt sie kein Halten mehr! Hier gefällt es uns sehr gut und da morgen großer Markt grade vor der Haustür ist, bleiben wir nochmals eine Nacht. Ich brauche unbedingt ein Paar Flip Flops. Das Wetter soll erst am Donnerstag schlechter werden. Bis dann müssen wir einfach auf der Insel Laesoe sein. Das ist eine Insel zwischen Schweden und Dänemark. Da können wir dann auf gutes Wetter warten für die Überfahrt nach Göteborg.

Jetzt habe ich doch Hunger bekommen, trotz meiner Übelkeit vor ein paar Stunden noch. Es gibt Spaghettireste und Servelatschnitze (Wurst) dazu. Als Salat habe ich noch eine reife Avocado. Um 20.00 Uhr gehen wir auf einen Erkundungsspaziergang. Überall werden Buden vorbereitet für den morgigen Markt. Beim Hafenmuseum auf dem Vorplatz wird eine breite Bühne aufgestellt. Vielleicht für ein Theater oder eine Musikband? Wir lassen uns morgen überraschen.

Im „Café Cayman" genehmigen wir uns noch ein Bier für Jörg und einen Cappuccino für mich. Wir kommen mit zwei dänischen Frauen ins Gespräch. Sie sagen uns, dass es seit einem Monat hier nicht mehr geregnet hat und sie einen Jahrhundert-

monat erlebt hätten. So warm und schön sei es normalerweise in Dänemark nicht. Sie bewohne mit ihrer Freundin ein Sommerhaus hier in der Gegend. Viele Dänen leben in Städten und haben für die Sommermonate irgendwo am Strand ein Haus, wo sie den Sommer verbringen.
Morgen früh gibt es wieder mal frische Brötchen. In den letzten Tagen haben wir altes und fast hartes Brot gegessen, weil wir keine Möglichkeit hatten, einen Bäcker zu finden. Ich habe aber noch eine Not-Brotmischung in petto, falls es mal eng wird. Dann backe ich uns ein Brot. Es ist jetzt 23.00 Uhr und immer noch hell – am 21. 06. ist schon der längste Tag und dann wird es bald wieder früher dunkel.

18. 06. 2014

Heute Morgen werden wir geweckt mit drei Kanonenschüssen! Was ist denn da los? Das Segelschiff der dänischen Königin ist in den Limfjorden eingefahren. Sie fährt bis Aalborg und soll heute Abend gegen 22.00 Uhr wieder zurückfahren. Leider habe ich das Schiff nicht mehr gesehen. Aber das Kriegsschiff der Marine, das hier im Hafen liegt, begleitet sie und ist soeben aus dem Hafen gefahren. Vielleicht haben wir heute Abend mehr Glück.
Da ich jetzt sowieso angezogen und wach bin, gehe ich mit Fiiny spielen. Sie genießt diesen Morgen sehr. Nach dem Frühstück beginnt Jörg mit der Kontrolle der Motoren, Ölstand, Filterreinigung etc. Dies dauert eine gute Stunde. Danach gehen wir mit dem Hund über den angekündigten Markt. Es ist aber mehr ein Flohmarkt, wie wir feststellen. Aber auch da kann man Trouvaillen finden, wenn man das Auge dafür hat. Ich erblicke ein kleines Ankerbild, gerahmt – es ist nur ein Kunstdruck –, eine alte Schiffsglocke, alte Barometer in Messing und allerlei Ramsch. Wir kaufen eine Shorts für mich und handeln die Verkäuferin runter auf 90 DKR. Das sind etwa 12 €. Mehr ist die Hose auch nicht wert, aber sie ist praktisch. Flip Flops sind mir zu teuer, obwohl es sehr schöne in Leder mit Verzierungen

oben drauf hat. Dann finde ich noch drei Ansichtskarten. Eine schreibe ich an Mutter. Die anderen beiden gehen ins Calancatal. Heute teilen wir uns ein grosses Bier, weil ich nur Lust auf einen Schluck habe. Zurück auf dem Schiff trinke ich aus dem Kühlschrank einen kleinen Hugo. Jörg geht wieder schlafen, ich lese in meinem Buch von Nicholas Sparks, „Wie ein Licht in der Nacht". Ist spannend; halb Krimi, halb Liebesroman, eine gute Mischung von beidem.

Nach Jörgs Ruhezeit besprechen wir das nächste Ziel. Morgen soll es Sturm geben. Sogar die Dänen vor uns sagen, dass sie morgen nicht rausfahren. Also haben wir nochmals einen Tag im Hafen. Wir studieren die Wetterkarten und denken, dass wir am Freitag auf die Insel Laesoe rüberfahren können. Es sind ca. 70 km und die Windstärken liegen um 6 Bf (Beaufort). Das sind schon happige Wellen bei dem Wind! Aber es kann sich ja alles nochmals ändern. Wir stehen etwas unter Zeitdruck, und wenn wir infolge schlechten Wetters länger liegen bleiben müssen, dann bleibt für Schweden nicht mehr allzu viel Zeit.

Ich gehe mir noch etwas Früchte kaufen. Nun gibt es auch hier Kirschen und Erdbeeren. Zudem Pfirsiche, Nektarinen, Trauben. Jetzt bin ich eingedeckt. Zum Znacht mache ich heute ein Mah-Meh mit viel Curry und frischem Gemüsemix.

Dann stehe ich ab 21.00 Uhr an der Hafenmauer vorn und harre der Dinge, die da kommen sollen. Die königliche Jacht nämlich. Es stehen schon viele Leute mit Fotoapparaten und Filmkameras herum. Der Westwind weht immer stärker. Ich bin immer noch in Shorts und Leibchen da draussen und friere langsam. Also hole ich mir noch meine Fleecejacke und geh wieder nach vorn. Um fast 22.00 Uhr kommt sie angerauscht. Eine stattliche Jacht! Das Warten hat sich gelohnt! Jetzt aber schnell in die Wärme und einen Tee Rum zum Aufwärmen. Es wird Nacht und im Hafen ist es ruhig geworden. Ich lese noch eine Weile. Jörg schaut TV. Gegen Mitternacht tauchen wir ab. Morgen können wir ausschlafen – es gibt einen Hafentag sprich Schlechtwettertag.

19. 06. 2014

Nach einer stürmischen Nacht geht es heute Morgen so unvermindert weiter! Der Wind, immer noch West, heult und die Wanten der Segelboote um uns herum schwirren. Fiiny fühlt sich nicht so wohl und will gar nicht raus. Aber es muss trotzdem sein. Es bläst uns fast fort. So schnell sind wir seit Beginn der ganzen Reise nicht wieder aufs Boot zurückgekehrt! Gemäß Wetterbericht soll es im späteren Mittag abflauen. Heute haben wir Zeit, uns etwas mit der Geschichte von Hals zu befassen. Hals bedeutet Verengung und gilt als kleinste Stadt Nordjütlands. Mit nur 3000 Einwohnern erhielt Hals 1656 das Stadtrecht. Eine Kirche steht im alten Teil des Städtchens und wird als die größte Dorfkirche Dänemarks bezeichnet. Auf dem Marktplatz steht das Wahrzeichen der Stadt aus dem Jahre 1955: die Kiefer eines Blauwals. Das Gebiet an der Mündung des Limfjords in das Kattegat heißt im Volksmund „Ecke des Landes". Hier gibt es noch drei Bunker aus dem 2. Weltkrieg. Während des Krieges war die Anlage durch einen Wald getarnt und diente als Arbeitsplatz für 600 Menschen. Es handelt sich immer noch um militärisches Gebiet und nur der westliche Bunker kann heute noch besichtigt werden. Die beiden anderen Bunker werden durch Verbände des Territorialheeres genutzt. Daher liegt hier auch noch ein Kriegsschiff im Hafen, das täglich auf Fahrt geht. Nordmandshage, ein Niedrigwassergebiet oberhalb der Hafeneinfahrt ist ein Wildreservat für Vogelarten. Hier kann man Seeschwalben, Basstölpel, verschiedene Möwenarten und dunkelbauchige Ringelgänse beobachten. Vom 01. 04. bis 15. 07. darf man das Reservat nicht betreten.

Wir erkunden die kleine Stadt zu Fuß und machen ein paar Fotos von den Walzähnen und den Rückenwirbeln des Wals, gigantisch! Die Kirche ist leider verschlossen, aber der Friedhof ist sehr schön mit Buchs bepflanzt, wie in einem Irrgarten. Da wir dänische Verwandte haben, finden wir auch ein Grab mit dem Namen Soerensen. Ob dieser Verstorbene allerdings zu unserem Stammbaum gehört, wissen wir nicht.

Es ist jetzt schon 15.00 Uhr. Die Sonne scheint, der Wind hat ein wenig nachgelassen. Nicht einer hat heute den schützenden Hafen verlassen! Morgen wird dann der große Run losgehen. Auch wir gehören dazu.

20. 06. 2014

Um 09.30 Uhr legen wir die Leinen los und fahren aus dem schützenden Hafen. Einige Segler sind bereits gestartet. Kaum sind wir draußen im offenen Meer, haben wir eine leichte Brise und ca. 2 m hohe Wellen. Auf den Wellenspitzen weiße Kronen. Jörg meint: „Entweder kehren wir um oder steuern den nächsten Hafen (Hou) an." Ich bin fürs Weiterfahren, solche Wellen hatten wir ja auch schon mal. Solange wir nicht zu „rollen" anfangen, ist mir die Wellenhöhe egal. Jörg möchte den nächsten Hafen anfahren. O. k., dann eben das. Auf der Höhe von Hou lassen die hohen Wellen etwas nach und wir fahren weiter zum allenfalls nächsten Hafen Asaa. Inzwischen haben Fiiny und ich die Schwimmwesten an, falls wir reinfallen sollten, kann man uns besser rausfischen.

Jetzt, Höhe Asaa, gibt es nur noch Entweder-Oder. Wir wagen es und fahren durch bis Oesterby auf der Insel Laesoe. Ein gewagter Törn, doch wir haben Glück und praktisch kein „rollen", aber hohen Wellengang und Wind aus Nordost. Es ist ungemütlich und saukalt geworden. Nach einer siebenstündigen Wellenfahrt laufen wir im Hafen Oesterby ein. Oje, alles voll mit fahnengeschmückten Seglern aus Schweden, die hier wohl die Sonnenwendfeier abhalten werden. Die liegen schon alle im Päckli. Der Hafenmeister winkt uns an einen Platz im Fischerhafen. Zwar gleich bei der Dieseltankstelle, dafür sind wir hier ungestört. Oh nein, doch nicht ganz! An der Hafeneinfahrtsmauer liegt eine dreistöckige Motorjacht aus Norwegen. Die Popmusik dröhnt schon aus allen Lautsprechern bei denen. Das gibt wohl eine lustige Nacht heute. Wir studieren jetzt die Wetterkarten – nicht allzu gute Aussichten. Einzig morgen früh wäre es gut, rüber nach Schweden zu fahren. Wir beschließen, um 05.00 Uhr abzufahren, dann haben wir gute Chancen für eine ruhige Überfahrt. Nach dem Duschen beginne ich mit dem Rüsten. Heute gibt es Tomatensalat mit frischem Basilikum, Kartoffelgratin und Bratwurstschnecken vom Grill. Wir haben beide Hunger, haben wir doch seit dem Frühstück nichts mehr im Magen. Jörg berechnet die morgige Route. Fiiny frisst ihren Znacht und ist auch zufrieden. Der Hafenmeister kommt kassieren: 270 DKR. Scheinbar sind wir hier im Hafen DIE Attraktion. Viele kommen, stellen Fragen und möchten gerne reinschauen. Wir haben viele gute Gespräche und nette Leute kennengelernt. Die meisten sind Segler!

21. 06. 2014

Die Nacht war laut, der Schlaf unruhig und um 04.30 Uhr dröhnt schon wieder die Musik von der norwegischen Jacht herüber. Wir stehen auf, richten alles für die Abfahrt und lassen Fiiny noch ihr Geschäft verrichten. Ohne Frühstück fahren wir um 05.00 Uhr los. Die Sonne scheint, doch haben wir mäßigen Wind aus West und kleine Wellen. Vor uns liegt eine riesige schwarze Wolkenwand. Sind es wirklich Wolken oder ist es ein Unwetter? Wir müssen genau durch diese Wand. Um 06.10 Uhr dreht der Wind auf Ost, es frischt auf und die Wellen werden höher. Zum Fahren immer noch akzeptabel. Um 07.30 Uhr beginnt es zu blasen und die Wellen bekommen wieder ihre weißen Kronen. Jetzt müssen wir einfach durch. Jörg flucht kräftig, aber es nützt alles nichts. Die immer näherkommende dunkle Wand vor uns wirkt bedrohlich, doch die Sonne scheint uns immer noch kräftig ins Gesicht. Wir halten Kurs auf Schweden. Wiederum müssen wir einen größeren Bogen machen, da eine Untiefe unsere Fahrrinne kreuzt. Danach sehen wir am Horizont Land – Schweden, wir kommen!

Doch es zieht sich noch endlos und die Küste kommt nur zögerlich näher. Um 09.30 Uhr läuft eine Stena Line Fähre vor uns in die Einfahrt vor Göteborg. Wir sehen sie von Weitem. Jetzt wissen wir genau, wo es in die Schären reingeht. Es ist relativ gut betont. Um 10.30 Uhr fahren wir in Göteborg ein. Die dunkle Wand und einen fast schwarzen Himmel lassen wir hinter uns. Da braut sich etwas zusammen. Wir mögen heute nicht mehr weiterfahren, haben genug von den Wellen und legen im Jachthafen Lilla Bommen in Göteborg an. Das ist mitten in der Stadt. Schweden begrüßt uns mit starkem Regen und einer Affenkälte! Jetzt schnell Fiiny versäubern lassen und dann legen wir uns aufs Ohr. Einen Hafenmeister für die Bezahlung des Platzes finden wir nicht. Um 15.00 Uhr scheint die Sonne wieder und wir gehen frisches Brot kaufen. Wegen des heutigen Feiertags haben alle Läden geschlossen. Ein einziger Lebensmittelladen in der Nähe hat offen. Hier finden wir frisches Baguette und ein Krustenbrot. Heute machen wir wieder mal Käsefondue. Die Witterung passt dazu.

Ca. 300 m neben dem Jachthafen liegt das Kriegsmarinemuseum, wo die alten Kriegsschiffe und auch ein Unterseeboot besichtigt werden können. Leider ist aber alles geschlossen und erst am Mittwoch wieder geöffnet. Bis dann sind wir längst weiter.

Jörg lagert in der *Backskiste** der Plicht unsern Wein und das Bier. Er kontrolliert unseren Vorrat. Dabei schauen ihm von der Hafenmauer aus zwei komische Typen mit Fliegerstiefeln und schwarzen Jacken zu. Jeder hat eine Bierdose in der Hand. Sie können den Blick nicht von unserer Backskiste abwenden. Das gefällt mir gar nicht. Ich sage Jörg, er soll die Backskiste unbedingt sichern, sonst räumen uns diese beiden heute Nacht den Wein aus. Wenn wir tief schlafen, hören wir nichts, und ob Fiiny angibt, wissen wir nicht. Er sichert die Kiste mit zweierlei Schraubenarten. Nach dem gemütlichen Essen gehen wir um 23.00 Uhr noch mit Fiiny auf die letzte Runde, und es ist unglaublich, wir haben noch Sonne! Wir spazieren an einer Kirche vorbei, in welcher wochentags der Fischmarkt stattfindet. Deshalb heißt sie auch die Fischkirche. Man riecht es schon von außen! Wieder an Bord lege ich den Zweistep-Fender vor das Türchen, denn wenn einer im Dunkeln hineinkommt, stolpert er gleich mal darüber. Dann stelle ich einen Klappstuhl von unten an das

Türchen, das macht auch Lärm, falls einer kommt. Nach diesen Vorkehrungen gehen wir beruhigt schlafen. Wir sind alle todmüde nach den Strapazen der misslichen Überfahrt.

*Stauraum in der Plicht

22. 06. 2014

Morgens wird es sehr früh hell und wir stehen um 08.00 Uhr auf. Keine Menschenseele ist zu sehen. Alles schläft noch. Die Stadt, die direkt vor uns liegt, scheint wie ausgestorben. Keine Autos, keine Busse, keine Fähre. Komisch – als ich in der Plicht den Frühstückstisch decke, sehe ich, dass der Reißverschluss des Verdecks offen ist und der Klappstuhl am Boden liegt. Gehört haben weder der Hund noch wir etwas. Aber die Backskiste ist unversehrt!

Da hatte ich wiedermal einen siebten Sinn gehabt! Der Hafenmeister ist immer noch nicht in seinem Büro. Irgendwie steht da auf Schwedisch etwas von 10.00–15.00 Uhr. Aber an welchem Tag wissen wir nicht. Ein deutscher Segler sagt uns, der nähme es nicht so genau. Wir möchten um 09.00 Uhr losfahren. Der Deutsche sagt, wir sollen einfach gehen. O. k., so fahren wir los, ohne dass wir bezahlen konnten. Vielleicht war der Midsommerfeiertag ja gratis? Uns kann es nur recht sein.

Wir fahren bei bewölktem Himmel den Trollhättekanal hoch. Anfänglich sieht man nur Industriegebäude, alte Wracks und eingefallene Baracken. Nach etwa 1 ½ Stunden Fahrt wird die Gegend schöner. Steuerbordseits ist es felsig und backbordseits stehen da die typischen nordischen Tannenwälder und die vielen Sommerhäuschen in rot, gelb oder hellblau. Wir haben als Kinder oft die Sendung „Die Kinder von Bullerbü" gesehen. Genau solche Häuschen oder ganze Weiler waren das! In diesem Kanal gibt es fast keine „wilden" Anlegestellen. Das ist sehr schade, denn die Gegend wäre ruhig und naturbelassen. Wasservögel gibt es nicht viele hier, die üblichen halt. Wir ziehen vorbei an der Festung Bohus, die gewaltig über dem Kanal thront. Viele stattliche und ganz kleine Sommerhäuser stehen auf beiden Seiten des Kanals. Nur wenige sind schon bewohnt, obwohl die Sommerferien am Sonnwendfeiertag begonnen haben. Vielleicht gehen die Schweden nur bei sonnigem Wetter in ihre Sommerhäuschen? Nach 6 Stunden Fahrt kommen wir an die erste Schleuse namens Lilla Edet. Wir warten zwei Minuten, dann bekommen wir Grün und können einfahren. Eigentlich möchten wir gleich in den kleinen Hafen nach dieser Schleuse zum Übernachten. Doch wir kommen da nicht rein. Wir fahren ein Stück weiter und sehen den Lilla Edet's Bat Klubb (Bootclub) mit einem kleinen Steg. Wir fragen, ob wir hier bleiben können für die Nacht. „Selbstverständlich gerne" und erst noch kostenfrei. Toll, hier liegen wir super! Strom und Wasser brauchen wir ohnehin nicht. Mittlerweile scheint die Sonne wieder, zwischendurch hatten wir einen Sprutz Regen und ab und zu böige Winde. Aber KEINE WELLEN MEHR! Um 16.00 Uhr schauen wir zusammen die Route für morgen an. Es sind fünf Schleusen zu machen, sofern wir keinen Stau davor haben und Zeit verlieren. Leider hatte ich weder in Göteborg noch hier Internet. Aber ich kann meine Berichte schon mal vorabfassen. Das braucht nämlich auch jeden Tag seine Zeit.

Jetzt gibt's Apéro! Kaltes Roastbeef ganz dünn auf Knäckebrot mit Meerrettich. Dazu Weißwein aus der Schweiz (Mont sur Rolle). Das ist nicht viel, nur den Mund ein wenig gefuxt. Das Nachtessen sieht heute folgendermaßen aus: Friséesalat mit Rüeblistreifli (noch aus Dänemark), überbackene Gnocchi an Tomatensoße und zwei Schnitzel nature. Die Gnocchi sind noch von Suzi und Nino aus Italien und tiefgefroren. Aber sie schmecken immer mega fein!

Um 22.00 Uhr gehen wir auf die letzte Runde mit dem Hund, herrlich im Sonnenschein. Das ist schon komisch für uns, irgendwie kompensiert man den Schlaf irgendwann am Mittag und ist dafür abends länger auf den Beinen. Ich habe zwar immer noch um 22.00 Uhr meine „Krise", aber wenn die überwunden ist, dann macht mir der lange Tag nichts mehr aus. Heute schlafen wir herrlich in absoluten Ruhe und direkt am Trollhättekanal.

23. 06. 2014

Ein sonniger Tag erwartet uns heute, doch es hat nur 13°. Wir sind spät aufgestanden. Leider ist meine Uhr um 08.00 Uhr stehen geblieben. Laut meinem Handy ist es bereits 10.30 Uhr! Nach einem ausgedehnten Frühstück fahren wir los. Heute machen wir zwei normale Schleusen sowie eine Dreier-Treppenschleuse. Zudem müssen wir die niederen Eisenbahnbrücken anfunken, damit sie uns diese öffnen. Das klappt aber jedes Mal bestens. Im ersten Hafen Vännerparken Marina finden wir keinen Platz mehr. Dafür dann im Stadtanleger, zusammen mit einem Segelkatamaran aus Norwegen. Jetzt kosten die Liegeplätze nichts mehr, da wir für die ganze Fahrt auf dem Trollhätte- und auf dem Götakanal bereits per Internet alles bezahlt haben. Wir können pro Hafen 5 Nächte bleiben, dann muss man weiter. Aber so lange wollen wir sowieso nicht bleiben.

Während Jörg wieder die Motoren und die Steuerung durchcheckt, gehe ich in der Stadt Vännersborg das Nötigste einkaufen. Ich habe junge schwedische Kartoffeln gekauft. Diese werden gescheibelt, mit Speckwürfeln und vielen Zwiebeln angebraten. Dazu frische Jungkarotten an Honigsenf aus dem Ofen. Vorher einen Gurkensalat. Zum Dessert die letzten frischen Erdbeeren aus Dänemark.

Die schwedischen Städte gefallen mir überhaupt nicht. Überall stehen so klotzige Bauten bis direkt an den Kanal. Einzig die alten Herrenhäuser in weiten Parkanlagen oder die alten Kirchen sind schön anzusehen. In den Ladenstraßen reiht sich Geschäft an Geschäft. Dominierend sind auch hier die türkischen, chinesischen und vietnamesischen Läden oder Restaurants. Ein Uhrengeschäft finde ich jedoch nirgends, so hätte ich wenigstens die Batterie auswechseln können.

24. 06. 2014

Kurz nach 10.00 Uhr fahren wir los Richtung Dalbergsa. Wir müssen über den weiten Vänernsee. Es hat ein wenig Ostwind, aber zum Fahren ist es so ganz angenehm. Die Einfahrt in den kleinen Fjord, um besagten Hafen zu finden, ist nicht einfach. Mit dem Feldstecher sehen wir nirgends etwas. Jörg fährt näher an die Felsküste ran. Zu nah dürfen wir nicht, weil es Untiefen hat und wir nicht auf Fels auflaufen möchten. Da! Eine weiße Bake, könnte es die Einfahrt sein? Wir fahren noch näher ran und nun sehen wir rote und grüne Stangen. Diese sind aber sehr eng und etwas verwirrend gesteckt. Vorsichtig fahren wir ein: 2 m, 1,80 m, 1,70 m, 1,50 m, dann plötzlich wieder 2,20 und tiefer. Wir sind durch und erblicken einen versteckten, wunderschönen kleinen Hafen mit einem Campingplatz. Am Steg liegt ein Segelboot. Herrlich und das Wetter macht auch mit! Hier in Dalbergsa gibt es Wasser und Strom – d. h., ich kann wieder eine Maschine mit Wäsche starten. Nachdem wir alles soweit vertäut haben, gehen wir oben im schwedischen Krämerladen einen Kaffee bzw. ein Bier trinken. Das Bier ist Schwachstrom! Der Kaffee ist stark. Wir treffen Holländer, Deutsche, Dänen und natürlich Schweden an, die alle mit uns über das Boot sprechen möchten. Sie können es nicht glauben, dass wir auf dem Wasserweg von der Schweiz bis hierhergekommen sind.

Dann schneide ich Jörg noch die Haare (ratz fatz, alles weg), gehe danach duschen und Jörg richtet in der Zwischenzeit den Apéro: Sauer eingelegtes Gemüse, etwas schwedischen Schinken und den Rest von der gestrigen Baguette. Dazu Vino für den Skipper und Wasser für mich. Dann bekommt Fiiny ihr Futter und danach stehe ich in der Küche. Es gibt Frikadellen, frischen Brokkoli und Pasta. Als wir am Essen sind, kommt der Hafenmeister kassieren. Wir dachten, jetzt seien alle Häfen inbegriffen? Weit gefehlt – nicht die Seen, nur die Kanäle. Hier zahlen wir 150 schwedische Kronen mit Strom. Das ist der schöne Platz wert! Wir bleiben zwei Tage hier und möchten morgen noch ein wenig die Gegend erkunden. Ich richte mir das Internet ein, lade alle Mails runter und plötzlich ist mein Internetempfang zu Ende. Das darf aber nicht wahr sein! Ich habe mir einen eigenen Hotspot eingerichtet und über „Cockpit" ein Auslandsdatenpaket gekauft. 200 MB für 24 Franken. Ich dachte, dass es für eine

Weile reicht. Doch leider ist das Guthaben bereits aufgebraucht; nur vom Laden der Mails mit den Anhängen und dem Versenden des letzten Berichts. Also heißt es warten, bis wir wieder einen Hafen haben, der Internet anbietet. Denn weitere Daten zu kaufen, ist mir zu teuer.

25. 06. 2014

Die Tage eilen nur so dahin – wir werden um 09.00 Uhr geweckt durch das Telefon. Die Nachbarin aus der Heimat möchte wissen, wie es uns geht. Und ich habe so tief und gut geschlafen wie schon lange nicht mehr! Die Nacht war sehr kalt, dafür scheint heute wieder die Sonne. Es hat wenig Wind aus Nordost. Ich benutze die Gelegenheit zum Waschen, denn es trocknet alles innert kurzer Zeit. Jörg bringt die „JOYA" außen auf Hochglanz und ich innen. Um die Mittagszeit gehen wir durch den Fichten- und Birkenwald ganz nach vorn ans Felsenriff. Da kann man sogar baden, das Wasser ist gar nicht so kalt. Im späteren Nachmittag spielen wir auf der Sandbahn Boule. Das macht richtig Spaß! Bald kommen noch weitere Leute dazu, um mitzuspielen. Jetzt können wir auf Parteien Match spielen. Jörg ist der ungekrönte König! Später gibt's für alle eine Glacé. Fast alle trinken Kaffee und essen dazu süße gefüllte Waffeln. Das ist mir zu viel, zu mastig und ich passe.

Als wir zum Boot zurückkommen, trete ich beinahe auf eine kleinere schwarze Schlange mit einer gelben Zeichnung auf dem Kopf. Sie ist genauso erschrocken wie ich und schlängelt über den Steg weg ins Wasser. Hier bade ich auf keinen Fall!

Fiiny kommt heute auch nicht zu kurz – wir jagen sie mit dem Frisbee hin und her, bis es ihr verleidet ist und ihre Zunge bis an den Boden aus dem Maul hängt. Jörg studiert die morgige Route und findet eine Abkürzung durch die Schären. Aber es heißt aufpassen – es hat viele Untiefen, und wenn die *Betonnung** nicht stimmt, dann stecken wir fest. Heute essen wir Pastareste von gestern und zwar als Auflauf mit Schinkenstreifen und frischem

Brokkoli drin. Mit Käse überbacken. Dazu einen grünen Salat. Der Himmel ist jetzt bedeckt und morgen soll es regnen. Dann ist es heute bestimmt früher dunkel als gestern. Wenn wir morgen weiterfahren, müssen wir heute etwas früher schlafen gehen.
Wegmarkierung grün/rot

26. 06. 2014

Abfahrt um 10.00 Uhr über den Vänernsee auf die andere Seite. Der See ist ruhig, fast kein Wind. Die wenigen Wellen kaum spürbar. An der rechten Seite des Sees müssen wir die Einfahrt in die Schären suchen. Vor uns türmen sich gigantische weiße Wolken, die zunehmend von schwarzen Wolken überdeckt werden. Sieht nach Gewitter aus und es zieht sich genau in unsere Fahrtrichtung. Hinter uns, also von da, wo wir heute Morgen weggefahren sind, ist nur noch eine dunkle Wand über die ganze Breite des Sees zu sehen. Der See ist übrigens fast wie ein Meer, zeitweise sieht man auf keiner Seite mehr Land.

Wir halten Ausschau nach dem Messpunkt, den Jörg auf seiner Karte eingezeichnet hat. Es müsste jetzt eine Bake zu sehen sein. Sobald wir auf deren Höhe sind, können wir rechtwinklig fahren und die Einfahrt suchen. Da – jetzt sehen wir rote und grüne Baken sowie eine Art Kapelle auf einem Felsen. Hier ist es! Vorsichtig fahren wir der Betonnung nach. Überall schauen Felsrippen aus dem Wasser, wie Walrücken anzusehen. Man muss schon genau fahren, sonst besteht die Gefahr, aufzulaufen. Ein schwedischer Segler hat uns gesagt, dass hier wohl schon jeder irgendwo aufgelaufen sei. Hoffen wir, dass wir die Ausnahme sind! Wir durchfahren diese wunderschönen Schären und bestaunen die einmalige Natur. Ab und zu kommt uns ein Segler (unter Motor) entgegen. In den vielen Anker- und Badebuchten sehen wir wiederum die schmucken roten Sommerhäuschen.

Gegen 14.00 Uhr erblicken wir unser Ziel, den Hafen von Spiken. Hier tanken wir sicherheitshalber je 200 Ltr. Diesel, da unser Dieselvorrat schon bedenklich abgenommen hat. Wir haben immerhin bereits rund 2400 km hinter uns. Unsere vollen Dieseltanks reichen für ca. 3500 km. Der Diesel kostet hier 14,91 SEK/Ltr., was ca. 1,80 € entspricht. Kaum fertig getankt, geht das Gewitter los. Es blitzt und kracht, dann kommen der Wind und der Regen. Zwei Schweden sind sehr um uns bemüht, helfen uns ablegen und etwas weiter vorne an einem schönen Platz wieder festmachen. Bei dem Wind hätten wir ohne ihre Hilfe Mühe gehabt. Nachdem wir alles gut vertäut haben, gehen wir auf Erkundungstour. Fiiny muss unbedingt mal Pipi machen. Endlich findet sie ein Grasbüschel und kann sich versäubern!

Ohne Gras geht nichts bei Fiiny. Spiken ist ein Touristenort: Wohnwägeler, Yachties, Segler, Busreisende, Tagestouristen, viele Behinderte und viele Hunde. Souvenirläden, Restaurants und Fischbuden – Jörg möchte unbedingt ein Crevettenbrötli. Also kaufen wir eins und ein Bier dazu. Ich nehme eine Folienkartoffel mit Dill-Sauercreme. Auf Fischiges habe ich jetzt keinen Bock. Der Hafen ist recht weitläufig und es hat noch wenige freie Plätze. Als wir zurück aufs Boot kommen, spricht uns ein schwedisches Paar an und fragt uns über unser Boot aus. Sie liegen 30 m entfernt von uns und haben eine amerikanische CARVER Motorjacht. Die Frau, eine echte Blondine, schlank und groß, erzählt uns auf Englisch, dass ihre Mutter ihr schon von unserem Boot und den Schweizern erzählt habe. Wir seien mit einem riesigen Boot nach Dalbergsa gekommen. Ihre Mutter ist die Lebenspartnerin des dortigen Hafenmeisters. Ob sie das Schiff ansehen dürfen? Wir zeigen ihnen alles. Sie staunen über den Platz, den wir haben, und die Frau sagt, sie sei sehr beeindruckt. Und vor allem freue es sie, dass sie uns nun auch kennengelernt habe.

Auch hier funktioniert also das Buschtelefon – nur mit dem Internet will es wieder nicht klappen. Wir zahlen für den Liegeplatz hier 120 SEK für die Nacht. Enten quaken um uns herum, schöne, farbenprächtige männliche Tiere und braune Weibchen. Sobald die Sonne untergeht, kommen die Moskitos. Ich bin bereits von denen gefressen worden und verziehe mich daher ins Innere. Die letzte Runde mit Fiiny macht Jörg; ihn lassen die Viecher in Ruhe.

Zum Znacht gibt's heute Rindsvoressen, Kartoffelstock und Eisbergsalat. Hab leider kein frisches Gemüse mehr und hier sind Frischwaren Mangelware. Ich hoffe, dass wir dann morgen in Mariestad wieder einkaufen können.

27. 06. 2014

Punkt 10.00 Uhr legen wir die Leinen los. Wir haben wenig Wind, es ist bewölkt. Wir suchen uns den Weg aus den Schären hinaus, überqueren den offenen See und tasten uns an die wiederum enge Einfahrt nach Mariestad heran. Ringsherum ist der Himmel blauschwarz geworden. Wenn das Wetter nur noch hält, bis wir angelegt haben. Kaum fertig, geht es los und hört nicht mehr auf! Es regnet in Strömen. Wir heizen den Ofen ein, denn es ist kalt geworden. Dann mache ich uns eine warme Suppe. Es ist jetzt gerade 14.00 Uhr. Wir legen uns eine Weile hin. Um 15.00 Uhr gehen wir mal schauen, wo was ist. Die Stadt und die Läden sind relativ nah am Hafen. Aber wiederum kein Internet! Wo bleibt das so hoch gelobte fortschrittliche Schweden? Im Hotel Vänerport gibt mir die schnippische Alte von Rezeptionistin den Code nicht, dies sei nur für ihre Gäste. Auch wir sind hier schließlich Gäste! Wir versuchen es im Touristenbüro. Auch nicht. Dann gehe ich in die Jugendherberge. Bingo! Sie haben WiFi, ich trinke Kaffee und sitze an der Wärme. Jörg geht mit dem Hund auf eine Runde und dann zurück aufs Boot. Ich kann Mails schreiben und abrufen, aber meine Homepage leider nicht aktualisieren. Gegen Abend kommt doch noch etwas Sonne. Der Regen hat aufgehört. Wir grillieren eine Bratwurst, dazu Bratkartoffeln und Nüsslisalat (Feldsalat) mit Ei. Wir sind heute irgendwie kaputt und müde. Gehen früh zu Bett.

28. 06. 2014

Es regnet wieder, ohne mal aufzuhören. Trotzdem gehen wir einkaufen, da wir nicht wissen, was uns am Götakanal erwartet. Jörg will heute nicht weiterfahren. Also zahlen wir nochmals für eine weitere Nacht. Inzwischen habe ich mir eine Billiguhr gekauft für umgerechnet 12 €. Die tut es vorerst. Der Batterienwechsel für meine Uhr aus der MIGROS hat nicht funktioniert. Heute gehe ich noch in die Bibliothek, da gibt es auch WiFi. Vielleicht kann ich da die Webseite aktualisieren.

Am Hafen ist nicht viel los. Die Leute sitzen alle in ihren Booten an der Wärme. Es macht uns auch nicht an bei dem Sauwetter, irgendetwas anzusehen. Man ist in Kürze tropfnass! In der Bibliothek hat das Internet auch nicht funktioniert. Ich frage mich, was hier los ist? Bis jetzt hat es doch so super geklappt. Ich hoffe also auf den Götakanal.

29. 06. 2014

Mariestad: Heute Morgen ist es jetzt endlich mal trocken und wir können unsere Reise fortsetzen. Jetzt heißt es wieder auf den großen See hinaus, diesen überqueren und dann die Einfahrt in den Götakanal suchen.

Wir starten um 09.45 Uhr und haben wenig Wind aus Nordost. Der See ist ruhig und wir können diesmal die Überfahrt genießen. Nach ca. zwei Stunden Fahrt finden wir die grün/rot betonnte Einfahrt. Diese ist aber sehr schmal und wir zirkeln uns hindurch. Jetzt stehen wir bereits vor der ersten Schleuse des Götakanals in Sjötorp. Hier muss ich mein vorbezahltes Ticket zeigen. Wir haben den Kauf von unterwegs per Internet getätigt. War nicht ganz billig, doch das ist es uns wert. Schließlich sind noch nicht viele Schweizer mit dem eigenen Boot hier oben gewesen und die ganze Strecke selber gefahren. Einige, die wir angetroffen haben, sind erst von der Ostsee aus gestartet. Heute Abend können wir feiern, denn wir sind jetzt im Götakanal!

Gleich nach der ersten Schleuse legen wir im kleinen Hafen von Sjötorp an. Hier versuche ich nochmals, ins Internet zu kommen. Nach einigem Pröbeln komme ich rein. Jetzt muss ich sofort meinen Support anmailen, dass er mir die schwedischen IP-Adressen frei schaltet. Darum konnte ich, seit wir in Schweden sind, die Homepage nicht mehr aktualisieren. Innert 4 Stunden bekomme ich die Freischaltung und jetzt kann ich unseren Freunden endlich zeigen, wie Schweden aussieht!

Wir machen einen gemütlichen Spaziergang durch das Dorf – Bewegung tut gut! Fiiny hat den Plausch und wir bekommen langsam Hunger. Der Hafen wird jetzt immer voller und zum Schluss kommt noch eine riesige alte Segeljacht mit rund 20 Leuten an Bord angefahren. Sie findet aber keinen Platz mehr und muss weiterfahren. Im Götakanal sind ja alle Häfen gratis, weil man die Gebühren dafür an der ersten Schleuse bezahlt hat. Dafür kann man aber nirgends einen Platz im Hafen reservieren. Man muss einfach zeitig anlegen, dann hat es immer Platz. Wer erst nach 20.00 Uhr kommt, hat Mühe.

Wir genießen unser Nachtessen bestehend aus Salat, Nüdeli, Ghackets (aus rohen Schweinsbratwürsten herausgedrückt), mit einem Ei, geraffelten Rüebli, Zwiebeln und Knobli und gut gewürzt, angebraten und mit frischen Champignons (gescheibelt) und etwas Rahm abgelöscht. Mmmmmh, das schmeckt! Zuvor haben wir mit einem Glas „Oskar" auf den Götakanal angestoßen. („Oskar" ist ein Moselsekt.)

30. 06. 2014

Wir fahren zeitig los, da wir einige Schleusen bewältigen müssen. Ziel wäre Töreboda, eine mittlere Ortschaft. Das Wetter macht mit, es ist trocken und ca. 18° warm. Wir machen Schleuse um Schleuse – das ist ein harter Job für mich. Entweder muss ich vor der Schleuse aus dem Boot springen und zur Schleuse hochlaufen, oder ich gehe zu Fuß von einer zur anderen Schleuse. Dann wirft mir Jörg das hinterste Tau hoch und ich vertäue es an einem schweren Eisenring. Als nächstes renne ich nach vorne und fange das Tau auf, mache es um den Eisenring und gebe es wieder zurück an Jörg. Wieder eile ich nach hinten, wo ich jetzt das Tau anziehen muss, damit das Boot nicht mehr rückwärts ans Schleusentor zurück weichen kann. Mit der Schwimmweste an, komme ich recht ins Schwitzen! Die junge Studentin, die für drei Monate den Schleusenjob macht, öffnet die Schieber und kontrolliert, ob alles richtig läuft. So machen wir heute insgesamt 18 Schleusen! Ich bin geschafft! Die Sonne scheint und wir legen inmitten ruhiger Natur, ohne Strom und Wasser, in Hajstorp an. Das ist uns doch lieber als im Gewimmel der Megajachten in Töreboda. Bis nach Töreboda sind es noch 4 km. Wir schauen uns das dann morgen an. Jörg richtet den Grill und wir machen zuerst Apéro. Dann gibt es Schwarzbiersteaks, die restlichen Nüdeli von gestern und ein frisches Zucchini/Tomatenratatouille. Und wir essen draußen an der Sonne! Was für ein herrliches Feeling!

Heute hat uns eine Passantin am Götakanal erklärt, dass man ihn auch den Scheidungskanal nennt. Dies deshalb, weil viele Ehepaare die Mühe haben, mit dem Schleusen total genervt sind und am Schluss einander nur noch anschreien. Ich glaube, das kann uns nicht passieren – wir sind mittlerweile Schleusenprofis; uns kann nichts mehr erschüttern! Ich gehe um 21.00 Uhr ins Bett, bevor ich auf dem Sofa einschlafe. Die frische Luft, die Arbeit (Schleusen) und der Vino rosso haben mich heute zugedeckt. Gute Nacht!

KAPITEL 4

01. 07. 2014

Heute ist es grau in grau und kühl. Ich habe sehr gut geschlafen, aber leider schmerzt mich mein Muskelkater. Ich bin wohl schon aus der Übung gekommen. Es ist jetzt 09.00 Uhr und Jörg schläft immer noch. Bald kommen neue Boote an, denn die Schleusen öffnen ab 09.00 Uhr. Wir nehmen es heute gemütlich und bleiben da, wo es uns gefällt. Also heute kein Endziel und kein Schleusenstress. Da kommt ein altes voluminöses Segelboot namens „Christina" daher. Auf der Seite am Schiff steht: „Joh. 3,16". Das sind wohl sehr gläubige Menschen auf diesem Boot. Dann kommt's: Genau vor der Schleuse beginnen zwei junge Mädchen Trompete zu blasen und zwar ein Kirchenlied. Zu Hause sang dieses Lied immer die Heilsarmee in den Restaurants. Jedenfalls ist es schön anzuhören.

Der Regen hat nachgelassen und wir wagen es! Um 12.00 Uhr fahren wir los durch Birkenhaine, dann Tannenwälder. Auf unserer Steuerbordseite verläuft der Radweg, den viele Leute nutzen. Ist auch schön, so am Kanal entlang zu radeln. Um 13.00 Uhr erreichen wir Töreboda und machen längs am Kanal fest. Die Sonne scheint mittlerweile und wir gehen mit Fiiny die Gegend erkunden. Jörg hat Lust auf ein Glacé, ich brauche einen Kaffee. Da sonst hier nicht viel los ist, kaufen wir noch Köttbullar (ausgesprochen: „Schöttbolla") und etwas Gemüse sowie Brot ein. Die berühmten Hackfleischkugeln gibt es heute zum Znacht mit einem Steinpilzrisotto und Salat.

Um 14.30 Uhr fahren wir weiter; zuerst durch die Straßenbrücke, die für uns geöffnet werden muss, dann durch die Eisenbahnbrücke. Hier müssen wir warten, bis der Zug durch ist, dann wird sie hochgezogen. Wir halten Ausschau nach einem Liegeplatz in grüner Natur. In Jonsboda finden wir das Gewünschte und legen an. Ein kleiner Anleger für ca. 8 Boote und ein paar WoMo's mit Strom, aber leider nur einem Wasseranschluss ganz vorn. Wir aber liegen ganz hinten. Doch wir haben noch genügend Wasser an Bord. Wenn wir etwas Wasser sparen, reicht es gut bis morgen. Ringsum grüne Weiden, noch grüne Weizenfelder und ein paar Bauernhöfe. Die Vegetation ist hier einiges später als in der Schweiz.

Die Waschmaschine kann man gratis nutzen, also mache ich eine 60°-Wäsche. Einen Trockner hat es auch dabei. So haben wir wieder frische Leibchen und Unterwäsche.

Plötzlich wird der Himmel um uns herum kohlschwarz und es dürfte bald losgehen mit einem heftigen Gewitter. Es ist jetzt erst 16.30 Uhr. Und so ist es. Es regnet heftig und wir schließen alle Luken. Nun können wir in Ruhe duschen und uns frisch machen. Danach bekommt Fiiny ihr Fressen. Bevor ich zu kochen beginne, schreibe ich noch den heutigen Tag ein.

Hier gibt es wieder eine Sauna, doch heute ist sie bereits besetzt und einer „flitzt" gerade mit einem Hechtsprung in den Kanal rein. Nein, hier springe ich niemals rein! Ich werde einfach kalt duschen gehen. Jörg hat heute sowieso keine Lust auf Sauna.

Unser Znacht war sehr gut – diese Köttbullars kann man essen. Fast wie hausgemacht. Heute brauche ich noch einen starken Espresso, bevor ich schlafen gehe. Andere Leute stehen dann im Bett, nicht so ich.

02. 07. 2014

Nach 10.00 Uhr fahren wir wieder los. Das hier war ein sehr schöner Platz und wir werden uns diesen merken für die Rückfahrt. Jetzt müssen wir etwa drei Brücken passieren, die alle extra verschoben oder hochgezogen werden müssen. Aber das funktioniert immer bestens. Wir werden über Radar erfasst und sehen dann am Lichtsignal, ob man uns bemerkt hat. Sobald unter dem roten Licht ein weißes erscheint, geht die Brückenöffnung los. Bei Grün dürfen wir dann passieren. Wir haben Grün und fahren bei der zweiten Brücke los. Da fährt uns eine Art Arbeitsboot entgegen, direkt auf uns zu. Es weicht keinen Zentimeter. Wir haben aber Grün und fahren durch. Im letzten Moment wirft der Andere den Rückwärtsgang ein und steht quer im Kanal. Dann folgen laute Flüche von dort und wahrscheinlich die wüstesten Verwünschungen auf Schwedisch an uns. Jörg ruft ihm auch zu, dass er ein A… sei, natürlich auf Deutsch. Das war unser erster Adrenalinschub heute.

Dann erreichen wir Vassbacken, wo uns ein Bremsenangriff überfällt und zerfleischen will. Ich greife unser Mückenspray, kille einige der Biester. Eine sticht mich im Gesicht, dann ist der Spuk vorbei. Wir fahren durch einen Wald, links und rechts kräftige Heidelbeerstauden, Moos, Farne etc. Wir fahren am Weiler Tatorp vorbei. Nach ca. 30 Minuten, vor der ersten Schleuse und im engsten Teil des Kanals, kommt ein ausgemustertes Marineboot, das in Privatbesitz ist, um die Kurve geschossen und in einem Tempo auf uns los, dass Jörg Blut schwitzt. Gesteuert von einer Frau, die scheinbar nicht viel Ahnung vom Fahren hat. Ihr Mann oder Freund steht vorne im Bug und ruft ihr noch zu, sie solle langsam machen. Um ein Haar hätte sie uns gerammt! Das war heute unser letzter Adrenalinschub.

Jetzt müssen wir wieder schleusen, diesmal eine, die von Hand betrieben wird. Ich mache mich nützlich. Es dauert auch entsprechend. Dann liegt der Viken-See vor uns. Es ist wiederum eine wunderschöne Schären-Landschaft, nicht ganz einfach zu fahren. Die nackten Felsen schauen links und rechts neben dem Fahrwasser heraus! Zum Glück haben wir heute schönes Wetter und kaum Wind. Die Gegend ist unwahrscheinlich schön: immer wieder kleine Inseln mit Bäumen oder Wald drauf, ringsum Tannenwälder und vereinzelt Sommerhäuschen. Wir fahren mitten durch den Wald, durch einen Engpass. Wir lassen das hinter uns fahrende schnellere Ausflugsschiff an uns vorbei und nehmen es als „Guide". So ist es einfacher. Nachdem wir den See überquert haben, kommt nochmals eine Schleuse. Hier müssen wir eine Zeit lang warten. Nach ca. 30 Minuten dürfen wir einfahren und werden mit einem Charterboot (5 deutsche Männer) und einem Segler aus Finnland runtergeschleust. Dann wieder über einen See und langsam kommt unser heutiges Ziel –

Karlsborg – in Sicht. Wir haben Glück und können am Steg (mit Strom) anlegen. Es ist der letzte freie Platz. Gegenüber ist ein Restaurant mit Live Musik. Hier trinken wir noch unser Bier! Dafür verrät mir die freundliche Bedienung den Code fürs Internet.
Jörg und Fiiny gehen danach am Sandstrand baden. Ich dusche in der Zwischenzeit und aktualisiere das Fahrtenbuch. Dann beginne ich die Kartoffeln zu schälen. Heute gibt es einen Kartoffelgratin und schwedische Wienerli vom Grill und Salat. Wir dinieren wieder an der Sonne – so herrlich! Wir beschließen, hier zwei Tage zu verbringen, und möchten morgen die Stadt erkunden.

03. 07. 2014

Karlsborg: Es hat die ganze Nacht gestürmt und geregnet. Jetzt, um 09.00 Uhr regnet und stürmt es weiterhin. Solange es dermaßen „*chutet*"*, haben wir keine Lust auf Stadtbummel.

Kurz nach dem Morgenessen kommt ein junges schwedisches Paar ans Schiff und fragt, ob sie für morgen eine Überfahrt nach Motala buchen können. Ich muss lachen und sage ihnen, dass wir ein privates Schiff seien und keine Passagiere aufnehmen. Aber sie dürfen gerne mitfahren. Sie erklären, dass sie mit dem Wanderkajak unterwegs seien und wegen des Sturms nicht weiterfahren könnten. Sie wären natürlich sehr dankbar, wenn wir sie samt den Booten mitnehmen würden. Wir verabreden uns für morgen, 10.00 Uhr. Laut Wetterbericht soll es morgen Wind aus Südwest geben, der Regen bleibt, aber die Sturmböen sollen abklingen. Wir sehen dann morgen, ob wir wirklich auslaufen. In Karlsborg mündet der Götakanal in den großen Vätternsee und in Motala wieder in den Götakanal. Der Götakanal wird immer wieder durch Seen unterbrochen.

Trotz Regen müssen wir jetzt mit Fiiny raus. Wir spazieren über den nahen Campingplatz, wo ich zwei Ansichtskarten mit Marken kaufe. Karten schreibe ich nur Leuten, die keine

Internetmöglichkeit haben. Übrigens sind Ansichtskarten immer schwerlich zu finden. Scheinen aus der Mode gekommen zu sein im heutigen Internet-Zeitalter.

Brrrrrrrr, wir kommen gerne wieder an die Wärme auf die „JOYA" zurück. Inzwischen waren wir noch rund einen Kilometer stadteinwärts gegangen, bis es wieder zu regnen begann. Jetzt brauche ich einen heißen Tee zum Aufwärmen. Der Wind rüttelt am Boot und es wäre heute wirklich sehr ungemütlich draußen auf dem Vätternsee. Dieser ist gute 30 km breit und etwa 150 km lang. Der Wellengang wäre daher nicht zu unterschätzen. Ich stricke an den Socken weiter, die ich vor kurzem begonnen habe, und warte, dass der Regen aufhört. Jörg bastelt an der Landstromverteilung. Leider wirft es uns den Landstrom regelmäßig raus, weil das System mehr Strom aufnimmt als nur die vorhandenen 6 Ampère. Ich heize jetzt den Pelletofen ein, denn ich friere trotz heißem Tee. Es ist so richtig ungemütlich.

Karlsborg liegt an der Mündung des Götakanals in den Vättersee. 1819 wurde mit dem Bau der Festung Karlsborg begonnen. Die riesige Festung hat einen Umfang von 5 km! Sie zählt zu den größten Bauwerken Europas. Im Krieg sollte sie die schwedische Regierung, die Königsfamilie, die Kronjuwelen und das Gold der Reichsbank beherbergen. Erst 1925 wurde die Festung außer Dienst gesetzt. Man kann die Festung besichtigen oder auf eine geführte Tour in die Vergangenheit mitgehen. Leider reichte uns die Zeit nicht dafür.

Was soll ich heute kochen? Mir gehen langsam die Ideen aus. Jörg möchte wieder ein feines Curry ohne Fleisch, nur Gemüse und Nüdeli. Klar doch, machen wir das heute zum Znacht! Zur Vorspeise gibt es noch eine halbe Melone und Schinken sowie den letzten Weißwein von der Mosel. Das reicht alles gut für heute.

Ich freue mich auf einen kuscheligen Abend bei einem Glas Roten und irgendeinem TV-Krimi. Morgen haben wir eine Fahrt von ca. 4 Stunden vor uns.

*windet und stürmt

04. 07. 2014

Heute haben wir sonniges Wetter mit wenig Wind aus Südost. Wir starten später als sonst, weil wir ein Landstrom-Systemproblem haben. Jörg telefoniert mit dem Ansprechpartner der Lieferfirma. Doch dieser kann im Moment auch nicht sagen, woran es liegt, dass wir keinen Landstrom aufnehmen. Er macht sich schlau und ruft dann zurück. In der Zwischenzeit laden wir gemeinsam die beiden Kajaks von Martha und Hendrik aus Norwegen auf die „JOYA". Uff, sind die schwer beladen! Endlich kommt das ersehnte Telefonat und Jörg kann das System für die Landstromaufnahme einprogrammieren. Ob es funktioniert, werden wir erst morgen sehen. Die beiden Kajakfahrer holen sich noch schnell eine Glacé und los geht's.

Der große See hat jetzt noch wenig Wellen, doch nach einer Stunde Fahrt frischt es auf und die Wellen kommen wieder von der Seite! Wir versuchen, so wenig wie möglich ins „Rollen" zu kommen. Die Überfahrt ist gut betonnt und wir finden nach 3 Stunden Fahrt den Eingang zum Hafen von Motala. Der Wind hat mittlerweile nachgelassen und wir machen die „JOYA" an einem Schwimmsteg fest. Die Kajaks werden abgeladen und wir verabschieden uns herzlich von den beiden jungen Leuten. Im Gespräch mit ihnen haben wir erfahren, dass beide Militärakademie-Studenten aus Oslo sind. Sie nutzen ihre Ferien zur Erholung mit Paddeln und in einer Woche noch mit einem Aufenthalt am Gardasee in Italien. Die Fahrt zusammen mit ihnen ist eine echte Bereicherung unserer Kanalfahrt.

In Motala machen wir es uns heute gemütlich. In der nahen Restaurant-Lounge trinken wir draußen ein Bier bzw. ich ein Glas Weißwein und leisten uns ein Crevetten-Brötchen. Der hohe Preis haut uns fast aus den Socken – Scherz, wir tragen keine Socken! Es ist jetzt sehr warm geworden und kurze Hosen und T-Shirt sind schon fast zu viel. Das genießen wir und sitzen in weichen Polstern an der Sonne. Es verspricht ein langer und herrlicher Abend zu werden. Im Restaurant vorne am Pier feiert eine Hochzeitsgesellschaft eingetroffen. Die verbringt den

Abend im Wintergarten des Restaurants. Es ist ein Kommen und Gehen, viel Gelächter, Musik, etc. Im Stadtpark findet seit 20.00 Uhr ein Rockkonzert statt. Wir hören aber nur die Bässe dröhnen. Um 23.00 Uhr haben wir noch Sonne und es wird gar nicht richtig dunkel. Trotzdem gehen wir kurz vor Mitternacht schlafen. Um 03.00 Uhr werde ich jäh aus dem Schlaf gerissen: Neben unserem Boot bzw. meinem offenen Fenster pinkelt einer ins Wasser und laute Gespräche und Gelächter lassen mich hellwach werden. An der Hafenmauer steht eine kleine Gruppe Leute, die spielen „*Hut-Versenkerlis*"* und dies so lange, bis einer der Männer ins Wasser fällt. Sie sind alle ordentlich betrunken und die Frauen gackern wie Hühner. Der Hafen ist rammelvoll mit Seglern und einigen Motorbooten. Aber nicht einer, der sich über diese nächtliche Störung aufregt oder gar ausruft. Nach einer guten Stunde ist der Spuk vorbei und es gibt wieder Ruhe.

**ein Hut wird im Wasser gezielt mit Steinen beworfen bis er versinkt*

05. 07. 2014

Heute Morgen ist es bereits schwül und heiß. Wir bleiben diesen Tag noch in Motala. Die Stadt liegt in nächster Nähe. Wir gehen durch einen schönen Park mit Springbrunnen gleich hinter dem Hafen. Dann zur Kirche und schon sind wir mitten im Zentrum. Auf dem Platz vor dem Bushof ist Markt, den wollen wir uns ansehen. Ich vermisse unsere gewohnten Gemüsemärkte. Hier gibt es einen Fischstand, einen Stand von karitativen Frauen mit Selbstgebackenem und Eingelegtem, eine Frau verkauft orangefarbene kleine Tomaten und kleine Salatgurken, außerdem noch 2 Stände mit Kleidern und einen Blumenstand. Zudem müssen wir am Bankomaten Schwedenkronen herauslassen.

Für heute zum Znacht kaufen wir für Jörg eine Tranche Thunfisch und ein Stück Fischterrine und für mich zwei Filets von einem Fisch, dessen Namen ich leider nicht verstanden habe. Sieht aus wie Merlan oder Egli. Während Jörg dann mit Fiiny im nahen

Park wartet, mache ich den Wocheneinkauf bei Ohlsson. Das ist ein riesiger Supermarkt. Hier finde ich endlich mal ein gutes Brot: Walnussbrot. Langsam geht unser Wein zur Neige. Aber in Schweden kauft man Alkohol nur in einem staatlich kontrollierten Laden, im Systembolaget. Den habe ich aber nirgends gesehen. Es ist auch noch nicht so dringend mit dem Nachschub.

Am Nachmittag spazieren wir mit Fiiny dem Kanal entlang, ca. 2 Kilometer bis zum Kanalmuseum. Jörg schaut sich das Museum, das aus zwei Baracken besteht, von innen an. Ich laufe langsam mit dem Hund zurück. Die Schnaken fressen mich fast auf! Das Sprühmittel gegen die Plagegeister liegt im Schiff.

Beim Grab des Göta-Kanalerbauers Graf Baltzar von Platens, das sich direkt am Kanal befindet, setze ich mich auf eine Bank und lasse die Sonne auf mich einwirken. Der Graf konnte die Vollendung seines Werkes leider nicht mehr erleben. Eingeweiht wurde der Kanal 1832.

Unser Nachtessen, bestehend aus Fisch, Salzkartoffeln und Fenchelgemüse war sehr gut und mager. Jaja, manchmal schauen wir auch auf die Linie!

Eigentlich hätte ich heute sehr gut durchgeschlafen, wenn nicht Jörg nachts um 02.00 Uhr im Schiff herumrumort und überall Licht gemacht hätte. Er hat etwas zu viel Wein getrunken, dann passieren solche Sachen. I was not amused! – Auf gut Deutsch: Ich war sauer.

06. 07. 2014

Die Wetterprognose ab heute für die ganze nächste Woche sagt heiße Temperaturen voraus. Endlich Sommer? Das wäre ja der Hammer! Wir fahren los um 09.30 Uhr, zusammen mit einem schwedischen Boot. Das Paar fährt heute auch bis Borensberg wie wir. Ausgangs Motala müssen wir kurz warten, bis das Passagierschiff „Wilhelm Tan" vorbei ist. Dies ist das größte aller Passagierschiffe hier auf dem Götakanal. Dann müssen wir die Fünferschleuse von Borenshult, 15 m runter zum Borensee, bewältigen. Da es abwärts geht, ist dies für mich nicht so viel Arbeit wie beim Aufwärtsschleusen und wir können zusammen mit dem kleineren Boot der Schweden schleusen. Über den See haben wir angenehmen Wind aus Ost, aber er ist warm. Schon bald erreichen wir den kleinen Hafen in Borensberg, der schon voll besetzt ist. Wir können vor der Brücke anlegen. Ab 18.00 Uhr wird die Brücke nicht mehr für Boote geöffnet. Erst morgens ab 09.00 Uhr wieder. Wir sprechen noch mit dem Schleusenwart wegen des Kreuzens der mächtigen Passagierschiffe. Er sagt uns, dass alle Kapitäne informiert seien, dass ein voluminöses Schiff (wir sind gemeint) morgen ab 09.00 Uhr unterwegs sei und Kreuzen in Engstellen nicht möglich sei. Er gibt uns die ungefähren Zeiten der Schiffe durch und so können wir in etwa abschätzen, wo die Kreuzung erfolgen und möglich sein wird.

Zum Znacht grillieren wir Steaks, dazu gibt's Salat. Zum Dessert Pfirsichhälften. Diese Büchse habe ich schon seit Ostern im Vorrat. Jetzt ist es Zeit, sie aufzubrauchen.

Die Nacht ist hell und immer noch über 24° warm. Unten in den Kojen muss ich auf Durchzug stellen, damit wir einigermaßen Frischluft spüren. Diesmal kann ich bestimmt gut schlafen. Jörg hat wenig getrunken und ich bin hundemüde. Jörg macht die letzte Runde mit Fiiny und ich tauche bereits ab in die unergründlichen Tiefen meines Unterbewusstseins.

07. 07. 2014

Heiß soll es heute werden. Wir fahren um 09.30 Uhr los. Zusammen mit dem schwedischen Bootspaar schleusen wir gleich nach der Brücke. Diese Schleuse muss von Hand bedient werden und Jörg legt sich eifrig ins Zeug. Die Höhendifferenz ist so minim, dass wir es kaum merken. Hintereinander tuckern wir nun durch eine wunderschöne Landschaft inmitten grüner Natur. Einige imposante Sommerhäuser mit Holzveranda (wie in den Südstaaten der USA) liegen links und rechts am Kanal. Gelbe Rapsfelder und viele blaue Felder, vermutlich Lavendel, bedecken unten die Ebene. Auf dem Treidelpfad neben dem Kanal kommt uns eine ganze Herde blökender Schafe entgegen. Weit und breit ist kein Hirte zu sehen.

Dafür nehme ich heute erstmals die Ellensteine entlang des Treidelpfades wahr. Diese sind nummeriert. Zwischen zwei solchen Steinen liegen 1000 Ellen, was genau 594 m entspricht. Die Treidler, die früher mithilfe ihrer Ochsen die Küstensegler durch den Kanal zogen, ließen sich per Ellenstein bezahlen. Anfang des 19. Jahrhunderts betrug die Treidelgebühr 8 Öre pro 1000 Ellen.

Wir fahren durch eine lange Engstelle und hoffen, bald hindurch zu sein, denn irgendwann in den nächsten paar Minuten müssten wir die vortrittsberechtigten Passagierschiffe kreuzen. Kaum zu Ende gedacht, biegt der erste große Kahn um die Kurve. Es ist die „Ceres". Sie weicht keinen Zentimeter von ihrem Kurs ab und wir müssen ganz nach rechts abschwenken, wo es untief ist. Aber alles ist gut gegangen. Zehn Minuten später kommt uns die „Wasa Lejon" entgegen. Sie weicht schön nach Steuerbord aus und wir kommen gut an ihr vorbei. Somit ist alles gut gegangen und Jörg hat sich umsonst Sorgen gemacht. Wir passieren einige Brücken, vorbei an Ljungsbro und Malfors und kommen an die nächste Schleuse. Die Schleusenwartin kommt ans Boot und meldet, dass die „Diana", ein sehr großes Passagierschiff, von Berg her raufgeschleust werde. Dieses könnten wir nicht kreuzen. Wir müssten zurückfahren nach Malfors. Also fahren wir zurück und legen im kleinen Hafen Malfors an. Hier ist es eigentlich auch schön, und wir beschließen, über die Nacht hier zu bleiben und erst morgen weiterzuschleusen. Denn morgen kommt die imposante Schleusentreppe mit 18 Schleusen von Berg. Da gibt es viel zu tun!

Jörg geht mit Fiiny baden im Kanal. Sie schwimmen eine lange Strecke und danach ist Fiiny geschafft. Wir haben heute Mittag 35° heiß. Im nahen Kiosk frage ich nach Bier. Der Inhaber erklärt mir, dass auch Bier nur im Systembolaget verkauft werde. Ein Einheimischer, der von seiner Grillparty noch Bier übrig hat, will mir den Alkohol zum halben Preis verkaufen. „Aber nur unter uns und zu keinem Menschen etwas sagen", verklickert er mir. Wir gehen zu Fuß und erreichen in guten 10 Minuten seine Wohnung. Ich kaufe ihm 45 Flaschen „Starköl" ab, die Flasche zu 25 Kronen. „Aber schleppen tue ich das nicht", sage ich zu ihm. Er bringt es mir in ca. 30 Minuten mit seinem Auto zu uns. Aber mit dem Auto kann er nicht bis zur Liegestelle reinfahren, also lädt er die drei Kisten am Straßenrand aus und ich schleppe sie zum Boot. Dann muss ich mich zuerst abkühlen; ich bin nahe an einem Hitzschlag mit hochrotem Kopf! Jetzt wirkt eine kühle Dusche und ein kühles, gespritztes Bier Wunder. Langsam erhole ich mich und Jörg fragt: „Warum hast du so einen roten Kopf?" *!$*%$*, manchmal könnte ich ihn …

Ich lasse noch eine Wäsche durch die Maschine laufen und alles trocknet herrlich an der Sonne. Heute Abend grillieren wir nochmals: Riesenservelats aus der Schweiz. Salat dazu und etwas frisches Rübengemüse. Das schwedische Bier aus einer Brauerei von Mariestad ist sehr gut. Für Wein ist es heute einfach zu heiß.

Um 19.30 Uhr zieht ein Gewitter auf und wir machen vorsichtshalber alles dicht. Eine Abkühlung wäre herrlich! Während dem Abwasch entscheiden wir uns, morgen noch einen Tag hier zu bleiben. Wir haben genug Zeit und es eilt uns nicht.

08. 07. 2014

Es hat leider nicht geregnet, keinen Tropfen! Die Nacht war schwül heiß. 09.15 Uhr Frühstück mit 3-Minuten-Ei, Walnussbrot, gesalzener Butter, Brombeer Confi aus Schweden und natürlich Nespresso Kaffee! Jörg meint, er könnte noch ein frisches Bett gebrauchen, weil er vergangene Nacht so geschwitzt hat, und bringt mir gleich seine gesamte Bettwäsche in die Plicht raus. Er schläft in seiner „Schnarchkoje", damit ich gut schlafen könne. Ist das nicht nett? Ich habe die ganze Doppelkoje für mich allein und kann quer hinein liegen! Also lasse ich eine Maschine mit 60° durchlaufen. Hier ist es so praktisch, gleich neben unserem Boot ist das Waschhaus mit Maschine und Tumbler. Und heute ist es schon am frühen Morgen sehr heiß, so dass alles im Nu trocknet und ich keinen Tumbler brauche.

Jörg nutzt die Gelegenheit und bringt „sein Kind", die „JOYA", auf Hochglanz. Dabei bessert er die Kollisionsstelle von damals mit dem Frachter sowie einige kleine Lackschäden aus. Ich schnappe mir das Velo und fahre durch Hintersträßchen ins nahe Dorf zum ICA, einem kleineren Kaufhaus. Ich brauche unbedingt ein neues Abwaschbeseli und neue Pfannenschwämmli. Gleichzeitig decke ich uns mit frischen Beeren, Früchten, Salat und Gemüse ein. Gerne hätte ich noch eine Elchwurst gekauft, aber ich finde keine. Zurück, natürlich schweißgebadet, muss ich zuerst kalt duschen. Jörg meint, ich solle mit ihm schwimmen kommen. Nein danke! Hier lässt jedes Boot seine Sch... in den Kanal. Das macht Jörg nichts aus und auch den vielen Kindern nicht, die hier baden. Er stürzt sich mit Fiiny in den Kanal und die beiden schwimmen und planschen mit dem Frisbee. Fiiny will partout ans Ufer und nicht mit Jörg zum Boot zurückschwimmen. Er kann rufen, soviel er will, sie hat die Ohren zugehalten!

In nächster Nähe hätte es eine Schoggifabrik, die auch einen Outlet-Store hat. Aber es gelüstet uns überhaupt nicht bei dieser Hitze. Wir schlecken lieber ein Eis.

Im kleinen Beizli hier frage ich den Betreiber, ob er Internet habe. Er offeriert mir, mit seinem Handy einen Hotspot zu machen, dann könne ich mit meinem Laptop surfen. Das ist super, und ich kann so meine Mails abrufen und das Fahrtenbuch aktualisieren. Als Dank dafür kaufen wir bei ihm zwei Schinken-Käse Toasts und er hat eine Riesenfreude. Reich wird er mit seinem Bistro nicht. Die meisten Leute sitzen nur bei ihm an den Tischen zum Austauschen der News und kaufen nichts. Das sind vor allem alte Leute aus der Nachbarschaft. Und die Segler und die wenigen Yachties sind so knauserig; die bringen alle ihr eigenes Essen und Trinken mit. Ab und zu dürfen die Kinder ein Glacé kaufen. Mit unserer Konsumation unterstützen wir ein wenig die schwedische Wirtschaft.

„Was gibt es heute zum Znacht?", fragt Jörg. Nichts mehr – wir haben ja die Toasts gegessen und später essen wir sowieso noch etwas Käse. Jörg findet Zeit, die Motoren durchzuchecken. Alles i. o.
Fiiny ist total kaputt und will nicht einmal ihr Fressen nehmen. Doch eine Stunde später verschlingt sie es mit Heißhunger. Und morgen geht's endlich weiter zu den Schleusentreppen!

09. 07. 2014

Wir fahren nach dem Frühstück kurz vor 10.00 Uhr los. Erneut ist es schon am frühen Morgen schwül heiß. Schon bald kommt die erste Schleuse, die wir alleine passieren können. Dann, nach einer kurzen schönen Fahrt, müssen wir schon das erste Mal warten, weil die „CERES" hochgeschleust wird und uns entgegenkommt. Diesmal ist das Kreuzen mit ihr kein Problem. Nach ihr aber kommen wir dran und schleusen mit einem Segler zusammen die Doppelschleuse. Kaum sind wir durch, fahren wir am nächsten Passagierschiff, der „Wasa Lejon", vorbei. Diese Schiffe fahren immer am frühen Morgen los bis nach Motala und kehren am Abend wieder zurück nach Berg. Und das täglich. Als nächstes kommen Brücken, die für uns geöffnet werden müssen. Die dritte ist zugleich wieder mit einer Doppelschleuse verbunden. Wieder heißt es warten, bis die hochgeschleusten Boote die Schleuse verlassen und wir reinfahren können. Nach einer kurzen Fahrtstrecke gelangen wir an die berühmte Schleusentreppe. Nach drei Doppelschleusen kommt ein Zwischenhafen. Hier hätten wir anlegen können, behalten uns diesen schönen Hafen jedoch für die Rückfahrt vor. Also fahren wir weiter in die nächste Schleuse, die in fünf Schleusenstufen runter zum Roxensee führt. Jetzt ist Arbeit angesagt! Sobald wir um eine Stufe runtergeschleust haben, ziehen wir die „JOYA" an den Tauen in die nächste Schleusenkammer rüber. Erst bei der letzten Kammer müssen wir wieder aufs Boot steigen, da wir dann unten direkt im See sind und losfahren müssen. Wir haben die ganzen Stufen allein geschleust, da zu wenig Platz ist für noch einen Segler. Unten angekommen, warten schon einige Boote, die hochschleusen wollen. Kaum sind wir draußen im Wind (warmer Ostwind) und den Wellen, kommt uns das älteste aller Passagierschiffe des Götakanals, die „JUNO", entgegen. Jetzt müssen alle unten wartenden Boote nochmals 1 ½ Stunden länger warten, bis sie dran kommen. Kursschiffe haben immer den Vorrang. Wir aber fahren über den vom Wind aufgepeitschten Roxensee zur nächsten Einfahrt in den Götakanal. Hier heißt es schon wieder eine Schleuse zu passieren. Da zudem noch die Eisenbahnbrücke hochgezogen werden muss, werden wir angewiesen, so rasch wie möglich durchzufahren und in die Schleuse einzufahren. Der nächste Zug sei ein Eilzug und sie müssten die Brücke sofort wieder runterlassen. Klar doch, machen wir! Nach diesem Schleusenvorgang gibt es einen schönen Anleger, doch der ist schon ziemlich voll besetzt. Wir müssten uns dazwischenquetschen. Das aber möchte ich nicht und so fahren wir weiter. Nach einer Kurve sehen wir schon die nächste Schleuse, aus der soeben drei Boote herausfahren, alles Segler. Der erste fährt schön auf seiner Seite an uns vorbei, auch der zweite. Doch der dritte scheint zu schlafen und steuert geradewegs auf uns zu. Jörg gibt sofort Hornsignale – keine Reaktion! Jetzt kommt es zum Crash! Wir schreien beide laut und gestikulieren. Da im letzten Moment reißt der Deutsche (ein alter Mann) sein Ruder herum und kommt keine 20 cm an uns vorbei. Der Schreck ist uns in die Knochen gefahren und Jörg kann ihm nur noch nachschreien: „Du verd… A…" In der Schleuse werden wir auf dieses Manöver angesprochen. Ob der geschlafen habe? Wir wissen es nicht, vielleicht ist er auch schwerhörig oder hat getrunken. Wir sind nochmals mit dem Schrecken davon gekommen.

Nach der nächsten Schleuse von Brättom gibt es eine schöne Liegestelle. Doch da liegt mittendrin ein Segler mit USA-Flagge. Hier haben wir keinen Platz. Also fahren wir weiter in der Hoffnung, noch einen anderen schönen Platz zu finden. Leider nirgends ein Anleger und schon stehen wir vor der letzten Schleuse, die wiederum zu einem See führt. Jörg möchte nicht mehr weiterfahren, bis zum nächsten Ort sind es nochmals 3 Stunden und es ist schon 16.00 Uhr. Wir beschließen umzukehren und hoffen, dass der Steg bei der Schleuse vorhin frei ist.

Der Anleger ist tatsächlich frei, der Ami-Segler ist fort. Wir wenden erneut vor der Schleuse Brättom und legen am Steg an. Backbord ist Wald und steuerbord eine Wiese und dahinter Wald. Richtig schön und ruhig. Bei der Schleuse oben gibt es ein kleines Café. Wie meistens trinken wir nach dem Festmachen dort ein Bier bzw. einen Kaffee und ich schreibe noch drei Karten. Wir sind müde nach der Plackerei an den Schleusen und Fiiny freut sich auch, endlich kann sie wieder in der Wiese liegen. Wir genießen die angenehme Wärme. Da der Ostwind stark bläst, spürt man die Hitze nicht so.

Ich lese meinen Hakan Nesser (Krimi) zu Ende und beginne dann den Znacht zuzubereiten. Heute gibt es Bohnen (TK) mit Speckwürfeli, Bratkartöffeli und zwei Hacksteaks. Vorgängig machen wir Apéro mit gescheibelten Gurken und Tomaten und einem Bier bzw. gespritzten Bier. Die Hitze macht durstig, und da ich eh immer zu wenig trinke, ist es egal, was ich zu mir nehme. Hauptsache ist, dass ich etwas trinke. Nur „lüriges" (stilles) Wasser schmeckt mir nicht.

Hier zwischen den beiden Wäldern ist es heute früher dunkel geworden als gewohnt. Jörg geht schon um 21.30 Uhr schlafen. Der Satellit für den TV findet kein Signal (wegen der Bäume). Ist ja egal. Ich schreibe noch meinen Bericht fertig und geh dann auch in meine Doppelkoje.

10. 07. 2014

Es ist 14.00 Uhr und wir sind in Söderköping, unserem Tagesziel, angekommen. Die Hitze bringt mich fast um, denn wir fahren immer gegen die pralle Sonne. Bis hierhin haben wir uns seit dem Start um 09.45 Uhr durch ganze 10 Schleusen durchgearbeitet. Das war wiederum harte Arbeit. Jetzt aber können wir endlich ein Bierchen trinken und die Füße strecken! Ich muss mich zuerst mal drum kümmern, ob wir hier WiFi finden. Viele Boote liegen bereits hier, in Söderköping ist es wahrscheinlich auch eine Touristenattraktion, dem Kommen und Gehen all dieser Boote zuzuschauen. Ein Café reiht sich ans andere. Vielleicht werde ich dann da fündig. Doch erst ist ein bisschen Erholung angesagt. Einfach mal da sitzen und den Schatten genießen. Zudem tut mir mein linker Fuß dermaßen weh, dass ich kaum noch draufstehen kann. Es ist die Arthrose im Knöchel. Einen verstauchten Daumen habe ich auch. Letzteren habe ich mir beim Schleusen zugezogen. Aber das vergeht alles von selber wieder.

Wir gehen um 17.00 Uhr mit Fiiny auf einen Erkundungsspaziergang. Überall kleine Boutiquen mit Klamotten und Ausverkauf. Doch mit Hund gibt es keine Schnupper-Lädelen-Tour. Das muss ich mal in aller Ruhe und alleine machen. Bei der Schleuse gibt es ein riesiges Restaurant, das jedoch nur Glacé, Coupes und Getränke verkauft. Aber die Leute stehen Schlange, um einen Platz zu ergattern. Und jede Menge Hunde jeglicher Rassen gibt es hier. Schweden scheint auf den Hund gekommen zu sein!

Im Städtchen finden wir ein altes Straßenbild mit engen Gassen und Kopfsteinpflaster vor, alles sehr gepflegt. Es erinnert ein wenig an die Altstadt von Schaffhausen. Söderköping hat zudem eine beeindruckende Geschichte. Diese kleine Stadt zählt zu den schönsten an der Küste und ist Anfang des 13. Jahrhunderts von Lübecker Kaufleuten gegründet worden. Im Jahre 1567 wurde die Stadt von dänischen Angreifern vollständig niedergebrannt. König Johann der III. baute die Stadt dann wieder auf. Die Bewohner hatten ab der Mitte des 17. Jahrhunderts über mehrere Jahrzehnte lang das Monopol des Fischfangs. Anfang des 19. Jahrhunderts fand man eine Mineralquelle und baute Kuranlagen. Ca. 15 km östlich von Söderköping steht bei der Einfahrt in den Kanal die aus dem Mittelalter stammende Schlossruine Stegeborg.

Nach unserem Rundgang im Städtchen kehren wir aufs Boot zurück, es ist Zeit für einen Apéro. Heute Honigmelone und Serranoschinken, ein Glas Weißwein. Es ist immer noch sehr heiß und wir haben kaum Wind, obwohl wir nur noch gute 30 km von der Ostküste entfernt sind.

Um 19.30 Uhr mache ich Znacht: Koteletts (magere) aus der Pfanne, dazu frischen Brokkoli. Wir haben nicht wirklich Hunger. Die heutige Hitze hat mir etwas zugesetzt und ich gehe schon um 22.00 Uhr schlafen.

Um Mitternacht werde ich geweckt durch grölende Leute, die am Steg vorbeiziehen. Jetzt macht sich auch mein Fußgelenk schmerzhaft bemerkbar. Ich finde lange keinen Schlaf, muss sogar ein Schmerzmittel nehmen. Kaum eingenickt, die nächsten Saufbolde. Es ist Vollmond und eine fast tropische Nacht. Kein Wunder, dass die Leute hier oben in Schweden feiern!

11. 07. 2014

Jörg klagt heute Morgen über Übelkeit und Durchfall. Oha, jetzt hat es ihn erwischt. Auch er tankte gestern einfach zu viel Sonne und will nie einen Hut tragen! Nach dem Frühstück legt er sich gleich wieder in seine Koje. Ich gehe mit dem Hund eine Runde und räume danach die Küche gründlich auf. Wir haben gestern nicht mehr abgewaschen, waren einfach zu müde.

Von Osten her bläst ein starker Wind und schwarze Wolken treiben westwärts. Schlägt wohl das Wetter um? Wir haben keine Ahnung, da seit einigen Tagen kein Internet mehr funktioniert. Der Wind zerrt jetzt kräftig an der „JOYA", hoffentlich hält der Steg! Es ist nun stark bewölkt, zwischendurch scheint die Sonne und die Temperaturen sind um einiges tiefer als gestern.

Um die Mittagszeit taucht Jörg wieder auf. Es sei ihm einfach „kötzelig", meint er. Er nimmt Fiiny und geht mit ihr an die frische Luft. Nachdem er sich etwas bewegt hat, geht es ihm wieder gut, und abends gehen wir zum Chinesen. Seine Ente schmeckt ihm und ist von ihm später auch gut verdaut worden!

Seit dem 10. 07. sind wir hier in diesem bezaubernden Ort und genießen einfach mal das Nichtfahren und Ausruhen! Das Wetter ist noch schön, am Sonntag soll es dann regnen. Auf unserer kleinen Wanderung heute mit dem Hund haben wir wieder eine schwarze Schlange vom Weg vertrieben. Schwupp –

und sie schlängelte sich sofort ins Wasser. Fiiny hat sie zum Glück nicht gesehen.

Im Städtchen gehen wir etwas Wein einkaufen und natürlich Campari. Für letzteren muss ich satte 199 Kronen hinlegen! Das sind knappe dreißig Franken! Doch was soll's, ich genieße heute meinen ersten Campari Orange, seit wir unterwegs sind!

Jörg fährt mit dem Velo nach Mem runter und schaut, ob es sich lohnt, noch mit der „JOYA" dahin zu fahren. Mem ist das Ende vom Götakanal und dann geht's raus in die Schären nach Stockholm. Wir aber müssen den Götakanal wieder zurück, da wir Kathrin am 19. 07. irgendwo unterwegs aufnehmen werden. Sie fliegt von Finnland, wo sie mit Thomas im WoMo unterwegs ist, nach Stockholm und trifft uns dann am Götakanal. Unsere Zeit in Schweden ist begrenzt, da unsere jüngste Tochter Mitte September heiratet. Und vorher kommt auch sie mit ihrem Bräutigam für ein paar Tage zu uns auf die „JOYA". Danach heißt es für uns zurück via Kattegat nach Dänemark und Deutschland. Aber bis dahin haben wir noch eine schöne Zeit auf dem Götakanal!

Zurück aus Mem berichtet Jörg, dass es sich nicht lohnt, extra noch die paar Kilometer runterzufahren. Das gibt uns noch einen Tag länger hier in Söderköping. Ich lade gerade seine gemachten Fotos runter, als jemand ans Boot kommt und auf Schwyzerdütsch fragt, „Wohär chömed ihr? Oh, isch da nid de Jörg?" Wir sind baff und da stellt sich heraus, dass es ein Paar aus Schaffhausen ist, die hier in Schweden ihre Ferien verbringen, und Jörg diese Frau schon von seiner Kindheit her kennt. Wie ist die Welt doch klein! Wir freuen uns natürlich mega und laden sie ein, zu uns aufs Boot zu kommen. Beim Bier (es ist Nachmittag) plaudern wir und reden über alte Zeiten. Eigentlich wäre es schade, wenn sie uns gleich wieder verlassen, und so lade ich sie spontan zum Znacht ein. Es gibt einfach das, was ich habe: Randensalat, grünen Salat, Rippli, Sauerkraut und Salzkartoffeln. Wein haben wir genug und zum Dessert gibt's noch Erdbeeren. Zum Kaffee eine schwedische Spezialität, welche der Besuch mitgebracht hat. So genießen wir zusammen einen schönen und unvergesslichen Abend, der bis am Morgen dauert.

13. 07. 2014

Heute Morgen ist es stark bewölkt und es beginnt leicht zu regnen. Die Temperatur ist gefallen und man verträgt lange Hosen. Nach dem Aufräumen der Küche (von gestern) frühstücken wir und beschließen, morgen weiterzufahren. Marisa und Hanspeter, das Paar von gestern, kommen nochmals vorbei, um sich zu verabschieden. Sie fahren heute zurück zu Hanspeters Bruder, der in Stockholm lebt. Nun kommt Fiiny noch an die Reihe, Frisbee spielen ist angesagt, sofern der Regen aufhört. Dann bummeln wir nochmals durch Städtli, kaufen frisches Pariserbrot und ein paar benötigte Sachen ein, bevor es zurück auf die „JOYA" geht. Heute ist so ein müder Sonntag! Es windet stark und die Taue zerren heftig am Steg. Manchmal hat man das Gefühl, es reißt den Holzsteg weg. An der Schleuse ist heute auch nicht viel los. Wir dösen noch ein wenig und werden am Abend das Fußball-Finalspiel anschauen. Wir sind keine großen Fußballfans und haben bisher nur den Match Schweiz–Argentinien angeschaut.

14. 07. 2014

Heute ist der bekannte französische Feiertag, den wir einmal in Frankreich auf den Kanälen erlebt haben. Hier merkt man nichts davon, da es bis anhin keine Franzosen auf dem Götakanal hat.

Schade, dass gestern nicht Argentinien gewonnen hat. Wir hätten es ihnen wirklich gegönnt!

Wir starten gegen 10.30 Uhr und müssen zuerst schleusen. Kaum sind wir durch und fahren los, schert aus dem dortigen kleinen Hafen ein Segelboot aus und fährt uns direkt vor den Bug. Umständlich wendet er noch, sodass er vor uns zu fahren kommt. Doch dann fährt er einfach nicht zu. Ganz langsam beginnt er zu fahren. Jörg hupt, damit er uns doch durchlässt. Keine Reaktion. So fahren wir ca. 400 m ganz, ganz langsam hinter ihm her und kommen nicht vom Fleck. Um 11.00 Uhr öffnet die Brücke und wir müssen noch durch, weil nachher das Passagierschiff hinter uns Vorfahrt hat. Endlich können wir den Segler überholen. Er nimmt unseren Gruß nicht ab, ignoriert uns. Hinter uns dann kann er plötzlich auch Fahrt machen. Wahrscheinlich hat er es jetzt geschnallt, dass die Brücke öffnet und er auch noch durch will. Nach der Brücke kommen einige Schleusen. Vor der ersten Schleuse müssen wir warten, bis sie aufgeht. Da drängt sich der Segler hinter uns schon wieder an uns vorbei. Doch auch er muss warten. Jörg setzt mich ab und ich gehe hoch zur Schleuse, um ihm die Taue abzunehmen. Dabei rede ich mit dem Schleusenwart, einem jungen Studenten, und schildere ihm die Fahrweise dieses Seglers. Er grinst und meint, leider seien solche Leute auch auf dem Kanal. Der Schleusenwart weist den Segler an, hinter uns anzulegen, und dieser muss wieder zurückfahren. Dann gibt er im Funk durch, dass der Katamaran Priorität beim Schleusen habe und man uns die Taue abnehmen solle, damit ich nicht jedes Mal abgeladen werden müsse. Beim Aufwärtsschleusen ist das leider etwas mühsam. Super, denke ich und schenke ihm eine Lindt-Schoggi. Dann schleusen wir zusammen mit dem Segler. Leider rempelt dieser uns immer wieder an, bis es Jörg zu bunt wird und er ihm sagt, er solle doch bitte seine Taue enger nehmen, damit er sein Boot im Griff habe. Uns hat es zwar nichts gemacht, aber der Segler hat einige Kratzer abgekriegt. Der hochnäsige Segler schleust nun verbissener denn je und reißt fast seine *Winsch** ab, mit der er sein Tau oben am Schleusenring hält. Dieser Mann hat absolut kein handwerkliches Geschick zum Schleusen. So geht's weiter durch 5 Schleusen. Dann aber haben wir genug und legen vor der Schleuse Brättom an der Liegestelle an. Hier übernachten wir. Morgen fahren wir jedoch weiter, werden aber erneut der „JUNO" ausweichen müssen, die auf dem Weg nach Mem ist. Kreuzen an der morgigen Engstelle wird kaum möglich sein. Doch die Schleusenwarte managen dies vorzüglich und geben immer beiden Parteien die nötigen Infos. Dann heißt es an einer geeigneten Stelle warten, bis das Passagierschiff vorbei ist. Wir werden sehen. Bis jetzt hat dies immer super geklappt!

Heute nehme ich mir einen Tipp von Matthias und Nathalie zu Herzen: Es gibt einfach nur Aelplermagronen und Salat. Das

sind spezielle Teigwaren und Kartoffeln mit Käse im Ofen überbacken. Das hat übrigens mega gut geschmeckt! Nach dem Znacht gehen wir mit Fiiny noch spazieren und ich kann wieder mal einen frischen Blumenstrauß (Wildblumen) für unseren Tisch pflücken. Bis heute habe ich ein kleines Blumenstöckli gehabt, doch das hat den Geist aufgegeben. Am Schleusenkiosk ordere ich noch frische Frühstückseier für morgen. Hier hat es ein Gehege mit Hühnern.
*Seilwinde

15. 07. 2014

Ich bekomme am Morgen 5 frisch gelegte Hühnereier Größe L. Super – zwei davon mache ich zum Frühstück. Die schwedischen Eier sind um einiges besser als die in Deutschland gekauften und sind so gut wie jene Eier, die ich in der Schweiz jeweils direkt vom Bauern kaufen konnte. Es ist bewölkt, jedoch warm, und wir haben leichten Wind aus West. Um 10.15 Uhr fahren wir in die vor uns liegende Schleuse von Brättom ein. Heute wollen wir nicht weit, nur bis Norsholm. Das sind drei Brücken und keine weiteren Schleusen mehr. Also eine knappe Stunde Fahrt.

Jörg möchte die „JOYA" putzen, die total verdreckt ist, und die Sonnenkollektoren sind voller Möwendreck und Staub. Auch die Fender sind schmutzig und voller Schleusenfett. Eine Putzete (Reinigung) ist wirklich nötig. Ich hingegen habe Strom und Wasser und kann mit unserer Maschine waschen. Allerdings fehlt mir der Internetanschluss, den es hier nicht gibt. Jetzt scheint die Sonne wieder und ich hoffe, dass meine Wäsche schnell trocknet.

In der Zwischenzeit gehen wir mit Fiiny Gassi und erkunden die Gegend. Es gibt nicht viel zu sehen und das Städtchen ist etwas weiter entfernt. Doch es hat einen ICA-Einkaufsladen. Hier können wir die leeren Bierflaschen und die Getränkedosen abgeben. Jörg möchte heute nochmals einen Thunfisch. Diesen gibt es zwar hier, doch nur tiefgekühlt. Macht nichts, wir kaufen den Fisch. Dazu mache ich dann frisches Gemüse, ein paar Kartoffeln und Salat.

Aber zuerst genieße ich noch einen Campari Orange und stricke dabei endlich meine Socken fertig. Es ist mir verleidet weiterhin zu stricken. Ich möchte wiedermal ein Hörbuch in Ruhe hören. Das werde ich dann morgen tun. Um 17.00 Uhr kann ich die ganze Wäsche zusammenlegen und versorgen. Super, jetzt habe ich wieder für eine Woche Ruhe mit dem Waschen. Leider macht das Wetter immer mehr zu und es wird bald regnen. Wir studieren die Karte und schauen, wo wir Kathrin am 19. 07. am besten aufnehmen können. Vor allem, wo der Schnellzug von Stockholm hält. Vielleicht gibt es auch einen Bus. Morgen sind wir ja noch hier und können dann genauer abschätzen, wohin wir fahren sollen.

Berg wäre eine Option. Nach einer unruhigen Nacht (sehr schlecht geschlafen) und wenig Regen ist es heute wieder schön und warm mit Westwind.

16. 07. 2014

Es ist der 16. 07. und heute hat mein erwachsenes „Gottenkind" Angela Geburtstag. Ich werde sie noch anrufen zum Gratulieren. Wir machen einen Ruhetag und studieren unsere weitere Route. Wenn wir weiterfahren, müssen wir über den See und dann beginnt die bekannte Schleusentreppe nach Berg. Möglicherweise herrscht Andrang und wir müssen unten im See warten, bis wir drankommen. Bei wenig Wind ist das kein Problem. Bei Starkwind müssten wir im See draußen Runden drehen, bis wir reinfahren können, denn es hat nur ganz wenige Anleger vor der Schleusentreppe.

Wir machen einen langen Spaziergang mit Fiiny den Kanal entlang. Von Westen naht gerade eine 54 Fuß Jacht, ein Riesenboot! Mindestens 5 m breit. Wie schafft der das ohne Kratzer in den Schleusen mit nur 6 Fendern auf einer Seite? Vielleicht ist es ein Charterboot und dann muss man mit Verlust rechnen ...

Unsere Thomy Mayonnaise ist ausgegangen und wir sind am Suchen einer schwedischen Mayo, die unserem Geschmack entspricht. Nicht ganz einfach! Entweder erwischen wir eine süße oder eine fischige Mayo. Jetzt wäre es gut, man könnte die schwedische Sprache! Eine schwedische Spezialität sind gekochte Randen, fein gescheibelt und mit frischem Meerrettich gegessen. Dazu Smörebröd (Knäckebrot mit Butter drauf). Wir mögen das sehr! Auch wäre ein fangfrischer Fisch wieder mal toll. Aber wir sind hier eben nicht an der Küste. So gibt es heute zum Znacht Köttbölla, diesmal mit einer Bratensoße und einem feinen Risotto. Farblich passt dann noch frisches Rüebligemüse dazu. Den Salat oder eben Randen mit Meerrettich essen wir meistens vorne weg.

Jetzt aber sitze ich an der Sonne mit meinem Hörbuch und einem Campari Orange! Jörg hat sich für eine Weile aufs Ohr gelegt und Fiiny schläft auch.

Soeben höre ich den Wetterbericht für die kommenden Tage. Es bleibt schön und heiß. Gut zu wissen, da wir morgen eine längere Zeit zum Schleusen haben. Das ist angenehmer, als wenn es regnet. Wir gehen heute früher zu Bett, da wir morgen um 08.00 Uhr aufstehen wollen.

17. 07. 2014

Es ist jetzt 07.30 Uhr morgens und bereits sehr heiß. Eine 12-m-Stahljacht lässt seit 07.00 Uhr ihren Motor laufen und weckte mich. Ich gehe zuerst mit Fiiny, damit sie sich versäubern kann. Dann starten wir kurz vor 08.00 Uhr Richtung Berg, unserem heutigen Ziel. Wir schleusen mit einem deutschen Segler. Sein Heimathafen ist Arnis an der Schlei. Das Paar wohnt jedoch in Wedel bei Hamburg. Sie sind beide in unserem Alter und machen jetzt den gleichen Weg wie wir. Sehr nette und angenehme Leute!

Um 10.15 Uhr kommen wir bei der Schleusentreppe am Roxensee an. Es ist schon recht voll und wir warten, bis die Schleuserei nach oben um 12.00 Uhr losgeht. Die Schleusenwarte teilen die Boote nach Größe ein. Wir dürfen erst in Kammer 3 einfahren und sind das letzte Boot. Alle anderen, die nach uns noch gekommen sind, müssen mindestens zwei Stunden warten. Um 16.30 Uhr sind wir dann endlich oben (nach 8 Doppelschleusen) und suchen einen freien Platz im Zwischenhafen von Berg. Es hat genug Platz und wir finden eine ruhige Ecke. Fiiny ist froh, endlich kann sie sich versäubern. Das hat jetzt unendlich lange gedauert! Eine Stunde später, das Schiff liegt gut vertäut da, spazieren wir zum Hafenrestaurant. Jörg möchte jetzt ein Bier. Leider gibt es da aber nur Glacé und Getränke. Ich sehe etwas weiter vorne eine fahrbare Thaiküche. Hier bekommt Jörg sein Bier und wir essen Riesengarnelen im Bierteig an einer scharfen Soße. Dazu gibt es noch Reis. Das ist auch gleich unser Znacht! Zwar noch etwas früh, doch später isst Jörg sowieso noch seinen Käse, dazu ein oder mehrere Gläser Wein. Ich halte mich da meist sehr zurück. Mir reicht ein Glas Wein zum Genießen. Ich habe gehofft, Internet zu haben, doch leider funktioniert es hier auch nicht! Im Touristoffice sagen sie, dass es schon letzte Woche nicht lief.

Wir sind in Berg bis am Samstag – dann kommt unsere Kathrin kurz vor Mitternacht hier an. Wir freuen uns sehr! Am Sonntag fahren wir dann wieder weiter und müssen gleich nochmals eine 5er Schleusentreppe bewältigen. Aber dann haben wir ja eine Hand mehr, die helfen kann.

18. 07. 2014

Nach einem ausgedehnten späten Frühstück suchen wir zu Fuß das Dörfchen Berg. Wir finden nur einen ICA und zwei Cafés. Sonst nur Häuser. Keine Bank, keine Kirche, einfach nichts. Ich wollte wieder mal Geld holen. Im Touristoffice sagen sie, ich müsste ins 5 km entfernte Linköping. Nachher gehen wir in ein Café und fragen, ob sie Internet bzw. WiFi haben. Leider nein. Also zurück und ins Restaurant oben an der Schleuse. Hier bekomme ich den Code fürs Internet. Die zwei Biere kosten 135 Kronen! Das sind knapp 20 Franken! Ich kann wenigstens meine Mails abrufen und erfahre so wieder das Neuste aus der Schweiz. Den Flugzeugabsturz bzw. Terrorakt von gestern haben wir im TV gesehen.

Das ist wirklich schockierend – so viele Personen und Kinder, die in die Ferien fliegen wollten. Ganze Familien ausgelöscht. Was kommt wohl als Nächstes? Hört das denn nie auf? Ich entschließe mich, mit dem Velo nach Linköping zu fahren. Es hat einen durchgehenden Radweg. Ich starte um 14.00 Uhr, nach einer guten halben Stunde sehe ich vor der Stadt Linköping ein riesiges Einkaufszentrum mit IKEA etc. Hier gibt es meistens auch Bankomaten. Also nichts wie hin und rein ins Getümmel! Arbeitet heute keiner? Hunderte von Menschen flanieren hier, schauen, kaufen oder warten. Beim ersten Bankomaten lasse ich ein paar Scheine raus. Und wenn ich schon da bin (ohne Hund und Mann), dann nutze ich die Gelegenheit und schaue mich um. Überall ist Sommerausverkauf. In einem der vielen Kleiderläden kaufe ich zwei Tops aus Baumwolle. Umgerechnet 12 Franken pro Stück. Die kann ich jetzt bei der Hitze immer noch gut brauchen. Außerdem schaue ich mir mal die Sommerkleidchen an. Sie sind billig, hauchdünn und durchsichtig und absolut nicht mein Geschmack! Hosen habe ich bereits zur Genüge. So schlendere ich durch alle Läden, kaufe mir aber außer 4 Gläsern im IKEA nichts mehr. Die Zeit habe ich total vergessen … Ich radle zurück, immer mit Gegenwind. Die Batterie von meinem E-Bike ist fast leer und ich fahre auf dem letzten Zacken. Hoffentlich reicht es noch bis zurück zum Hafen.

Unterwegs habe ich eine komische Begegnung mit drei jungen „Arabertypen", die zu Fuß auf dem Radweg unterwegs sind. Sie lassen mich erst nicht durch und fragen mich etwas, das ich nicht verstanden habe. Sie beäugen mein Velo, doch scheinbar ist es zu wenig interessant. Ich dränge mich dann durch und bin froh, dass ich wieder zufahren kann. Ich bin um 16.30 Uhr zurück auf der „JOYA", der Schweiß rinnt mir von der Stirne und ich muss „*subito*"★ unter die kühle Dusche. So – jetzt bin ich wieder frisch und brauche einen Campari Orange! Viel ist in der Flasche nicht mehr drin.

Jörg hat in der Zwischenzeit mit dem Staubsauger die Runde gemacht. Danke schön! Er ist der fast perfekte Hausmann!

★*sofort*

19. 07. 2014

Wir sind immer noch in Berg. Heute Nacht kommt Kathrin zu uns. Es ist sehr schwül und dunkle Wolken ziehen auf. Wir hoffen auf etwas Regen, denn es ist alles furztrocken und staubig. Wir bringen das Boot auf Vordermann. Putzen die Nasszellen und Toiletten gründlich. Jörg verlangt nach einer meiner Zahnbürsten, um die Düse des Closomats (elektrische Toilette) reinigen zu können. Ich sage ihm eindringlich, dass er diese Zahnbürste nachher wegwirft, nicht dass ich sie noch verwechsle!

Heute versuchen wir nochmals, beim Restaurant oben an den Schleusen ins Internet zu kommen, damit ich meinen Bericht versenden kann. Das freie WiFi am Götakanal funktioniert überhaupt nicht! Das ist eine Zumutung! Wir haben so viel bezahlt und nichts funktioniert hier richtig. Selbst Strom gibt es nur mit 6 Ampère. Das ist für unser Boot viel zu wenig! Zwar nutzen wir die Sonnenenergie, doch wenn wir auf Landstrom angewiesen sind, haut es meistens sofort die Sicherung raus.

Jörg und unser Hund baden nochmals, während ich den Hefeteig für ein Brot knete. Ich freue mich auf Sonntagmorgen mit frischem Brot!

Dann jedoch werden wir weiterfahren und Kathrin den wunderschönen Götakanal zeigen.

20. 07. 2014

Kathrin ist gegen 01.00 Uhr im Hafen angekommen. Wir fallen uns in die Arme, haben wir uns doch seit Ostern nicht mehr gesehen! Sie ist müde von der langen Reise und nach einer kleinen Erfrischung kriecht sie in ihre Koje. Der Hafen Berg ist so voll, dass nun wirklich keiner mehr einen freien Platz findet. Die Segler liegen wie Sardinen aneinander, Fender an Fender. Wir gehen erst um 03.00 Uhr schlafen.

In der Nacht hat es geregnet. Die Luftfeuchtigkeit ist sehr hoch, der Himmel bedeckt. Schon um 07.30 Uhr geht der Motoren-

lärm los. Jeder will der Erste zum Schleusen sein. Schlafen kann ich so nicht mehr, also gehe ich mit Fiiny auf eine Runde. Um 09.00 Uhr richte ich das Frühstück. Die Schweden sind nicht nur ein Glacéland, sondern auch ein Joghurtland! Alle Sorten und für alle Geschmäcker gibt es Joghurt im Liter Tetra Pak. Er schmeckt wunderbar cremig und ist nicht allzu süß.
Nach dem reichlichen Zmorge richten wir uns ein für die Weiterfahrt nach Ljungsbro/Malfors. Wir hoffen, dass es Platz hat. Wenn ja, fahren wir heute nicht weit und genießen die Ruhe von Malfors' schönem Liegeplatz. Aber zuerst müssen einige Schleusen abgearbeitet werden. Kathrin ist mir eine echte Hilfe und macht diese Arbeiten hervorragend.
Wir bekommen einen schönen Liegeplatz in Malfors. Zuerst machen wir Kathrins Wäsche. Dann baden Jörg, Kathrin und Fiiny im Kanal und „schlauchen" Fiiny mit dem Frisbee, bis sie total kaputt ist. Danach gibt's Apéro: Schinken, Melone, Roastbeef mit Meerrettichpaste und Weißwein. Lecker! Später richten Kathrin und ich den Znacht. Es gibt eine schwedische Spezialität: Nierstückrippli vom Grill (am Stück), dann in Tranchen geschnitten und Gorgonzola-Würfeli darauf zergehen lassen. Dazu selbergemachte Spätzli und Blumenkohl. Vorgängig noch einen gemischten Buntsalat. Wir sind alle müde und gehen bald schlafen. Jörg macht mit Fiiny noch die letzte Runde.

21. 07. 2014

Kathrin geht schon um 08.00 Uhr joggen mit Fiiny, die überall schnüffeln möchte. Nach dem Frühstück fahren wir um 10.00 Uhr los und müssen zuerst diverse Klappbrücken passieren. Dann haben wir eine gemütliche Kanalfahrt bis Borensberg. Hier gilt es, eine handbediente Schleuse mit nur wenig Höhenunterschied zu machen. Kathrin bedient die Schleuse. Dann steuert sie die „JOYA" über den Borensee. Der See ist flach, praktisch keine Wellen und auch kein Wind. Bei der berühmten Schleusentreppe kommen wir um 12.30 Uhr an. Es warten bereits 8 Boote. Das kann ja lange dauern heute! Wir stellen uns in die Reihe und warten. Um 15.30 Uhr können wir einfahren. Mit uns eine schwedische Stahljacht und eine Spitzgatt. Es wird eng in der Schleuse. Wir sind zuvorderst und bekommen den ganzen Wassereinlass zu spüren. Es dauert und dauert und dauert. Um 18.00 Uhr sind wir endlich durch und ich bin fix und foxi. Kathrin holt mir ein Softice, um meine unterzuckerten Hirnzellen wieder zu aktivieren! Mmmmmhhh, das tut gut!

Nach der Schleuserei machen wir Halt in einem Vorort von Motola (bei den alten Museumsfabriken). Es heißt hier Charlottenborg. Dieser Platz ist schön ruhig und abseits der Straße. Meine Mannschaft geht zuerst mal im Kanal baden. Fiiny muss ich reinschubsen, da sie nicht von der Badeplattform springen will. Dann aber geht sie ab wie die Post!

Ich richte in der Zwischenzeit den Znacht: Randensalat und bunter Blattsalat, grillierte Peperoni an Olivenöl, mit Knoblauch und Zwiebeln, Butternüdeli, Blumenkohl, Rindsfilet vom Grill. Jörg hat mittlerweile den Dreh raus, damit das Filet schön rosarot ist. Wir schlemmen und meine Nullstimmung nach der Schleuserei ist wieder im grünen Bereich.

Dann, nach dem Abwasch, gibt's noch Espresso und Kokosmakrönli. Um 22.30 Uhr geht die Sonne gerade als roter Ball im Westen unter. Kathrin hat sich heute den Brenner auf Schultern, Dekolleté und Gesicht geholt. Ich lindere ihre Schmerzen mit Himbeerquark. Sie riecht jetzt wie ein Himbeeri!

22. 07. 2014

Kathrin ist bereits mit Fiiny unterwegs am Joggen, als ich aufstehe. Oh, mir tut heute alles weh und ich habe an den Fingern Blasen vom Taunachziehen in den vielen Schleusen. Mein kaputtes Fußgelenk schmerzt, ist dick angeschwollen und das schon am frühen Morgen! Naja, heute haben wir es gemütlich, da wir nur bis Motala fahren. Ich muss dringend in die „Horwerkstad", gemeint ist der Coiffeur! Jörg hütet Fiiny. Kathrin und ich nutzen die Gelegenheit und gehen Lädelen, Einkaufen und zum Coiffeur. Es ist immer noch Sommerschlussverkauf und die Preise sind wirklich gefallen. Kathrin findet einige schöne Sachen im Sportgeschäft; ich kaufe mir eine gute Sonnenbrille, dann habe ich meine Sitzung beim Friseur. Schon nach kurzer Zeit bin ich fertig. Jetzt ist es mir wieder wohler! Danch gehen wir zusammen einkaufen. Wir finden frischen Lachs, den legen wir morgen auf den Grill. Heute gibt's was anderes. Ich muss langsam den Tiefkühler aufbrauchen. Ich habe noch ein halbes Schweinsfilet, das heute dran ist. Das gibt ein paar Medaillons aus der Pfanne.

Wir finden auch den Systembolaget, um noch einen Campari einzukaufen. Doch dieser ist ausgegangen. Es gibt nur den einheimischen Rosita Bitter, der gerade mal umgerechnet 14 Franken kostet. Wir nehmen diesen mit, probieren ihn auf der „JOYA" und da Jörg noch Bier holen geht, ordern wir gleich noch einen zweiten Bitter. Man merkt nämlich keinen sonderlichen Unterschied im Geschmack, dafür im Preis!

Während Hund, Jörg und Kathrin baden, schreibe ich meine Berichte ein. Hier habe ich Internet und muss jetzt alles versenden, da es nachher wieder eine Weile dauern kann. Ein kurzer Gewitterregen kühlt die Luft etwas ab, dann scheint die Sonne wieder unbarmherzig heiß.

Wir liegen hier direkt am Pier und die Leute spazieren an uns vorbei. Jetzt muss ich dann mal ein Kässeli aufstellen für die Fotos, die von unserem Boot gemacht werden! Viele bleiben stehen und sprechen uns an: „Wie kommt man denn von der Schweiz mit einem Boot bis nach Schweden?" Scheinbar können viele Leute sich dies gar nicht vorstellen. Auch einige Schweizer getrauen sich, ein paar Worte mit uns zu reden.

Nach dem Nachtessen und dem Abwasch sitzen wir gemütlich hinten in der Plicht, bis es wirklich dunkel ist. Dann ist es auch Zeit fürs Bett.

23. 07. 2014

Fiiny darf mit Kathrin um 08.00 Uhr nochmals joggen gehen. Es ist bereits wieder sehr heiß. Einige Kinder baden schon und springen von den Booten ins Wasser. Bis die „Jogger" zurück sind, richte ich das Frühstück. Jörg liegt noch in seiner Koje. Gestern haben wir noch besprochen, dass wir heute eine längere Strecke zurücklegen. Wir fahren durch den weiten Vätternsee in das wunderschöne Schärengebiet bis zur ersten Schleuse von Forsvik. Wir müssen ca. 20 Minuten warten, bis wir einfahren können. Ein schwedischer Motorbootfahrer, der vor uns am Steg liegt, will raus – und in die entgegengesetzte Richtung fahren. Als er sein Boot retour aus seiner Liegestelle zieht, touchiert er unsere Backbordseite. Wieder ein Fletschen am Holz weg und unten vorne am Schwimmer ein tiefer Kratzer. Der Mann entschuldigt sich, doch Jörg ist sauer. Der Mann hat sein Boot überhaupt nicht im Griff. Jörg schickt ihn energisch weg, er soll zufahren. Nach der Schleuse kommen wir an die Engstellen. Diese können wir ungehindert passieren. Danach geht es weiter durch den Vikensee bis nach Tatorp. Wir erreichen die Liegestelle vor der Brücke bei Tatorp nach 6 Stunden Fahrt kurz nach 17.00 Uhr. Es war eine wunderschöne Fahrt, jedoch sehr heiß. Kathrin, Jörg und Fiiny baden zuerst hier im See, danach noch an der Liegestelle. Ich dusche mich mit der Außendusche kalt ab. Das erfrischt herrlich!

Kathrin hat gestern noch fast 600 Gramm frischen Lachs am Stück gekauft. Den legen wir jetzt bald auf den Grill. Dazu Rahmspinat und kleine Salzkartöffeli. Vorher noch den obligaten Salat, diesmal Tomaten-Mozzarella-Frühlingszwiebeln-Basilikumsalat.

Heute, zur Feier dieses wunderschönen Tages, trinken wir mit Kathrin unseren zweitletzten Oskar! Mmmmmh, der ist einfach spitze!

Die Sonne, die Luft und das Wasser machen mich sehr müde. Ich gehe schon um 21.00 Uhr schlafen. Doch die Stechmücken lassen mir keine Ruhe. Schlaftrunken suche ich nach Elviras „Mygga Spray", den sie mir mitgegeben hatte. Dieser stammt noch von ihrer Schwedenreise. Ich spraye die Fenster samt Fliegengitter ein sowie die Roulos. Eine Mücke erwische ich noch an meinem Ohr, bevor sie mich sticht. Dann ist endlich Ruhe. Ich denke noch, hoffentlich bringt mich dieser Gestank nicht um, da bin ich bereits weggetreten ...

24. 07. 2014

Ich erwache schweißgebadet und muss zuerst kalt duschen! Jetzt fühle ich mich sauber und frisch. Kathrin ist mit Fiiny schon unterwegs. Jörg schläft noch. Ich richte für den Hund das Fressen und für uns den Zmorgetisch. Wie immer mit 3-Minuten-Ei. Heute wird es wieder sehr heiß. Wir planen für diesen Tag nur eine kurze Fahrt, wollen die langen Engstellen durch den Wald hinter uns lassen.

So legen wir um 10.00 Uhr die Leinen los und fahren gemütlich durch die erste Schleuse. Hier muss selber gekurbelt werden! Wir fragen sicherheitshalber den Schleusenwart, ob noch Passagier-Schiffe des Weges kommen. Er meint, heute Morgen nicht. So ist Jörg beruhigt. Zuerst kommt uns ein Segler entgegen, den wir noch leicht kreuzen können. Danach ein kleines Motorboot, das sich gut am Rand an uns vorbeidrücken kann. Und dann – an der engsten Stelle – ein Gummikanu mit Mann und zwei Kleinkindern drin sowie auf einem Steh-/Paddelbrett die Frau. Sie merken jedoch schnell, dass sie nicht an uns vorbeikommen, und weichen aus in eine Wurzelmulde, wo sie sich festhalten. Das ist nochmals gut gegangen. Danach haben wir freie Fahrt bis dahin, wo der Kanal wieder breiter wird. Vor einigen Brücken müssen wir warten, bis sie aufgehen. Teilweise, vor allem in Töreboda, werden die Brücken um 12.00 Uhr, 13.00 Uhr und 16.00 Uhr nicht geöffnet, sonst jede halbe und jede Stunde. Nach dem Passieren einer dieser Brücken bemerkt Jörg, dass sein Bugstrahlruder steuerbord nicht mehr reagiert. Da nützt alles Rütteln und Klopfen nichts. Also fahren wir weiter. Unterwegs bunkern wir noch Wasser, dann fahren wir bis zu unserem heutigen Liegeplatz nach Hajstorp, wo wir vor der kommenden Schleuse festmachen. Während Jörg das Relais des Bugstrahlruders auszubauen beginnt, baden Kathrin und Fiiny ausgiebig im Kanal.

Bei DER Hitze badet fast jeder außer mir! Mich bringt hier Null und nichts in dieses Wasser. Ich spritze mich mit dem Kaltwasserschlauch am Steg ab und bin so auch herrlich erfrischt. Jetzt genieße ich meinen Campari Orange und mixe Kathrin einen Gin Tonic. Jörg ist immer noch am Reparieren dieses Relais. Es klappt einfach nicht. Auch ein Anruf bei Ignacio in der Werft bringt ihn nicht weiter. Wir müssen die Vertretung dieses Teils anrufen. Das machen wir morgen früh. Später beginne ich mit dem Rüsten von Gemüse für unser heutiges Mah-Meh. Vorher bekommt jeder eine halbe Avocado mit meiner speziellen Salatsoße. Das Mah-Meh aus dem Wok mit viel Curry wird bis zum letzten Krümel leer gegessen! Zum Glück liegen wir hier etwas am Schatten und können so den langen Abend ohne Schwitzen ausklingen lassen. Dafür ist es unten in den Kojen viel zu warm.

25. 07. 2014

Wir sind heute früher aufgestanden, da wir die Sache mit der Bugstrahlreparatur an die Hand nehmen müssen. Jörg ruft die Vertretung Schweiz an. Der gibt ihm eine Nummer aus Norwegen durch. Norwegen sagt, wir müssen die Vertretung Schweden anrufen. Da nimmt um mittlerweile 09.00 Uhr keiner ab. Wieder nach Norwegen telefonieren. Die Dame verspricht, die Schweden zu informieren, damit man uns zurückrufe. Also bereiten wir zuerst das Frühstück vor. Eigentlich wollen wir heute bis nach Sjötorp fahren. Das Wetter bleibt heiß und fast windstill. Wir rufen nochmals die Schwedenvertretung an. Jetzt wird abgenommen. Kathrin schildert denen auf Englisch unser Problem. Langes Hin und Her Diskutieren. Dann rufen wir den Mechaniker in Sjötorp an. Der bekommt das Ersatzteil erst am Dienstag. Das ist für uns ein Problem, denn Kathrin müsste am Sonntag von Mariestad aus mit dem Zug nach Göteborg reisen. Wir beschließen, in Sjötorp zu warten, damit das Teil durch den Mechaniker eingesetzt werden kann. Kathrin muss dann wohl oder übel umdisponieren.

25. 07. 2014

Glücklicherweise haben wir ganz unerwartet Internet in Haystorp. Kathrin findet so heraus, dass Sjötorp nicht ideal für einen Zug nach Göteborg ist. Wir fahren heute nur bis Lyrestad. Dazu müssen wir wiederum durch ein paar Schleusen. Wir warten wieder mal 1 ½ Stunden davor, bis es losgeht. Wir stehen in der prallen Sonne, nirgends Schatten! Zum Glück geht es abwärts, das ist einfacher. Wir beschließen, morgen nach Töreboda zurückzufahren. Dort kann Kathrin am Sonntag einen direkten Zug nach Göteborg besteigen. Schade, dass sie nicht mehr durch die Schären mit uns fahren kann.

Trotz defektem Bugstrahlruder kommen wir heute gut vorwärts. Es hat keinerlei Wind, die Hitze ist mörderisch! Und immer noch kein Gewitter mit Regen in Sicht! Das Gute ist jedoch, dass es nachts recht abkühlt und das Boot am Morgen nass ist vom Tau.

Nach zwei Einzelschleusen, zwei Doppelschleusen und einer Dreierschleuse erreichen wir den heutigen Zielort Lyrestad. Wir quetschen uns zwischen zwei Segler rein und eine halbe Stunde später ist der ganze Hafen voll bzw. alle möglichen Liegeplätze sind belegt. Dies ist ein kleiner Ort, sehr idyllisch gelegen. Er hat sogar einen ICA und wir decken uns wieder mit Salat, Brot und frischem Gemüse ein.

Es ist Kathrins zweitletzter Abend. Heute mache ich das Roastbeef, das nur für uns beide viel zu viel gewesen wäre. 700 Gramm feinstes Roastbeef (aus Schweden) bereite ich auf die englische Art zu: Niedergaren bei 80° während 1 ½ Stunden. Zuvor brate ich das Stück Fleisch kurz an, damit sich die Poren schließen. Dann würze ich das Ganze, unterlege Rosmarinzweiglein und leg es aufs Blech. Rundherum verteile ich direkt am Fleisch Orangenschnitze. Das gibt dem Roastbeef einen leicht herborangenen Touch. Nach der Garzeit sollte es innen noch blutig sein und gegen außen sehr rosé. Dazu mache ich ein Pilzrisotto und diesmal TK-Sommergemüse (tiefgekühltes). Vorab hatten wir Lattich- und Randensalat. Zum Roastbeef serviere ich eine Soße Béarnaise.

Ja, die Kocherei hat sich gelohnt. Das Roastbeef gelingt super und ist butterzart. Wir verputzen den ganzen Mocken Fleisch. Vom Gemüse und Risotto bleibt ein kleiner Rest übrig. Den verbleibenden Abend verbringen wir mit allerlei Gesprächen und natürlich noch einem zusätzlichen Glas Wein. Die Hitze macht uns müde, obwohl wir alle mehrmals täglich baden oder ich mich sicher drei- bis viermal kalt abdusche. Also morgen heißt es freiwillig die ganze Schleuserei zurück.

26. 07. 2014

Nach einer angenehmen kühleren Nacht haben wir relativ gut geschlafen. Normalerweise bin ich ab 03.00 Uhr wach und kann nicht mehr richtig fest schlafen. Diesmal bin ich noch mal kurz eingeschlafen, bis Kathrin vom Joggen zurückkommt. Dann ist es laut und der Hund will seinen Zmorge. Zudem ist direkt am Liegeplatz entlang Markt mit vielen Ständen. Die haben schon früh angefangen mit dem Aufbauen. Vor unserem Boot ist das Kuh-Bingo. Das geht so: Man kann gegen Geld auf ein Viereck setzen, welches auf der Wiese eingezeichnet ist. Es hat ein Rechteck mit lauter kleineren Viereckenfeldern. Wenn alle Leute auf ein Feld gesetzt haben, führt der Bauer seine Kuh rein in dieses Rechteck. Dort wird sie dann ihren Fladen irgendwo fallen lassen. Wer auf das richtige Viereck gesetzt hat, der hat gewonnen.

Ich gehe nur kurz mit Kathrin durch den Markt. Nichts Gescheites, viel Ramsch und billige „Fummels", etwas Handwerk wie Vogelhäuschen oder Gefilztes und Honig. Ich kaufe uns einen Honig, der noch flüssig ist. Unser Honig ist fast leer.

Dann ist es Zeit zum Ablegen. Es hat wenig Verkehr auf dem Kanal und wir müssen ja zuerst alle Schleusen, die wir gestern machten, heute wieder abarbeiten. Wir kommen in Rekordzeit durch und es ist gar nicht streng, weil wir meist allein in einer Schleusenkammer sind. Dann geht es ruck, zuck! Wir sind ja jetzt ein eingespieltes Team! In der letzten Schleuse bei Hajtorp habe ich Internet und lade schnell den gestrigen Bericht mit den Fotos online.

Denn in Töreboda habe ich wieder keine Verbindung mehr. In der Schleuse reden wir mit einheimischen Touristen (auf Englisch), die sich einmal mehr wundern, wie wir von Basel hierhergekommen sind. Ein Herr aus Göteborg sagt, heute werde es regnen, und schon kurze Zeit später bedeckt sich der Himmel. Doch es ist immer noch schwül heiß. Um 15.00 Uhr erreichen wir Töreboda und finden den Steg fast leer vor. Sobald wir alles gut festgemacht haben, suche ich die zu waschende Wäsche zusammen. Es gibt eine volle Maschine für 60°. Hier haben wir Strom und Wasser, jedoch keine öffentliche Waschmaschine. Also wasche ich mit meiner Maschine.

In der Zwischenzeit geht Kathrin zum nahen Bahnhof und holt sich ihr Ticket für den Zug. Sie bringt mir ein herziges Rosenstöckli mit, da meine Wiesenblumen längst verdorrt sind. Jörg, Fiiny und ich gehen zum KRUBB, einem Restaurant nebenan und trinken ein Bierchen. Ca. 20 m entfernt probt ein Sängerpaar für den heutigen Abend: Open Air Konzert auf einer kleinen Bühne. Es tönt so nach Schnulzen; da schlafen einem ja die Füße ein! Na, wir werden es noch hören heute Abend.

Jörg geht mit Fiiny laufen und noch ausgiebig schwimmen, damit sie schön müde ist. Kathrin badet im Kanal, aber vom Schiff aus. Ich nehme eine kalte Dusche, wie immer.

Heute grillieren wir nochmals Koteletts, dazu den Rest des Pilzrisottos von gestern. Vorher gibt's noch einen Tomaten-Mozzarella-Salat. Während wir den Salat essen, geht der Gesang los. Wie gesagt, langweilige Musik. Das haut niemanden vom Stuhl! Abgesehen davon, es hat kaum Publikum.

Unser Nachtessen ist wie immer fein und diesmal gibt's keine Reste. Die Musiker haben ihr Konzert um 19.30 Uhr eingestellt, wahrscheinlich mangels Publikum.

27. 07. 2014

Kathrin ist früh auf und richtet sich, da sie schon bald auf den Zug nach Göteborg muss. Von dort aus dann zum Flughafen und mit SAS nach Zürich. Wir stehen alle früher als sonst auf und essen gemeinsam unser letztes gemeinsames Zmorge. Es verspricht wieder ein heißer Tag zu werden. Um 09.30 Uhr begleiten wir Kathrin zum Bahnhof und warten, bis der Zug einfährt. Dann verabschieden wir uns von ihr. Wir haben sie sehr genossen und hatten eine tolle Zeit zusammen! Wir legen auch bald die Leinen los und fahren zurück. Die Schleuserei beginnt wieder von vorne! Aber wir kommen recht gut durch, außer dass ich ein paar Blasen an den Händen habe vom Taue Halten und Anziehen. Und da ist natürlich wieder eine ältere Seglerin, die vor den Schleusen jedem Wartenden sagt, was er zu tun hat und wer zuerst dran komme. Dies ist jedoch Sache des Schleusenwarts. Er teilt die Wartenden ein. Wie überall, gibt es auch hier Besserwisser und Drängler. Doch es sind nie die Jungen! Das muss einfach mal gesagt werden!

Wir belegen in Lyrestad den letzten Platz, direkt vor den Wohnmobilen. Die helfen uns schon beim Anlegen und begrüßen uns, als seien wir alte Bekannte. Wir kommen dann auch mit einigen ins Gespräch und erfahren so allerhand. Bei einem älteren holländischen Paar stellen wir fest, dass wir gleiche Bekannte in Schaffhausen haben. Sie sind öfter mal bei denen oder ihre Bekannte bei ihnen in Holland. Ja, die Welt ist doch klein!

Jörg schwimmt Fiiny noch müde, ich dusche, diesmal lauwarm und dann beginnt ein Gewitter und es regnet. Endlich kühlt es etwas ab! Wir machen sofort Durchzug und bringen die ganze stickige Wärme aus dem Salon und sogar aus den Kojen. Heute werden wir sicher gut schlafen können.

Zum Nachtessen gibt es eine feine Butterrösti und ich schnippsle Wienerlirädli hinein mit viel Böllen (Zwiebeln). Ein kleiner grüner Salat dazu und das war's! Dafür trinke ich viel in den letzten Tagen. Oh nein, keinen Alkohol außer meinem Campari Orange und einem Glas Wein. Mehrheitlich nur kalten Tee mit Zitrone.

Nach dem Essen stelle ich noch die Waschmaschine an mit der Bettwäsche unseres Gastes. Damit für die nächsten wieder alles schön sauber ist. Diesmal nutze ich den Tumbler und im Nu kann ich wieder alles im Schrank versorgen.

28. 07. 2014

Wir haben lange und gut geschlafen! Kathrin schickt ein SMS, sie ist gut zuhause angekommen. Um 09.00 Uhr kann ich noch alle Hundetücher waschen, damit sie auch mal wieder frisch riechen ... Fiiny stinkt vom vielen Baden wie ein alter Bodenlumpen! Solange sie so viel im Wasser ist, nützt das Schamponieren von ihr auch nicht viel. Das machen wir dann im Herbst. Um 10.30 Uhr rufe ich den Mechaniker in Sjötorp an, ob das Elektronikteil gekommen sei. Er verneint, wird uns aber sofort zurückrufen, wenn es da ist. Ich erkläre ihm, dass wir in Lyrestad bleiben und er hierher in den Hafen kommen soll. Das sind ja nur 7 km. Er verspricht, dass er zu uns kommt.

Jörg hat die Putzwut befallen: Er staubsaugt gründlich mit unserem kabellosen Dyson. Dann aber entleert er die vielen Hundehaare in den Kanal, damit die Enten und Vögel die Haare holen können für ihre Nester. Das gibt jedoch Ärger, denn die WoMo Gäste wollen noch baden. Obwohl es mehr Dreck im Kanal hat als nur Hundehaare! Aber das wissen diese Leute nicht (hahaha). So leert er die nächsten Hundehaare in den Abfallkübel, damit die Kirche im Dorf bleibt.

Mittlerweile ist es Mittag geworden und wieder recht heiß und schweißtreibend. Der Regen über die Nacht hat der Natur gut getan!

Ich gehe in den nahen ICA und kaufe Hundegoodies (Stinkpansen) und die spezielle Pfeffermühle, die ich schon einmal in einem ICA gekauft habe. Darin ist Pfeffer, Chili, gerösteter Knoblauch, Zwiebeln sowie Chive. Letzteres weiß ich nicht, was es ist. Aber diese Mischung ist der Hammer und gehört bei uns an jedes Gericht! Dann finde ich endlich mal ein dunkles normales Brot. Weißbrot ist bei dieser Hitze sofort hart und dann will es keiner mehr. Dunkles Brot ist eh besser, nahrhafter und gesünder. Hier erfahre ich auch, dass im ICA jeweils freitags der Systembolaget herfährt und man sich dann mit Bier und Wein eindecken kann. Bis dahin sind wir hier hoffentlich wieder fort.

Jetzt gehe ich auf die Suche nach etwas Draht und ein paar Stecken. Bald ist der 1. August und ich möchte doch die Lampions aufhängen, ohne dass ich die „JOYA" abfackle! Leider ohne Erfolg, kein Draht, nirgends.

Hier noch etwas Informationen über Schweden:
Süd- und Mittelschweden sind die am dichtesten besiedelten Teile Schwedens mit rund 8,5 Millionen Menschen. Ca. 90 % der Bevölkerung leben auf nur einem Drittel der Gesamtfläche Schwedens. Diese beträgt rund 500.000 km². Die Mehrwertsteuer beträgt 25 %! Schwedisch ist eine nordgermanische Sprache und eng mit dem Deutschen und Englischen verbunden. Manchmal kann man einzelne Worte sogar verstehen. Hingegen ist die Aussprache nicht ganz einfach.

Hier etwas Schwedisch für Anfänger (nicht ganz ernst gemeint):

Toilette	=	Kakebarake
Bauchnabel Piercing	=	Ranze stanze
BH	=	Balle Schnalle
Bankkauffrau	=	Knete Grethe
Dolly Buster	=	Dralle Balle
Heiratsantrag	=	Göre beswöre
Untergehendes Schiff	=	swimme nimme
Antibiotikum	=	Bazille Kille
Autoreifen	=	Kröte töte
Brille	=	Nase Glase
Essen im Militär	=	Kakerlake Gesmake
Ehekrach	=	Gesirre klirre
Emanze	=	Störe Göre
Znüni des Polizisten	=	Bulle Stulle
Oma	=	Falte Alte

Spaß beiseite, wenn ich auf Schwedisch angesprochen werde, sage ich immer „Jag pratar inte svenska" (ich spreche kein Schwedisch) und frage, ob sie Englisch sprechen. Das können die meisten Schweden, manchmal auch etwas Deutsch.

Wer die Schweden-Krimis mag, hier kommt er auf seine Rechnung. Ystad und Kommissar Kurt Wallander (Henning Mankell) oder die Trilogie Thriller von Stieg Larsson. Die kennt hier wohl jeder! Ich habe alle diese Bücher oder Videos schon in der Schweiz gelesen oder gesehen. Hochsaison ist in Schweden von Midsommer (um den 24. 06. herum) bis zur zweiten Augustwoche. Dann sind fast alle Schweden unterwegs, entweder mit ihren Booten, ihren Wohnmobilen oder per Velo. Das Phänomen der Mitternachtssonne macht sich bereits in Südschweden bemerkbar, auch wenn es in seiner vollen Ausprägung nur nördlich des Polarkreises zu beobachten ist. Dann sind die Juni- und Julinächte extrem kurz. Das gesamte gesellschaftliche Leben spielt sich während dieser Zeit hauptsächlich im Freien ab. Und obwohl teuer, fließt der Alkohol in Strömen! Übrigens, wer längere Zeit in Schweden verbringen und die vielen Sehenswürdigkeiten besichtigen möchte, ist gut beraten mit einer Kulturarvskort. Sie kostet 140 schwedische Kronen und ist ein ganzes Jahr (von Mai–Mai) gültig. Zudem hat man damit fast halbe Preise für die Museen.

Die Winter sind dunkel und lang, manchmal mit sehr viel Schnee. Doch in den letzten Jahren habe es nicht mehr viel Schnee in Südschweden gehabt. Die Suizidrate ist denn auch entsprechend hoch in dieser Zeit. Naja, mich würde diese lange Dunkelheit – praktisch keine Sonne mehr – auch in eine Depression stürzen.

Nun können wir mitreden, denn bisher waren wir noch nie im hohen Norden für längere Zeit. Wir müssen beide eingestehen, dass wir doch mehr die Südländertypen sind und uns der Mittelmeerraum und dessen Mentalität besser gefällt. Allerdings würden wir es im Sommer im Süden auch nicht aushalten!

Nach einer kurzen Runde mit Fiiny (es ist einfach zu heiß für Mensch und Tier) gehen wir gerne wieder in die schattige Plicht unserer „JOYA" zurück. Bald ist es Zeit, Fiiny müde zu schwimmen.

Der Mechaniker hat bis jetzt nicht angerufen. Hoffentlich kommt der heute noch …

Lyrestad hat leider nicht viel zu bieten: ein Heimatmuseum, eine Pizzeria, eine Kirche und einen ICA. Im Heimatmuseum sieht man eine schwedische alte Stube, eine Tracht, altes Geschirr und einige alte schwarze Telefone. Zudem kann man handgewobene Trachtenstoffe kaufen. Ich habe mir vor Jahren eine Schaffhauser-Tracht mit weißer Leinenbluse mit Puffärmeln selber genäht. Diese Stoffe sind sehr teuer! Als ich nicht mehr hineinpasste, habe ich sie dem Trachtenverein verkauft. Heute kann ich nicht mehr nähen, da ich so kleine Stiche nicht mehr sehe.

Es ist nun 15.00 Uhr geworden, ohne dass wir vom Mechaniker wieder gehört haben. Dafür kommt ein Mann und fragt uns aus über den Weg von der Schweiz bis hierher. Dann sagt er, dass er eine dumme Frage habe und wir sagen müssten, wenn dies frech von ihm wäre. „Nur zu", ermuntere ich ihn. Also, meint er, bei ihm seien eine Frau mit ihrer Tochter und deren Freundin aus Weißrussland zu Besuch. Deren größter Wunsch wäre es, einmal mit unserem Katamaran ein Stück auf dem Kanal mitzufahren. Das sei doch kein Problem für uns, sage ich zu ihm. Sie könnten morgen gerne bis Sjötorp mitfahren, sofern wir das Bugstrahlruder heute reparieren können. Im Gegenzug bringt er uns heute noch 24 Dosen gutes Bier aus Mariestad mit. Das bezahlen wir ihm natürlich.

Danach reden wir mit einem Rentnerpaar aus Schweden (WoMo Touristen), die vor uns campen. Sie haben einen schwarzen Labrador namens Zorro dabei. Welche Freude bei den Hunden, endlich Gleichgesinnte zu finden! Zorro möchte Fiiny natürlich eingehend beschnuppern, anscheinend riecht sie gut. Doch sie wehrt ihn energisch ab und Zorro liegt beleidigt unter den Tisch. Leider können wir die beiden nicht frei spielen lassen. Zorro spiele kurz, dann haue er ab.

Von den beiden Schweden erfahren wir, dass sie im Schärengebiet oberhalb Göteborg leben und von August bis Mai mit dem WoMo unterwegs sind. Auch sie überwintern in Spanien, denn Schwedens dunkler Winter gefalle ihnen gar nicht. Die Frau sagt auch, dass sie in diesem schmutzigen Götakanal niemals baden würde. Wir müssen beide lachen, denn ich denke da gleich.

Um 18.30 Uhr bringt der schüchterne Typ das bestellte Bier. Wir sind gerade am Spaghettiessen. Er ist sehr schüchtern oder verklemmt. Er druckst herum und möchte uns für morgen Abend in seinen Garten zum Znacht einladen. Hoffentlich gibt's keine russischen Eier! Hahaha!

Wir sagen zu und ich überlege, was ich mitbringen könnte. Ich habe noch zwei Schoggi von Cailler und ein paar Schoggistengeli. Sonst habe ich nichts, das ich mitbringen könnte, da er keinen Alkohol trinkt. Aber sie dürfen ja übermorgen mit uns mitfahren. Der Mechaniker hat nicht angerufen, sodass wir sicher morgen das Ersatzteil bekommen. Dann bleiben wir morgen auch noch hier. Ich hoffe, ich kann irgendwann WiFi bekommen, vielleicht hat der Typ mit den Russinnen ja Internet. Wir werden sehen. Jörg schnarcht laut auf dem Sofa. Nach dem Essen und seiner Putzerei (er hat seine „JOYA" auch außen geputzt) ist er müde. Es sei anstrengend gewesen, vom Wasser aus den Dreck vom Schiff zu putzen. Letztmals hat er dies an der Schlei gemacht. Ich lasse ihn schlafen und ziehe mir eine Folge von Navy CIS am TV rein. Nebenbei lade ich meine Hör-CDs (lauter Krimis) aufs Laptop. Ich brauche bald noch einen Kaffee. Leider habe ich nur noch 20 Kapseln, dann gibt es Nescafé, bis ich wieder Kapseln finde, die mit meiner Nespressomaschine kompatibel sind.

Oh, da kommt der schüchterne Typ noch mal mit zwei Kesselchen. Er bringt frisch gepflückte Johannisbeeren aus seinem Garten. Er strahlt mich an wie ein Maikäfer. Ich bedanke mich und wünsche ihm noch einen schönen Abend. So viele Johannisbeeren kann ich alleine nicht essen. Jörg isst keine Beeren. Also gebe ich eine Hälfte den Holländern und eine Hälfte den Schweden, mit denen wir so netten Kontakt haben. Sie nehmen die Beeren gerne und freuen sich über so frische Ware! Eine Tasse voll habe ich für mich behalten.

Wir machen noch mit dem Hund eine letzte Runde, dann genießen wir den schönen Abend hinten in unserem „offenen Wintergarten" sprich Plicht, bis es Zeit ist, in die Kojen zu fallen.

29. 07. 2014

Heute Morgen ist es angenehm kühl, der Himmel ist bedeckt. Gut möglich, dass es heute nicht mehr so heiß wird. Nach dem Frühstück geht Jörg mit Fiiny laufen, während ich das Telefon hüte, falls der Mechaniker anruft. Wir verbringen den Morgen mit Warten und Hoffen, bis es Jörg schließlich dann um 14.00 Uhr „*verchlöpft*"* und ich den Mechaniker anrufen soll. Da Jörg kein Englisch spricht, liegt es an mir, zu verhandeln. Ich rufe in Sjötorp an. Ein Mann nimmt ab, doch er ist nicht derjenige von gestern und den Tagen vorher. Dieser habe heute frei. Also das ist ja der Hammer und er hat gestern nichts gesagt! Ich rufe die Elektronik-Vertretung von Schweden an und schildere „Thomas", unserem Gesprächspartner in Schweden, den Vorfall und dass wir jetzt seit 5 Tagen auf das kleine Elektronikteil warten. Thomas sagt, dass er das Teil noch am Freitag per Post nach Sjötorp gesandt habe. Ich bitte ihn, dort doch anzurufen und dem Mechaniker oder dessen arbeitendem Partner zu sagen, dass wir das Teil heute noch brauchen, da wir morgen weiterfahren müssen. Er verspricht mir dies und will mich dann wieder anrufen. Jörg würde auch nach Sjötorp radeln und es abholen. Doch wir wissen nicht einmal, wie diese mechanische Bude heißt.

Leider meldet sich auch Thomas heute nicht mehr. Auf diese Leute ist wirklich kein Verlass! Oder stellen wir zu hohe Ansprüche?

Der schüchterne Mann, der uns für heute Abend zu sich eingeladen hat, kommt vorbei und bringt uns die Wegbeschreibung zu seinem Haus. Er will nicht einmal etwas trinken und verabschiedet sich wieder. Wir vertreiben uns die Zeit bis um 18.00 Uhr mit Lesen, Schlafen, Faulenzen etc. Um 18.00 Uhr richten wir uns für die Einladung. Um 18.20 Uhr gehen wir los mit Fiiny. Wir finden das Haus ohne Probleme und werden sehr warmherzig empfangen. Jan, so heißt der Mann, stellt uns seine Freundin Tanja aus Belarusse vor, deren Tochter Tanya sowie deren Freundin aus Belarusse, die ihre Ferien hier verbringt, namens Alica. Wir werden in den großen Garten geführt, wo schon alles bereit steht: Grill, Hamburger, Würstli, Champignonspiessli, Kartoffelsalat und Tomaten/Lattichsalat. Dazu gibt es weißen Martini, gespritzt mit frisch gepresstem Apfelsaft und Birnensaft. Jörg bekommt weder Bier noch Wein, das macht aber gar nichts! Wir genießen diese schwedisch/russische Gastfreundschaft. Es sind wirklich einfache, herzliche Leute. Leider spricht die Frau (Tanja) nur Russisch und versteht auch kein Englisch. Die Tochter übersetzt ihrer Mutter, was wir reden. Jan spricht auch etwas Englisch und Russisch. Wir werden natürlich ausgefragt, was wir arbeiten oder ob wir pensioniert sind. Es sind gute Gespräche und wir merken, dass es in Belarusse nicht viel Luxus für sie gibt. Jan lebt ebenfalls sehr bescheiden hier. Kurz nach 20.00 Uhr verabschieden wir uns und kehren zur „JOYA" zurück. Fiiny hat sich bemerkbar gemacht, dass sie „muss". Das war auch ein guter Vorwand für uns, aufzustehen. Kaum am Schiff angekommen und umgezogen, stehen Jan und die Mädchen da. Er will ihnen noch schnell zeigen, wie das Boot von außen aussieht. Alles andere schauen sie sich dann morgen an. Wir haben abgemacht, dass um 10.30 Uhr Abfahrt ist.

Endlich können wir noch ein kühles Bier (ich ein gespritztes) genießen und die Beine hochlagern. Es ist jetzt 21.00 Uhr, noch sonnig, aber etwas kühler als in den letzten Tagen. Ich würde sagen, sehr angenehm!

Nochmals plaudern wir mit den Holländern. Sie zeigen mir ihr Wohnmobil von innen. Sie haben viel Platz, das WoMo ist riesig! Dann führen wir sie durch die „JOYA". Sie sind wirklich beeindruckt und finden es super und ideal, wenn man älter ist. Dafür haben wir es ja gebaut, als SENIORENSCHIFF. Und es wird seinem Namen gerecht.

Dann ist es auf einmal 22.30 Uhr – Zeit für mich abzutauchen.

*der Kragen platzt

30. 07. 2014

Heute fahren wir weiter, egal ob das Teil kommt oder nicht! Um 10.30 Uhr kommt Jan mit seinen Frauen und wir machen zuerst eine Führung durchs Boot für alle. Dann verabschiedet sich Jan, er kommt später nach Sjötorp, wo er seine Familie wieder abholt. Wir haben schönes warmes Wetter und wenig Wind. Es ist herrlich, draußen auf dem Boot so auf dem Kanal zu fahren! Die drei Frauen genießen es und sind happy. Während der Fahrt rufe ich erneut den Mechaniker an und frage, ob er jetzt endlich dieses Relais erhalten hätte, was er bejaht. Sobald wir im Hafen unseres heutigen Tagesziels ankommen, rufe ich ihn wieder an, damit er dann sofort kommt.

Schon vor der ersten Schleuse müssen wir warten, weil das Passagierschiff „Bellevue" heraufkommt. Dann aber geht es zackig. Wir schleusen mit zwei Seglern zusammen. Das eine Paar hat große Mühe mit dem Einfädeln und Halten der Taue. Wobei gesagt werden muss, dass die etwas füllige Frau alles alleine machen muss. Ihr Mann sitzt gemütlich hinter dem Steuer. Dann, in der zweitletzten Schleuse, passiert es: Diese Frau stürzt über ihre Taue und fällt kopfüber in die Schleuse! Sie hat keine Schwimmweste an. Jörg und ich eilen sofort zu Hilfe und ziehen die Frau mit sehr erotischer Figur auf unsere Badeplattform. Zum Glück ist ihr nichts passiert. Sie ist nur erschrocken. Pitschnass geleiten wir sie durch unsere Plicht wieder hinaus auf die Schleusenmauer. Sie nimmt es mit Humor. Ihr Mann hingegen hat nicht einmal seinen Hintern erhoben, um ihr zu helfen. Unsere drei Gäste aus Weißrussland haben so etwas noch nie erlebt und sind ganz aufgeregt. Nochmals gut gegangen – es hätte dumm laufen können, wenn die Frau den Kopf angeschlagen hätte.

In der nächsten Schleuse treffen wir die beiden Holländer an, die mit dem WoMo in Lyrestad vor uns campierten. Sie sind mit dem Velo unterwegs. Spontan schenken sie mir Biker-Handschuhe (vorne offene Finger), damit ich keine weiteren Blasen von den Tauen kriege. Ist das nicht reizend?

Gegen 13.30 Uhr erreichen wir ohne weitere Stunts den sicheren Hafen von Sjötorp. Hier verabschieden wir uns von unseren Gästen und rufen sogleich den Mechaniker an. Dieser ist innert 5 Minuten bei uns und sucht nun den Fehler. Er findet es nicht raus und ruft seinen Boss an. Nun kommt dieser selber. Bald findet er das Problem und muss zwei Relais auswechseln. Das alles dauert seine Zeit und nach zwei Stunden funktioniert das Bugstrahlruder endlich wieder. Wir sind mega froh und können morgen zufahren. Die ganze Reparatur kostete uns 3200 Schwedenkronen. Aber wir haben noch Garantie auf diese Teile und können den Betrag zurückfordern vom Lieferanten.

Jetzt atmen wir auf und gönnen uns ein Bier. Dann gehe ich einige Kleinigkeiten einkaufen, während Jörg mit dem Hund Gassi geht. Danach müssen wir Wasser bunkern und später, endlich, eine kühle Dusche nehmen! Da kommt Jan nochmals her und bringt uns eine Plakette aus Russland mit einem Ritter zu Pferd drauf. Dies sei als Erinnerung an unsere Gäste gedacht und wir seien jederzeit herzlich bei ihm willkommen, falls wir wieder nach Schweden kommen. So liebe Leute!

Um 19.00 Uhr werfen wir den Grill an; heute gibt es Servelat/Bratwürste aus der Schweiz mit Salat.

Ich glaube, heute Nacht schlafen wir wieder mal gut, denn alle Probleme sind jetzt behoben und wir können morgen unsere Reise fortsetzen.

31. 07. 2014

Ja, wir haben gut geschlafen, außer dass ein Kleinkind auf einer Segeljacht quengelte bis in die Morgenstunden hinein. Irgendwann habe ich es nicht mehr gehört.

Heute Morgen windet es sehr stark und kaum einer fährt los. Wir aber packen es an. In der Schleuse sagt uns die junge Studentin, dass draußen auf dem Vänernsee 8–12 m/s Wind sei. Das ist schon recht viel und normalerweise gehen wir bei solchem Wind nicht raus. Aber wir fahren nur bis Mariestad, bleiben dort für eine Nacht und gehen am 01. 08. weiter nach Schloss Läckö. Vor diesem Schloss hat es einen kleinen Hafen. Den wollen wir unbedingt noch anlaufen.

Wir kommen trotz Gegenwind aus West zügig voran. Fiiny binden wir sicherheitshalber im Steuerhaus an der kurzen Leine an. Die Wellen sind happig und der Wind zerrt wieder so am Verdeck, dass wir Angst haben, es könnte etwas kaputt gehen. Doch es hält, ist halt gute Qualitätsarbeit!

Um die Mittagszeit erreichen wir Mariestad. Der Hafen ist noch ziemlich leer. Wir machen fest und gehen mit Fiiny Gassi. Sie macht einen Bisi, der nicht mehr aufhören will. Vorne im

Hafen stehen Imbissbuden. Wir haben Lust auf ein Sandwich. Wir sitzen draußen an einer Holztischkombination. Der Wind reißt uns beinahe das Brot aus den Händen und das Getränk vom Tisch, so starke Böen fegen vom Wasser her an Land. Als wir zurück zum Boot kommen, bemerken wir, dass das Wasser gestiegen ist, obwohl es hier keine Tide gibt. Jörg sagt, das kommt vom Wind, der das Wasser in den Hafen hineinbläst. Wir müssen die „JOYA" enger anbinden. Nach und nach füllt sich der Hafen, denn einige verwegene Segler suchen im Hafen von Mariestad Schutz. Im Hafenmagazin erhalte ich den Internetcode und kann kurz meine Mails abrufen. Zu mehr reicht es leider nicht. Da türmt sich schon eine riesige schwarze Wand vor dem Hafen auf, die rasch näher kommt. Urplötzlich regnet es in Strömen und es stürmt. Ich renne zur „JOYA" zurück, Jörg hat schon alle Luken dicht gemacht. Der Hafenplatz, wo sich vorher noch viele Touristen tummelten, ist jetzt wie leer gefegt! Nach einer halben Stunde scheint die Sonne wieder, aber der stürmische Wind bleibt. Ich habe heute starke Rückenschmerzen und lege mich für eine Stunde in die Koje. Das tut gut, den Rücken durchzustrecken und die Beine zu entlasten. Es gibt solche Tage, da habe ich das Gefühl, dass alle meine Gelenke steif sind und mir das Kreuz abfällt. Ich versuche zwar, ohne zusätzliche Schmerzmittel auszukommen, aber manchmal gelingt es mir nicht. Heute nun ist so ein Tag ...

Am späteren Nachmittag geht es mir wieder besser und wir spazieren ein wenig mit Fiiny. Es hat stark abgekühlt, was aber gut ist. Wir hatten seit drei Wochen ja eine Affenhitze am Götakanal.

Dann suche ich die Lampions hervor, die wir morgen an die Reling hängen. Für einige benötige ich noch etwas Draht. Jörg geht mit dem Seitenschneider auf die Pirsch und kommt schon bald mit einem Stück Draht zurück. Möchte ja nicht wissen, wo das jetzt fehlt! Hauptsache ist, wir haben DRAHT. Wenn es klappt morgen mit der Schlosskulisse im Vänernsee, dann feiern wir den 1. August davor und schmücken die „JOYA" mit unseren Lampions.

Der Vänernsee ist ein Binnenmeer mit Europas größtem Binnensee-Schärengebiet. Es gibt fast 22.000 Inseln, Holme und Schären. Das größte Schärengebiet liegt hier bei Mariestad und wird von den beiden Inseln Torsö und Brommö dominiert. Hier im Vänernsee gibt es wunderschöne Sandstrände mit türkisblauem Wasser, malerische Naturhäfen und glatte Felsplatten. Vielleicht finden wir diese Orte noch, sofern wir bis in das seichte Wasser reinfahren können.

Die Altstadt von Mariestad, „Gamla Stan", besteht aus gut erhaltenen Holzhäusern aus dem 18. und 19. Jahrhundert, diese haben einen unwiderstehlichen Charme. Die einfachen Häuser sind liebevoll mit Blumen geschmückt und in den Fenstern zur Straße kann man viele Modellschiffe bestaunen. Die mächtige Domkirche thront zwischen Bahnhof und Hafen auf einer kleinen Anhöhe. Hier war früher der Bischofssitz. Heute befindet sich dieser jedoch in Skara. Ein gepflegter Park lädt zum Verweilen um den Dom herum ein.

Um 19.30 Uhr nehmen wir noch einen kleinen Imbiss als Znacht ein. Die Küche bleibt kalt. Wir haben eigentlich keinen Hunger. Gekocht bzw. gegrillt wird morgen zum Fest.

KAPITEL 5

01. 08. 2014

Schweizer Nationalfeiertag! Nach dem Frühstück machen wir um 09.30 Uhr die Leinen los. Windstärke 4–5 m/s aus West/Südwest ist angesagt. Das heißt für uns, auf dem Binnenmeer des Vätternsees wird es ziemlich Wellen geben.

Schon nach der Hafenausfahrt packt uns der Wind zuerst seitlich, danach haben wir ihn von vorne. Die Wellen sind spitz und kurz, jedoch nicht rollend. Sie schlagen kräftig an die Querwand unter dem Deck, so dass in der Küche der ganze Boden zittert. Aber das haben wir alles schon viel heftiger bei der Herfahrt erlebt. Das jetzt ist noch harmlos dagegen!

Wir peilen Schloss Läckö an, müssen aber aufpassen, da es einige Untiefen zu umfahren gilt. Man kann es schon von Weitem sehen, darf aber nicht schnurgerade darauf zu halten, sonst läuft man irgendwann auf einen Felsen auf. Nun sind wieder die guten Navigationskenntnisse von Jörg gefragt. Um ca. 14.00 Uhr erreichen wir das Schloss und fahren ganz vorsichtig in den kleineren Hafen ein. Die Einfahrt ist gut gekennzeichnet (betonnt). Doch der Hafen selber ist sehr schmal und wird nach hinten immer weniger tief. Zudem ist man hier nicht windgeschützt. Jörg will nicht hier bleiben, wendet elegant „auf dem Teller" und erntet sogleich Beifall. So fahren wir weiter zum Hafen von Spiken. Dort wo Platz wäre, steht „Privat" angeschrieben, was wir natürlich respektieren. Wir fahren deshalb vorne rein und schauen, ob wir eine Lücke finden. Auch hier alles belegt. Ja, was machen wir jetzt? Bis zum nächsten größeren Hafen sind es nochmals 3–4 Stunden Fahrt. Wir sind mutig und fahren einfach in die Inselwelt der Schären rein. Irgendwo werden wir schon einen Steg oder Ähnliches entdecken.

Wir haben wieder mal Glück und finden einen schmalen Steg vor einer Felseninsel. Ein Segler liegt schon hier, doch das ist kein Problem. Wir können sogar längsseits festmachen. Der nette

Segler nimmt uns sogleich die Taue ab und fädelt sie zwischen den Holzbohlen durch. Hier ist es sonnig, windstill und ruhig. Ein Schilfgürtel ist der Insel vorgelagert und man kann verschiedene Libellenarten beobachten. Jenseits des kleinen Stegs, also auf der Felseninsel, befindet sich eine Feuerstelle sowie eine Tisch/Bankgarnitur und ein Kiefernwäldchen. Der Boden ist mit tausenden von Nadeln übersät und man geht wie auf einem Teppich. Überall gibt es Heidelbeerstauden und weiße wilde Erikabüsche. Die Beeren sind aber schon abgeerntet worden. Auf der andern Seite des Wäldchens gelangt man wieder ans Wasser. Das Wasser scheint hier sauber zu sein, der Boden ist aber erdig oder lehmig.

Hier gefällt es uns noch besser als vor der Schlosskulisse. Das ist Natur pur! Wir sind vor der Schäreninsel Kallandsö und liegen am Steg bei Svenssudden. Wahrscheinlich findet man das gar nicht auf einer normalen Karte.

Wir nehmen schnell einen kleinen Imbiss ein (Tomaten, Gurken, Oliven, Schinken, Brot) und dann richte ich die Lampions her. Heute soll es festlich auf der „JOYA" aussehen! Jörg macht den Grill startbereit, bevor er sich eine Weile hinlegt. Ich rüste inzwischen die Kartoffeln für den Gratin, die Peperoni und das Filet zum Grillieren. Dann finde ich noch Zeit, meinen Bericht zu schreiben und ein paar Fotos zu machen. Aber nun lege auch ich mich noch für eine halbe Stunde aufs Ohr.

19.30 Uhr, Zeit fürs Nachtessen. Jörg heizt den Grill ein und ich decke den Tisch. Nach und nach kommen einige Boote an diesen kleinen verschwiegenen Steg. Aber wir haben als Hinterste den Frieden. Jörg kann ungeniert hinten raus pinkeln, keiner sieht es. Ich erledige noch ein paar SMS an die Töchter, die gemeinsam mit ihren Männern in Arvigo den 1. August feiern. Das ist toll, haben sie doch entdeckt, dass es auch im Calancatal schön sein kann. Wir finanzieren noch die Hypothek, Nebenkosten, Steuern und Versicherung jener Wohnung, solange wir noch Geld haben. Auf dem Papier sind aber beide Töchter bereits Eigentümer dieser Wohnung. Dasselbe gilt für die Wohnung in der „alten Heimat".

Das ist übrigens etwas, das sich jedermann frühzeitig überlegen sollte, wenn er auswandert. Merkt euch auch, wer auswandert und noch nicht im Rentenalter ist, sollte unbedingt eine Wohnadresse von einem Nicht-EU-Staat angeben, damit er die fälligen AHV-Beiträge bis zum Pensionsalter noch einzahlen kann. Sonst wird die AHV-Rente erheblich gekürzt.

Wir haben unser Nachtessen genossen, dazu einen „Amarone" geköpft, den Oskar haben wir bereits zum Apéro leer getrunken. Wir machen uns gemeinsam ans Aufräumen und hoffen, dass es bald eindunkelt und wir die Kerzen in den Lampions anzünden können. Dann erst haben wir die 1.-August-Stimmung an Bord. Dazu schöne Musik, ein Tänzchen in der Plicht und weinseliges Zusammensitzen, bis es Zeit wird, in die Kojen zu fallen.

02. 08. 2014

Es ist spät geworden gestern. Wir haben getanzt und gelacht, unsere Reise seit Ostern nochmals Revue passieren lassen. Wir haben viel gelernt, praxisnahe Erfahrungen gemacht, viele neue Freunde gewonnen und wohl als erste Schaffhauser mit dem eigenen Boot den Götakanal befahren. Wir sind stolz, dass wir das alles geschafft haben und die „JOYA" Wind, Wellen und Stürmen getrotzt hat!

Heute Morgen habe ich Kopfweh – entweder vom Oskar und Amarone oder dann vom Wetter. Es soll heute umschlagen. Wir räumen noch ordentlich auf und fahren nach dem Zmorge los.

Innerhalb der Schären sind wir vor Wind gut geschützt. Aber kaum draußen auf dem offenen Binnenmeer des Vätternsees, bekommen wir den Wind ab. Es frischt zusehends auf. Die Wellen kommen aus südwestlicher Richtung, d. h., wir fahren sie im 45°-Winkel an. Sie werden nach einer Stunde immer stärker, teilweise beginnen wir jetzt zu „rollen". Fiiny wird, auf dem Boden liegend, hin und her geschoben. Nach einer Weile wird ihr übel, denn sie leckt sich ständig das Maul. Ich versuche sie, durch meine Beine etwas zu fixieren. Als wir langsam in Küstennähe kommen, werden die Wellen schwächer und das ekelhafte „Rollen" hört auf. Nun suchen wir die enge Einfahrt zum kleinen Hafen von Dalbergsa. Wir finden sie problemlos. Es ist erst 14.00 Uhr. Vor uns sehen wir den praktisch leeren Anlegesteg. Toll – nun haben wir wiederum einen wunderschönen Liegeplatz für eine Nacht.

Wir essen eine Kleinigkeit (Smörebröd, Gurken, gekochten Schinken), dann legen wir uns eine Weile aufs Ohr. Als wir wieder an Deck kommen, ist aber der ganze Steg voll belegt, teilweise liegen die Segler schon im Päckli. Jörg geht mit Fiiny spielen, ich suche im Kühlschrank alle Reste von Gemüse, Käse, Kartoffelgratin zusammen und rüste alles für den Znacht her. Das Gemüse schnipple ich klein und köcherle es im Salzwasser al dente. Ein Rest Knöpfli koche ich weich, eine Bratwurst rädle ich und schneide eine halbe Zwiebel in Ringe. Dann kommt das Ganze in die feuerfeste Form, wird mit allem gemischt, Käse und Butter dazu. Jetzt ist unser Znacht parat für den Ofen. Aber erst um 19.00 Uhr schiebe ich alles ins Ofenrohr. Dazu gibt's Salat.

Ich reinige den Kühlschrank wieder mal gründlich. In ein paar Tagen wird er wieder voll beladen. Dann machen wir einen Wocheneinkauf und sind dann gerüstet für die Fahrt nach Dänemark. Auch der Tiefkühler muss langsam leer gegessen werden, damit wir nach der Hochzeit unserer Tochter Aline im September wieder frische Ware einlagern können.

Meinem Kopf geht es mittlerweile wieder gut. Tja, ich werde älter und vertrage Alkohol nicht mehr so gut oder bin ihn einfach nicht gewohnt in größeren Mengen! Heute habe ich aber bereits ein kleines Clausthaler getrunken, alkoholfrei – versteht sich.

Langsam geht uns das Mineralwasser natur (ohne Gas) aus. Wir haben mindestens 200 Ltr. mitgenommen für Kaffee und Tee. Ich habe noch ein Sixpack. Dafür sind noch mehrere Packungen Mineralwasser mit Kohlensäure vorhanden. Aber die werden bis Herbst auch noch leer.

Unser Restenznacht war fein und wir sind rundum satt. Nach dem Abwasch kommt ein dänischer Segler zu uns, der auch hier angelegt hat. Neben ihm liegt noch ein polnischer Segler. Der ältere Herr, der recht gut Deutsch spricht, fragt uns, wie wir denn aus der Schweiz hierhergekommen seien. Jörg holt die Wasserstraßenkarte von Europa hervor und zeigt es ihm. So eine Karte müsse er unbedingt auch haben, sagt er. Wir plaudern noch ein wenig und fragen ihn dann, wie das Wetter für die nächsten Tage wird, denn wir haben wieder mal kein Internet. Er sagt: „Heute Nacht kommt ein Donnerwetter", und meint damit ein Gewitter. Morgen regne es dann meistens bis am Montag. Erst am Dienstag werde es wieder besser. Wir sehen aber weit und breit keine Anzeichen für ein Gewitter. Lassen wir uns überraschen. Wir gehen früh zu Bett, denn morgen nehmen wir den Trollhättekanal in Angriff.

03. 08. 2014

Es hat nachts immer wieder geregnet, aber ohne Donnergrollen. Wir essen gemütlich unser Frühstück und machen uns bereit für die Weiterfahrt. Der nette Däne von gestern und der Pole sind schon fort. Gegen 10.30 Uhr machen wir die Leinen los und fahren vorsichtig aus diesem kleinen Fjord ins Binnenmeer hinaus. Draußen haben wir starken Wind aus Ost und die Wellen zeigen bereits weiße Kronen. Weit und breit kein Schiff, das sich heute getraut! Wir reiten auf den fast 2 m hohen Wellen durch die See. Dann beginnt es auch noch zu regnen. Die Sicht wird immer schlechter. Wir halten unseren Kurs Richtung Vännersborg. Teilweise müssen wir gegen das „Rollen" ankämpfen. Fiiny wird im Steuerhaus angebunden. Sie kuschelt sich zwischen meine Beine hinein und schläft. So ist sie am besten gegen das Hin- und Herrutschen geschützt. Nach gut 2 ½ Stunden Fahrt erreichen wir den Hafen. Hier tanken wir je 130 Ltr. Diesel, damit wir für die große Überfahrt nach Dänemark gerüstet sind. Danach fahren wir weiter und kommen zur ersten Schleuse des Trollhättekanals. Wir haben Platz, denn wir schleusen allein. Danach passieren wir noch ein paar Brücken, die für uns geöffnet werden müssen. Hier müssen wir wieder einige Wartezeiten in Kauf nehmen. Gegen 16.30 Uhr erreichen wir den letzten Hafen „Spikön", bevor morgen die große Schleusentreppe des Trollhättekanals in Angriff genommen wird. Der Pole von gestern ist auch hier. Sonst liegen nur wenige Boote im Hafen. Jetzt brauche ich zuerst eine Dusche, denn ich habe geschwitzt. Das ist schon ein schöner Luxus, eine eigene Dusche zu haben und nicht auf die öffentlichen Duschen der Häfen angewiesen zu sein. Endlich bin ich wieder frisch und ein anderer Mensch! Sieht aus, als müsste ich bald mal wieder eine Maschine voll Wäsche waschen. Doch ich warte noch bis zum nächsten Hafen.

Kurz vor 20.00 Uhr fährt noch ein stattlicher Motorsegler aus Holz im Hafen ein. Ein schönes Boot, jedoch sehr unpraktisch. Er muss außen am Hafen anlegen, da er zu groß ist, um im Hafen einen Platz zu finden. Plötzlich bricht ein Gewitter über uns herein! Blitze krachen und es donnert, dass die „JOYA" erzittert. Es hagelt und regnet miteinander. Wahrscheinlich entladen sich hier alle angestauten Gewitter der letzten Hitzetage! Kaum ist ein Gewitter vorüber, zieht schon das nächste heran. So geht es jetzt seit über einer Stunde und es ist noch nicht vorbei!

Zeit fürs Nachtessen, bestehend aus Salat und gebratenen Teigwaren mit Ei. Morgen gibt es wieder Fleisch oder, wenn ich welchen finde, frischen Fisch.

Nach den 22.00 Uhr Nachrichten lege ich mich in meine Koje und höre noch einen Krimi, bis ich einschlafe. Jörg schaut sich einen Film über schnelle Autos an.

04. 08. 2014

Es hat die ganze Nacht immer wieder gewittert und geregnet. Die Temperaturen sind von 30° auf 18° runtergekommen. Wir sind kurz nach 10.00 Uhr losgefahren und können gleich losschleusen. Mit uns ein deutscher Segler. In diesen langen Schleusen haben wir beide genügend Platz, ohne dass es eine Knorzerei wird. Dementsprechend geht es auch schnell. Nach einer guten Stunde sind wir durch und fahren den uninteressanten Trollhättekanal zurück. Wir haben jetzt sogar Rückenwind und kommen mit

1.800 Umdrehungen auf 14,8 km/h. Es herrscht kaum Schiffsverkehr, vereinzelt kommt uns ein Motorboot oder ein Segler entgegen. Das Wetter ist wolkig, bedeckt, aber noch trocken. So fahren wir einige Stunden bis zur letzten Schleuse bei Lilla Edet. Obwohl wir die Schleuse angefunkt haben, geht diesmal einfach nichts. Wir warten mindestens eine halbe Stunde. Vor uns braut sich ein Gewitter zusammen. Als es zu regnen beginnt, wird endlich die Schleuse geöffnet. Nun müssen wir im größten „Seichwätter" schleusen. Hätte er nur diese halbe Stunde früher geöffnet, wären wir trockenen Fußes durchgekommen. Das Gewitter zieht sich in die Länge und wir geraten nun mittendrin hinein. Um uns herum grelle Blitze, die teilweise bis ins Wasser gehen. Der Donner lässt unser Schiff erzittern. Fiiny stört es wenig. Sie hat sich zusammengerollt und schläft. Mir wird es ganz mulmig zumute, wenn ich daran denke, was passieren könnte, wenn der Blitz vor uns oder in uns einschlägt ...

Wir sind heil durch das Gewitter gekommen und um uns herum ist es wieder hell geworden. Wir fahren heute bis Kungälv. Dieser kleine Hafen liegt in einem Seitenarm des Kanals. Die Einfahrt ist schmal und romantisch. Links über uns auf dem Felsen steht die Festung Bohus. Wir fahren durch ein Blätterdach von den Bäumen links und rechts. Ganz hinten können wir Boote erkennen. Hoffentlich kommen wir da heil an, ohne aufzusitzen. Aber gemäß Karte sollte es tief genug sein.

Am ersten schmalen Steg legen wir an, neben uns liegt ein schwedischer Segler, der uns hilft, die Taue festzumachen. Wiederum ein sehr nettes älteres Paar, mit denen wir noch etwas plaudern. Natürlich mit Händen und Füssen, ein paar Brocken Englisch und Deutsch. Das ist immer lustig und wir lachen viel. Der Liegeplatz kostet hier nur 100 schwedische Kronen, was sehr günstig ist. Allerdings gibt es keinen Strom. Dafür kann ich jetzt oben an der Straße im Café ins Internet, was ich später noch tun werde.

Nun kommt auch der deutsche Segler noch rein, mit dem wir die Schleusentreppe gemacht haben. Er hat etwas Mühe und rammt zuerst eine der Dalben. Dann verliert er einen Fender und kann sein Boot einfach nicht wenden. Irgendwie hat es dort Strömung. Endlich schafft er es und kann anlegen. Wir nehmen ihm die Taue ab und machen fest. Dem Mann ist nicht wohl hier. Es sei wenig tief und sie hätten 2,10 m Tiefgang. Er habe gemessen, nur noch 10 cm, bis er auf Grund fahre. Wenn der Pegel sinke, dann stecke er fest. Er und seine Frau überlegen hin und her und entscheiden schließlich, wieder rauszufahren.

Heute koche ich Spaghetti Bolo, dazu einen Salat. Nach dem vielen Regen haben wir Lust darauf. Mittlerweile scheint die Sonne wieder und wir gehen mit Fiiny spazieren. Auf dem Rückweg, bereits wieder auf unserem schmalen Steg, muss sie wieder Enten anbellen und rennt nach ihnen. Da verliert sie den Halt und plumpst kopfüber ins Wasser. Die Enten stieben erschreckt davon und Fiiny, die sicher auch erschrocken ist, taucht wieder auf und schwimmt ans Ufer. Haben wir gelacht! Das war so komisch! Aber es hatte sein Gutes: Sie ist jetzt vorsichtiger.

Morgen fahren wir bei Göteborg durch die Schären nach Lerkil oder Frangö. Nach nochmaliger Übernachtung und gutem Wetter starten wir dann übermorgen die Fahrt nach Dänemark.

05. 08. 2014

Der Tag beginnt mit einem strahlenden, aber kühlen Morgen. Oberhalb der Festung Bohus ist der Himmel bereits wieder dunkel. Es sieht nach baldigem Regen aus.

Bohus wurde im Jahre 1308 durch Hakon Magnusson, König von Norwegen, erbaut. 1319 hat die Herzogin Ingeborg das Schloss/Festung von ihrem Vater Hakon bekommen.

Bohus ist 14 Mal belagert worden, ohne erobert zu werden. Ab Ende des 15. Jahrhunderts herrschten die Dänen über Norwegen. Dadurch befahlen die Dänen auch über Bohus. Das Schloss/Festung war der Schauplatz vieler Kämpfe. Die Kriege haben viele Namen wie der nordische 7-jährige Krieg, die Brännefehde, die Hannibalsfehde oder die Gyldenlöwefehde. 1563–1570, während des 7-jährigen Krieges, wurde die Burg mehrmals von den Schweden belagert.

Nach der Zerstörung der Festung im Zusammenhang mit der Gyldenlöwenfehde wurde sie wieder völlig hergestellt. Kungälv wurde 1680 Residenzstadt und die Verwaltung samt Statthalter zog in die Festung ein. Es sei billiger in Kungälv zu wohnen als in Göteborg. Nachdem später der Statthalter in die Stadt zog, wurde die Burg von der Garnison bewohnt und diente auch als Gefängnis.

Die Burg aber verfiel langsam dem Verfall und im 18. Jahrhundert haben sich die Maßnahmen darauf beschränkt, dass man notierte, was zu reparieren sei. 1786 ist die Garnison abgezogen. Erst um die Jahrhundertwende hat das Militärkommando von Göteborg damit begonnen, die Burg wieder herzustellen. 1915–1935 hat die Stadt intensiv die Erneuerungsarbeiten vorangetrieben. 1935 ist Bohus als Gebäude von großer historischer Bedeutung unter Denkmalschutz gestellt worden.

Wir aber fahren jetzt los Richtung Schärengarten von Göteborg. Es ist 10.00 Uhr. Wir kommen gut voran und es hat kaum Wind noch Wellen. Außerhalb Göteborgs biegen wir in die Schären ein. Jetzt ist wieder volle Konzentration angesagt. Gestern haben wir noch von einem Norweger Segler mit Schweizer Wurzeln gehört, dass er in den Schären auf Fels aufgelaufen sei. Dabei seien einige seiner Leute arg verletzt worden. Der Schaden am Boot halte sich in Grenzen. Wir wissen, dass es nicht ganz einfach sein wird. Aber wir sind mutig und es sind auch ziemlich viele Boote unterwegs. Anstelle von Frangö laufen wir den Hafen von Donsö an. Der ist etwas näher. Bis hierhin ging alles gut. Nun decken wir uns nochmals mit Frischwaren ein und heute Abend gehen wir ins Restaurant. Wir müssen noch die restlichen Schwedenkronen aufbrauchen. Heute Nacht bzw. um 03.00 Uhr starten wir die Überfahrt nach Dänemark.

Wir kommen gerade vom Hafenmeisterbüro und haben die neuste Wetterlage gecheckt, weil hier das Internet auch nicht funktioniert! Wir werden ziemlich Wind und Wellen haben morgen früh. Die kommenden Tage wird es noch schlimmer.

Also müssen wir heute Nacht losfahren, sonst hängen wir hier mindestens 4–5 Tage fest. Ziel wird Saeby in Dänemark sein, also jenseits des Kattegats. Wir hoffen, dass alles gut geht und wir heil drüben ankommen.
Wir gehen um 21.00 Uhr schlafen, denn um 02.30 Uhr ist Tagwache.

06. 08. 2014

Um 02.30 Uhr ist es noch stockdunkel. Ich gehe mit Fiiny auf eine Runde, damit sie sich versäubern kann. Jörg meint, im Dunkeln fahre er nicht durch die Schären. So legen wir uns nochmals hin. Um 05.00 Uhr ist es hell genug und wir fahren los. Eine Fähre ist bereits unterwegs, sonst kein Mensch! Kaum sind wir draußen auf dem offenen Meer, weht uns eine starke Brise entgegen. Die Wellen sind schon recht hoch. Wir können nicht schnell fahren, weil dann die Wellenberge noch höher werden und die Schläge an die „JOYA" umso härter sind. Auf den Wellen sind schon weiße Kronen zu sehen. Wir fahren Achterbahn – rauf und runter mit Wind aus West. Wir haben also erneut Gegenwind. Je weiter wir fahren, umso höher werden die Wellen! Nach guten drei Stunden Fahrt in diesen Wellen wird mir derart übel, dass ich die Fische füttern muss. Zudem habe ich jetzt wirklich „Schiss". Die Schläge der Wellen lassen den ganzen Boden in der Küche erzittern. Ich hoffe einfach, dass der Boden hält. Die Laminatsplatten sind nicht sehr dick. Es ist äußerst ungemütlich und Jörg muss wahnsinnig aufpassen, dass wir nicht quer in diese nun beinahe 3 m hohen Wellen kommen. Fiiny haben wir angebunden, damit sie nicht plötzlich über Bord gespült wird. Wir tauchen tief ein und die Wellen schwappen übers Deck und spritzen über das Steuerhaus hinaus. Alles ist mit Salz verkrustet. Wenn es nicht bald besser wird, müssen wir auf Laesoe einen Zwischenhalt einlegen. Als wir auf deren Höhe sind, entscheiden wir uns, weiterzufahren. Morgen wird es gemäß Wetterbericht noch übler. Nach guten 8 Stunden Fahrt erreichen wir endlich den Hafen von Saeby.

Ich bin todmüde und geschafft. Zum Glück ist Jörg nicht seekrank geworden. Er ist auch froh, dass wir diese gewaltige Überfahrt heil überstanden haben, obwohl der eine Motor immer wieder Alarm gegeben hat und eine Weile ausgeschaltet werden musste. Dieses Motorenproblem will er morgen anschauen. Jetzt braucht er ein kühles Bier! Mir ist weder nach Trinken noch nach Essen zumute; ich will einfach nur schlafen! Fiiny hat ebenso gelitten und übel ist ihr, glaube ich, auch gewesen. Jörg spritzt später das ganze Schiff mit Wasser ab, denn überall sind Salzkrusten und alles ist klebrig. Wir bleiben hier mal eine Nacht. Die Liegegebühr ist sehr teuer mit 460 dänischen Kronen, dazu kommen noch 30 Kronen für Strom. Das sind insgesamt rund 80 Franken. Unser heutiges Nachtessen fällt mager aus. Ich mag immer noch nicht viel essen und Jörg hat sich am Fischwagen Crevetten gekauft.

07. 08. 2014

Das am Meer gelegene, malerische Städtchen Saeby mit seinen wunderschönen Sandstränden gehört im Kattegat zu den beliebtesten Ferienorten des Landes. Die Algade ist die älteste Strasse in Saeby. Heute sind die ehemaligen Kaufmannsläden, Werkstätten und Ställe zu Ateliers von Kunsthandwerkern geworden, die zum Besichtigen einladen. Auf dem Marktplatz spielt sich das Leben vor allem am Abend ab. Da tritt jeweils eine Band auf. Hier gibt es auch viele Kleiderläden, Boutiquen, Bars, Restaurants etc. Jeden Abend spielt am Strand vorne im Sommer um 21.00 Uhr jemand eine Trompetenmelodie und den Zapfenstreich und verabschiedet so die Sonne. Im Städtchen gibt es zwei Musikvereine, die sich damit abwechseln.

Heute Morgen, noch vor dem Frühstück, versuche ich den Volvo-Penta-Mechaniker von Saeby zu erreichen. Leider seien alle unterwegs und vor Montag könne keiner herkommen. Die haben hier vielleicht eine Arbeitsmoral! So versuchen wir selber mit dem leider nur englischen Betriebshandbuch den Fehler herauszufinden. Aber das Fehlerdisplay ist bereits gelöscht. Also müssen wir warten, bis der Alarm wieder kommt und dann schauen. Jörg macht derweil seine Filter- und Motorenservices.

Fiiny und ich gehen an den Sandstrand. Fiiny will immer baden, aber ich lasse sie nicht, sonst ist sie nachher total verklebt von dem salzigen Wasser. Wir suchen Muscheln. Der ganze Strand ist damit übersät. Bei Südostwind soll man hier auch Bernstein finden. Einen kurzen Moment nicht aufgepasst und schwupp – Fiiny badet im Salzwasser! Also lasse ich ihr den Spaß. Dumm ist nur, dass sie sich nachher im Sand wälzt und aussieht wie ein panierter Hund! Zum Glück haben wir einen Wasserschlauch gleich vor dem Boot. Aber das ist jedes Mal mühsam, denn Fiiny packt immer den Schlauch und beißt hinein. Doch ich bekomme sie überlistet und kann sie sauber abspritzen.

Um 13.00 Uhr gehen wir zusammen ins Städtchen. Ich möchte beim berühmten Glasbläser von Saeby noch ein Geschenk kaufen. Oh, da gibt es so tolle Sachen! Von Früchteschalen, Glasplatten, Lampen bis zum Kleinschmuck, Kerzenständer, Glaskugeln, Vasen, Halsketten – man kann sich kaum satt sehen! Aber ich habe gefunden, was ich gesucht habe. Briefbeschwerer! Nicht ganz billig, doch das ist es mir wert. Später bummeln wir noch eine Weile über den Marktplatz und durch die kleinen hübschen Gassen. Die Häuser sind meist in Weiß oder Gelb gestrichen. Vor den Häuschen sind Malven gepflanzt worden, die jetzt an den Wänden emporranken. Die große weiße Kirche ist offen und ich schaue kurz hinein. Sie ist gotischer Bauart und drinnen ist das gesamte Gewölbe mit vielen Kalkmalereien bemalt. Fresken aus der Renaissancezeit zeigen Personen in der damaligen Bekleidung. Die Marienkirche stammt aus dem 14. Jahrhundert. In der angebauten Kapelle befindet sich eine schöne Marienstatue. Im Moment sind gerade viele Leute und Kinder drin und ein vernünftiges Fotografieren ist unmöglich. Danach bummeln wir noch ein wenig am Quai entlang, da findet Jörg passende neue Sandalen in einem Sportshop. Er packt die alten, kaputten Sandalen in den Schuhkarton und übergibt ihn der Verkäuferin. Die kann sich vor Lachen fast nicht mehr erholen. So was habe sie bis jetzt auch noch nie erlebt! Aber sie entsorgt sie gerne.

Mittlerweile braut sich ein Unwetter zusammen. Sieht auch nach Hagel aus. Es ist drückend schwül. Wir gehen wieder zur „JOYA" zurück, schaffen es aber nicht, an der Fischbeiz vorbei zu kommen. Schnell noch einen „Fisch und Chips"-Teller und zwei Bier geholt. Die Portion ist so groß für knappe 10 Franken, dass zwei davon satt werden und zudem „sauguet"!
Ich habe am frühen Morgen eine Waschmaschine gefüllt, die jetzt schon lange fertig ist. Schnell hole ich diese Wäsche und hänge alles in der Plicht zum Trocknen auf. In Dänemark ist Waschen, Tumblern und Strom fürs Boot immer extra. Eine 60°-Wäsche kostet 40 Kronen, das sind 6.50 Franken. Der Trockner hätte nochmals 30 Kronen (4.90 Franken) gekostet. Aber diese großen Maschinen in den Häfen brauchen nur 56 Minuten für eine 60°-Wäsche. Meine Billigmaschine an Bord braucht fast 2 Stunden dafür und ich bringe max. 3 kg trockene Wäsche rein.

Das Wetter will nicht so recht, es ist so grell und die Luftfeuchtigkeit muss massiv sein, denn es klebt die ganze Kleidung gleich am Körper. Der Wind hat zugenommen. Das Unwetter scheint sich verzogen zu haben, denn es fiel bis jetzt weder Regen noch Hagel. Zum Glück liegen wir hier im Hafen. Wir fahren erst morgen weiter, bleiben also noch eine zweite Nacht. Jetzt kann ich noch diverse Banksachen erledigen, aufräumen, misten, das Nachtessen planen etc. Heute müssen wir unbedingt unseren Lachs essen, bevor er wieder zu leben beginnt ...

08. 08. 2014

Gestern Abend ist noch eine Mega-Jacht reingekommen – wow! Ein solch kleines Boot wird kaum Platz in den schönen kleineren Häfen finden. Wir haben oft schon Mühe.
Nach einem doch noch regnerischen Abend ist der Himmel heute trüb. Wir fahren um 10.15 Uhr weiter nach Hals. Es hat wenig Wind aus Süd, später dann noch aus Südost. Die Wellen sind kaum spürbar. So hatten wir uns eigentlich die Überfahrt von Schweden nach Dänemark vorgestellt. Aber eben, wir haben

es auch anders überstanden! Mittlerweile scheint die Sonne, noch weiter hinten zieht ein Gewitter auf. Hoffentlich kommen wir noch trocken in Hals an. Kurz vor der Hafeneinfahrt schrillt der Alarm des Backbordmotors. Fehlermeldung: Motor kontrollieren.

„Himmel noch mal – was ist denn los?" Jörg kann sich nicht vorstellen, warum diese Alarme kommen, denn er hat alles kontrolliert und es müsste alles in Ordnung sein. Vielleicht ein Fehler in der Steuerelektronik? Also am Montag muss nun einfach ein Volvo-Mechaniker herkommen und mit seinem Messgerät schauen, an was es liegt.

Wir erreichen den Hafen um 15.00 Uhr, geregnet hat es bisher nicht. Unser „alter Platz" ist noch frei und wir belegen ihn sofort, da noch drei Segler spitz auf diesen Platz sind. Diese drehen sofort wieder um, als sie uns sehen. Auf dieser Seite ist man sturmsicher und hat kaum Wellen von den Fähren.

Gestern haben sich Aline, Marco und Aura für Montag bei uns angemeldet. Eigentlich wollten sie uns zuerst in Schweden besuchen. Doch das ist einfach zu weit nur für ein paar Tage!

So treffen sie uns jetzt in Dänemark. Wir freuen uns, sie nach so langer Zeit wiederzusehen und noch vor ihrer Hochzeit! Wir möchten noch etwas weiter runterfahren, damit sie nicht so weit reisen müssen. Aber der Wetterbericht für morgen ist sehr schlecht. Wir werden kaum losfahren können. Vielleicht geht's dann am Sonntag. Hier in Hals habe ich zum Glück Internet, so können wir jederzeit die Wetterkarten anschauen.

Nachdem wir mit Fiiny einen Rundgang gemacht haben, gehen Jörg und ich einkaufen. Wir müssen hier nur über die Straße gehen, gleich hinter dem Schuppen, vor dem wir liegen. Wir decken uns mit gutem Fleisch ein, denn wir wollen Aline und Marco auch verwöhnen, so wie wir es mit Kathrin gemacht haben. In unserer ganzen Familie sind alle gute „Fleischfresser"! Außerdem benötigen wir Bier und Wein. Endlich bekommt man das wieder im Einkaufsladen und muss nicht mehr den staatlichen Alkoholladen suchen wie in Schweden. Frisches Gemüse, Früchte, Eier, Brot: das finden wir hier alles. Im gesamten Norden braucht man wenig Bargeld, es wird alles mit der VISA-

oder Maestrokarte bezahlt. Selbst für eine Glacé könnte man die Karte nehmen. Wichtig ist dabei jedoch, dass man nicht den Überblick über seine Auslagen verliert, sonst könnte man böse Überraschungen erleben! Wir haben dies jedoch alles im Griff.

Nach dem Wocheneinkauf spazieren wir mit Fiiny durch das Dörfchen. Es ist nicht viel los, nur ganz wenige Touristen. Doch der Hafen füllt sich langsam und freie Plätze werden rar. Durch die Hitze der letzten Tage hat sich im Hafen viel Kraut gebildet, das jetzt unschön aussieht und riecht. Einige Segler wollen hier nicht anlegen und kehren um. Was soll's, das bisschen Schmutz am Schiff kann man doch wieder putzen.

Ich mache mir schon Gedanken, was ich zum Znacht kochen soll. Wir haben noch ein Stück frischen Lachs. Ich mag jetzt keinen Fisch mehr! So schlage ich Jörg vor, dass ich ihm davon eine feine Fischsuppe mache. Davon ist Jörg begeistert. Dazu bzw. vorher einen gartenfrischen Salat und für mich einen Hamburger anstelle der Fischsuppe. Gesagt, getan. Wir essen um 19.30 Uhr und genießen die Aussicht beim Essen.

Die schöne Abendstimmung mit dem fast vollen Mond lockt uns nach 21.00 Uhr nochmals zum Spazieren und wir schauen auf den Limfjorden hinaus. Kaum zu glauben, dass es morgen so stürmisch werden soll. Es weht aber bereits ein kalter Wind und wir gehen bald wieder zurück zur „JOYA".

09. 08. 2014

Seit 06.30 Uhr pfeift der stürmische Wind und die Wanten der Segler schwirren. An Schlaf ist kaum noch zu denken. Es wellt selbst im Hafen und die „JOYA" schaukelt unsanft. Wir haben Windstärke 6 (Beaufort), Tendenz zunehmend. Tja, heute können wir eine Weiterfahrt vergessen. Hoffentlich ist es morgen besser, damit wir wenigstens bis unterhalb Arhus kommen.

Ich gehe mit Fiiny raus, Jörg schläft noch eine Runde. Danach hole ich uns frische Brötchen. Leider sind mir die Kafikapseln von Nespresso ausgegangen und wir müssen Instantkafi machen. Glücklicherweise finde ich in diesem Laden heute Morgen Kaffeekapseln, die mit der Nespressomaschine kompatibel sind. 10 Kaffees kosten 29,95 Kronen, das sind 48 Rappen pro Kapsel. Ich kaufe erst mal ein Paket, um zu sehen, ob es wirklich funktioniert. Kaum auf der „JOYA", muss ich so einen Kaffee haben. Er schmeckt nicht schlecht, kommt aber nicht an Nespresso heran. (Schleichwerbung, hahaha.) Trotzdem hole ich mir noch ein paar Päckchen davon. Die Sonne scheint, doch der Wind bläst unvermindert stark. Nur zwei Segler haben es gewagt, rauszufahren.

Nun mache ich Frühstück mit 3-Minuten-Ei. Wir haben einen gewaltigen Eierkonsum, seit wir unterwegs sind. Ich habe mich über Eier im Internet schlau gemacht, da ich wissen will, ob sie wirklich so ungesund sind, wie manche sagen:

„Eier sind ähnlich wie Muttermilch von der Natur dafür vorgesehen, möglichst viele wichtige Nährstoffe zu liefern. Da verwundert es kaum, dass sie zu den nährstoffreichsten Lebensmitteln überhaupt gehören. Ein durchschnittliches Ei enthält rund 6g Eiweiß, gleichmäßig verteilt auf Eiklar und Eigelb, darunter alle essenziellen Aminosäuren, reichlich Vitamin A, Vitamin E und Beta-Carotin, als eine der wenigen natürlichen Nahrungsquellen auch das wichtige Vitamin D, Tryptophan, welches die Serotoninbildung fördert und stimmungsaufhellend wirkt, Lutein und Zeaxanthin, zwei für die Gesundheit der Augen wichtige Carotinoide und noch viel mehr. Ein Großteil dieser wertvollen Nährstoffe steckt im Eigelb. Daher mutet es absurd an, aus gesundheitlichen Gründen nur das Eiweiß zu essen. Ist Cholesterin gefährlich? Cholesterin ist kein Gift, sondern eine lebenswichtige Substanz. Der Körper stellt es selbst her – und zwar wesentlich mehr, als wir durch Nahrung aufnehmen. Nahrungscholesterin hat kaum Einfluss auf das Blutcholesterin. Bei mangelnder Cholesterinzufuhr stellt der Körper selbst mehr Cholesterin her. Es gibt viele Hinweise darauf, dass hohe Cholesterinwerte vor vielen Krankheiten schützen.

Dass gesättigtes Fett ungesund sei, ist mittlerweile hinreichend widerlegt. Noch einmal: Gesättigtes Fett ist nicht per se ungesund. Vielmehr ist es eine effiziente Energiequelle für den Menschen, hervorragend geschützt gegen Oxidation und daher den mehrfach ungesättigten Fettsäuren vorzuziehen.

Fazit: Sind Eier gesund? Ja. Sie sind nahrhaft und enthalten viele für den Menschen essenzielle, also lebenswichtige Nährstoffe. Nur wenige andere Lebensmittel bieten eine so hohe Nährstoffdichte. Die gesundheitlichen Bedenken stellen sich bei näherer Betrachtung als nicht haltbar heraus." (Quelle: www.urgeschmack.de)

Also essen wir weiterhin täglich unser Frühstücksei!

Es ist bald 14.00 Uhr und es stürmt immer heftiger, zudem regnet es. Draußen am Pier sieht man kaum noch 50 m aufs Meer hinaus. Und der Wetterbericht ist für die nächsten drei Tage nicht besser!

Wenn wir nun also hier in Hals festsitzen, können wir getrost auf den Mechaniker warten. Seine Bude ist 100 m entfernt von unserem Liegeplatz. Schade ist es nur für Aline und Marco, denn so können wir mit ihnen nicht rausfahren. Wir telefonieren deswegen auf jeden Fall noch zusammen.

Es ist jetzt 16.30 Uhr und es stürmt und stürmt! Heute mache ich eine Lasagne zum Znacht. Ich bin faul und habe sie fertig gekauft. Bei dem Shitwetter habe ich auch keine große Lust zum Kochen. Vorher gibt's Tomaten-Mozzarella-Salat mit frischem Basilikum und zum Dessert frische Erdbeeren mit Naturjoghurt.

Jetzt räumen wir gemeinsam etwas auf, werfen fort, was wir nicht mehr brauchen. Der Hund verliert auch so viele Haare, man muss jeden Tag staubsaugen. Irgendwie hat Fiiny von den vielen Enten am Ufer Floheier eingefangen oder so ähnliches. Die haben sich auf der Haut unter dem Fell festgesetzt und Nester gebildet. Diese sind wir jetzt auch am Entfernen. Jörg wird daher noch mit Fiiny duschen und sie mit dem Spezialshampoo behandeln. Meine Aufgabe ist es dann, sie trocken zu rubbeln.

Die Lasagne zusammen mit dem Salat war fein. Mittlerweile ist der Vollmond aufgegangen und wirft sein Licht auf das Wasser. Ein verrückter Segler mit einem kleinen Holzboot geht jetzt noch raus. Es sind gerade viele Deutsche hier. Auch dieser Segler ist Deutscher. Der Wind ist immer noch stürmisch und die Wellen dürften ebenfalls enorm sein. Der hat entweder Nerven oder Mut! Wir aber legen uns bald in die Kojen.

10. 08. 2014

Der heutige Sonntagmorgen ist nicht anders als die vergangenen Tage. Es ist grau, stürmisch und kühl. Das wird wohl noch so ein langweiliger Tag. Was es hier zu sehen gibt, haben wir bereits gesehen. Wir überlegen uns, ob wir mit dem Bus nach Arhus fahren sollen. Aber mit Fiiny ist dies nicht ganz einfach. Wir lassen es sein, gehen aber mit dem Hund eine gute Stunde raus. Aline und Marco kommen leider doch nicht, so schade! Aber es hat keinen Zweck, denn die ganze Woche ist das Wetter hier miserabel! Dafür haben sie es jetzt in der Schweiz schön und warm. Vielleicht gibt es später eine Möglichkeit, entweder an der Mosel oder in Frankreich. Ich bin schon etwas frustriert, aber erzwingen kann man nichts.

Heute habe ich Lust auf eine Pizza. Diese Warterei verleidet mir sogar das Kochen! Wir gehen zum Italiener. Mal sehen, ob die Pizza hier anders ist als in Italien!

Morgen geht Jörg zum Volvo-Mechaniker. Der soll jetzt einfach mal beide Motoren durchchecken. Irgendetwas stimmt einfach nicht damit. Jörg ist ebenso gefrustet, weil nichts geht und er sich nicht denken kann, was nicht in Ordnung sein könnte. Er hat ja alles wiederholt kontrolliert. Deswegen kann er sogar nicht mehr gut schlafen! Es wird wirklich Zeit, die Herumhockerei tut uns allen dreien nicht gut!

Es ist jetzt 16.00 Uhr, da kommt noch ein breiter Segelkatamaran herein. Er ist 15 m lang und 8 m breit. Ein Riesenboot! Alles aus Alu und auch selber gebaut. Jörg geht sich das näher anschauen. Draußen fährt ein Frachter am Hafen vorbei mit einem riesigen Gestell oder Kranen darauf. Das sieht sehr imposant aus. Und immer mehr Segler suchen Schutz im Hafen von Hals. Jetzt liegen sie bereits im 2er Päckli. Fast alles sind deutsche Segler – wahrscheinlich haben in Deutschland die Ferien begonnen. Heute sind auch auffallend viele deutsche Wohnmobil-Touristen hier. Und alle schlecken Glacé, trotz stürmischem Wind.

Wir sind zurück vom Italiener. Die Pizza war soweit recht, vor allem der Teig war sehr gut! Allerdings hatte es auf meiner

Pizza noch Salat. Für die nächsten 2 Monate habe ich genug von Pizza! Auf dem Rückweg suchen wir vergebens den schönen Vollmond. Dieser versteckt sich hinter den Wolken. Mit vollem Bauch legen wir uns um ca. 21.30 Uhr in die Kojen. Es stürmt unvermindert weiter und wir werden durch das Hin und Her langsam in den Schlaf geschaukelt.

11. 08. 2014

Es hat die ganze Nacht massiv gestürmt und geregnet. Mein Schlaf war unruhig und ich bin ständig wach geworden durch das Pfeifen des Windes und die vielen komischen Geräusche. Gegen 05.00 Uhr ist es etwas ruhiger geworden. Aber das hält nicht lange an. In unserer Plicht ist alles voll Wasser. Dieses ist durch die Gangways nach hinten gelaufen und unter dem Verdeck hindurch eingedrungen.

Wir nehmen das Wasser mit diversen Lappen auf – es ist weiter nichts passiert.

Jörg geht um 08.00 Uhr zum Marine-Service, um einen Termin zu vereinbaren. Sie können erst am Dienstag um 13.00 Uhr kommen. Jörg ist genervt! Zudem will das Sturmtief einfach nicht abziehen und so wie es jetzt aussieht, kommen wir vor Freitag hier nicht weg. Der große Alu-Katamaran ist heute Morgen in aller Frühe losgefahren. Jörg hat mit dem Eigner gestern noch geredet. Er stehe unter Zeitdruck und müsse weiter, egal wie das Wetter sei. Na dann, viel Vergnügen!

Wir gehen mit dem Hund los und der Wind nimmt uns beinahe fort. Fiiny nimmt's gelassen. Draußen auf dem offenen Meer sind die Wellen hoch, wir sehen, wie ein Segler von draußen die Betonnung zur langen Hafeneinfahrt ansteuert.

Gestern ist unter anderem ein kleines norwegisches Segelboot bei diesem Sturm in den Hafen eingefahren und hat bei uns hinten an der Quaimauer angelegt. Ihr glaubt nicht, was ich da gesehen habe! Auf Deck ist ein Kinderwagen befestigt, darin liegt ein ca. 12 Wochen altes Baby. Die Mutter steuert das Boot und ihr Mann steht vorne mit dem Tau bereit, um festzumachen. Es sind ganz junge Leute. Entweder haben diese so viel Gottvertrauen oder sie sind verantwortungslos! Wahrscheinlich war es ihnen doch auch zu viel gestern, denn sie sind heute nicht weitergefahren.

Es ist bereits wieder 15.00 Uhr geworden und ich rüste etwas Lauch, Rüebli, Zwiebeln und Knoblauch für das *Rindsvoressen**, das ich heute zum Znacht mache. Dazu gibt's Pasta und vorgängig einen grünen Salat. Aber jetzt lege ich mich zuerst noch ein wenig aufs Ohr.

18.00 Uhr. Ein dänischer Segler, so lang wie wir, legt bei uns im Päckli an. Der Hafen hat nirgends mehr einen Platz. Naja, dann ist es wohl oder übel so, dass wir dazu Hand bieten müssen. Die Crew geht jeweils vorne über unser Boot an Land. Fiiny rennt jedes Mal los und bellt. Jetzt essen wir aber zuerst mal unseren feinen Znacht. Mmmmmmh, selber gekocht schmeckt doch einfach am besten! Heute haben wir noch Schunkelmusik dazu. Nebenan in einem Festzelt spielt eine 2-Mann-Band Schunkellieder. Alles im Dreivierteltakt.

Um 20.00 Uhr gibt endlich der Wind ab und die Sonne zeigt sich doch noch für kurze Zeit. Lange wird das jedoch nicht anhalten, dann geht's wieder los mit Sturmwinden. Wir hoffen trotzdem auf eine ruhige Nacht.

Schweizervariante des Ragouts

12. 08. 2014

Es ist wieder alles grau in grau, windig und kühl. Nach dem Frühstück müssen wir Fiiny bewegen. Heute um 13.00 Uhr soll endlich der Mechaniker kommen. Hoffentlich wissen wir dann, warum die Motoren Alarme machen. Der Mechaniker der Volvo-Penta-Vertretung, ein junger hübscher Mann, kommt pünktlich. Er findet schon bald heraus, dass die Motoren zu wenig Diesel bekommen. Jetzt sucht er die Ursache. Erstens sind die Dieselfilter mit Spänen vom Kunststofftank verstopft und er stellt zudem fest, dass anstelle von Dieselfiltern Benzinfilter montiert worden sind. Diese seien nicht geeignet für Dieselmotoren und müssen komplett (mit Gehäuse) ausgewechselt werden. Wir sind baff – ja, gibt's denn so was? Doch Jörg ist beruhigt, dass es „nur das" war und nichts mit der Elektronik.

Der Mechaniker muss zuerst Dieselfilter bestellen. Diese wird er morgen erhalten und kommt sie dann einbauen. Also bleiben wir weiterhin in diesem Hafen liegen! Da wird aber eine gepfefferte Rechnung auf uns zukommen ... Wir telefonieren noch mit unserer heimischen Werft in der Schweiz deswegen. Der Chef meint, dass er diese Filter extra für die D3-Motoren bestellt habe und nur solche einbaue. Der Mechaniker wolle doch nur seinen Umsatz steigern, indem er uns neue Dieselfilter einbaut. Dem ist jedoch nicht so. Der Mechaniker hat gesagt, dass die Benzinfilter einen viel engeren Durchlass als die Dieselfilter hätten. Jörg will kein Risiko mehr eingehen. Deshalb lässt er beide Benzinfilter durch passende Dieselfilter ersetzen.

Wir vertreiben uns die Wartezeit mit Spazieren, Schlafen, TV Schauen, etc. Das Wetter soll langsam besser werden. Allerdings sind die Wellen außerhalb des Hafens immer noch sehr hoch und wir haben starken Südwestwind. In den letzten Tagen haben wir eine Invasion deutscher Segler erlebt. Auch diese fahren bei diesem Sauwetter nicht mehr raus.

Ich beginne, die Kartoffeln zu schälen und zu schnippeln, Speckwürfeli und Zwiebeln dazu. Jetzt wird alles in der Pfanne gebraten. Deckel drauf, damit die Kartoffeln weich werden. Erst in den letzten Minuten Deckel weg, höchste Bratstufe und dann werden die Kartoffeln schön kross. Dazu gibt es Chinakohlgemüse und wir teilen uns noch ein Cordon bleu, das im Tiefkühler Platz machen musste.

Mittlerweile gießt es in Strömen. Um 21.30 Uhr kommt noch ein deutscher Segler rein. Er muss sich hinter uns ins Päckli legen. Unser Päckligast hat uns bereits heute Morgen wieder verlassen.

Obwohl wir die ganzen Tage nichts Anstrengendes machten, sind wir müde und gehen bald zu Bett. Der übergroße und zum Greifen nahe Vollmond zeigt sich heute noch mal, die Nacht ist sehr kalt.

13. 08. 2014

Die Sonne scheint und weckt mich. Brrrrrr, ist das eine Kälte! Ich habe Eiszapfenfüße! Es ist erst 07.45 Uhr und einige Boote sind dabei, rauszufahren. Nach meiner Morgentoilette gehe ich mit Fiiny auf die Runde. Jörg lassen wir noch schlafen. Draußen im Meer sehe ich Wellen mit weißen Kronen. Nachher auf dem Boot schaue ich mir dann die Wettervorhersagen an. Doch zuerst hole ich uns noch frische Brötchen. Ja, der Wetterbericht ist leicht besser, aber immer noch 8 m/s mit Wind aus Süd. Erst gegen Abend gibt der Wind ab. Für morgen sind 6 m/s angesagt mit Wind aus Südwest. Ich denke, dass wir dann morgen starten können. Unser Ziel ist Grenaa oder Marselisborg. Je nachdem, wie gut wir vorwärts kommen.

Um 13.00 Uhr kommt der hübsche Mechaniker wieder und beginnt mit dem Einbau der Filter. Er hat bei der Demontage der Benzinfilter noch viele weitere Plastikteile herausgeholt. Unglaublich! Um 14.30 Uhr ist alles fertig eingebaut, die Motoren laufen bestens. Allerdings meint der Mechaniker, dass wir erneut verstopfte Filter haben könnten, solange die Tanks nicht gereinigt sind. Wir werden dies machen, sobald wir nur noch wenig Diesel in den Tanks haben. Bis dahin müssen wir damit leben. Jörg ist happy, dass nun alles wieder läuft und wir morgen weiterfahren können. Die Rechnung über 6900.- dänische Kronen haben wir im Büro der Servicestation bezahlt. Ich musste dafür extra zum Bankomat fahren und habe mir das Rad der Sekretärin ausleihen dürfen. Mein eigenes Bordfahrrad lag gut verstaut unter Deck. Dummerweise bin ich gestürzt. Es musste ja mal so kommen. Habe mir das linke Knie stark geprellt und geschürft. Dem Velo ist zum Glück nichts passiert!

Im Städtli ist wieder Markt und es spielt eine 2-Mann-Band rassige Melodien. Wir hören die Musik vom Schiff aus und ich genieße sie. Jetzt muss ich nämlich mein Knie hochlagern, da es wie verrückt pulsiert. Kurz vor 19.00 Uhr beginne ich, unseren heutigen Znacht zu richten: Zur Feier des Tages gibt es Entrecote, Wildreis und gratinierten Blumenkohl. Auf den Salat verzichten wir heute, da ich Jörg, bevor ich mein Knie hochlegte, eine Pfanne mit Crevetten als Apéro servierte. Nach dem Nachtessen gehe ich bald zu Bett, denn morgen ist um 05.30 Uhr Tagwache und wir fahren endlich weiter!

14. 08. 2014

Ich stehe heute um 05.30 Uhr auf und lasse zuerst Fiiny versäubern. Dann richten wir alles auf Seegang ein, d. h., wir machen alle Fenster dicht, verriegeln alle Kästli und Türen. Um 06.10 Uhr legen wir die Leinen los und fahren in den Sonnenaufgang hinein. Es hat bereits eine starke Brise und anständigen Wellengang. Doch das ist mir heute egal – Hauptsache, wir fahren wieder weiter nach dieser endlosen Warterei! Wir haben Wind aus Süden, später dann aus Südwest. Zwischendurch regnet es kurz, dann frischt der Wind mehr auf und die Wellenhöhe beträgt gute zwei m. Wir fahren etwas näher an die Küste und hoffen, dass Wind und Wellen weniger stark sind. Aber wir müssen aufpassen, denn es gibt wieder einige Untiefen unterwegs.

Um 13.00 Uhr erreichen wir den Hafen Grenaa. Das Wetter macht immer mehr zu und wir sind froh, im schützenden Hafen zu sein. Jetzt brauche ich einen Kafi nach diesen Strapazen. Jörg plant schon die morgige Weiterreise, d. h., es ist wieder sehr früh Tagwache, diesmal um 05.00 Uhr! Denn wir haben einen 8-Stunden-Tag vor uns.

Nun essen wir eine Kleinigkeit, ich mache uns ein Knoblibrot. Puh, nun haben wir aber einen Knoblauch-Geruch in und um uns!

Fiiny möchte jetzt einen langen Spaziergang machen und wir müssen noch die Liegegebühren am Automaten bezahlen. Dafür bekommt man einen farbigen Streifen mit den nötigen Daten drauf. Diesen klebt man dann an die Reling, damit der Hafenmeister eine gute Kontrolle hat.

Als wir zurück zur „JOYA" kommen, erleben wir ein Schauspiel sondergleichen: Im Minutentakt kommen Segler rein, die teilweise arge Mühe haben, ihr Schiff in eine Box hineinzusteuern und festzumachen. Der Wind hat stark zugenommen. Der Hafen Grenaa wird proppenvoll, einige Segler gehen wieder. Vielleicht weil es hier so grausig stinkt? Der Sturm hat viel Seetang angeschwemmt und dieser stinkt penetrant! Also lange möchte ich hier nicht bleiben. Man hilft hier jedem, der reinkommt, gerade auch, weil die Windverhältnisse so extrem sind.

Jörg und einige Segler stehen draußen am Pier und reden miteinander. Sie wollen wieder mal wissen, wie wir bis hierhergekommen sind. Auch über das morgige Wetter wird verhandelt. Es wird windig und wellig werden, doch wir fahren morgen früh wieder weiter. Einige der Segler sitzen hier auch schon eine Woche fest. Denen erging es nicht besser als uns in Hals.

Heute gibt's zum Znacht Schalenkartoffeln, halbiert, oben mit Kümmel und Salz bestreut, auf dem Blech im Ofen gegart. Aus der Bratpfanne Hacktätschli und Zucchettigemüse. Vorgängig Gurkensalat (ich muss die Gurke aufbrauchen, bevor sie verfault). Etwas später wird es noch die letzten Erdbeeren mit Naturjoghurt zum Dessert geben. Es ist jetzt 19.30 Uhr und ich habe alles auf dem Herd bzw. im Ofen. Ausgerechnet jetzt kommt ein deutscher Segler, der einen Platz sucht und obwohl es noch freie Boxen gibt, nicht imstande ist, in eine solche hineinzumanövrieren. Er muss ausgerechnet jetzt neben uns als „Päckli" anlegen. Mit vereinten Kräften und zähneknirschend machen wir sein Boot, eine 45 Fuß Beneteau, an unseren Klampen fest, sagen ihm jedoch, dass wir morgen um 05.00 Uhr losfahren wollen. Auf dem Herd kocht es und ich renne hinein. Glück gehabt, es ist nichts angebrannt. Dann genießen wir unser Nachtessen mit einem (zwei, drei) Glas Wein und spülen unseren Ärger hinunter.

Eigentlich habe ich absolut nichts gegen Segler, das sind meistens sehr nette und angenehme Leute. Aber Segler, die nie Segel setzen, sondern nur mit Motor fahren, alles besser wissen und trotzdem nicht manövrieren können – das sind in meinen Augen keine Segler!

15. 08. 2014

Der Segler, der gestern bei uns als „Päckli" angelegt hat, ist kurz nach 20.00 Uhr wieder gegangen. Es sei ihm zu früh, morgen um 05.00 Uhr aufzustehen, wenn wir wegfahren wollen. Ich bin gestern früh zu Bett, weil ich bereits den zweiten Tag so früh aufstehen darf. Doch um 22.30 Uhr weckte mich ein lautes Motorengeräusch direkt neben meiner Koje. Es war stockdunkel, ich sah ein rotes Positionslicht und eine massige Stahljacht, die sich neben uns zwischen die Dalben drängte. Die Stahljacht, ein Holländer, legte aber nicht als „Päckli" an, sondern machte an den äußeren Dalben fest. Er saß im Steuerhaus und ließ den Motor laufen, während seine Gattin sich mit den Leinen abmühte. Der Auspuff der Jacht war genau gegenüber meines offenen Kojenfensters und der Abgasgestank füllte meine Koje. Himmel noch mal! „Gohts eigentli no!" Ich schloss so rasch wie möglich das Fenster. Jörg war schon draußen in der Plicht und rief dem Herrn zu, dass er doch seinen Motor abstellen solle. Dann war endlich Ruhe ...

Jetzt ist 05.30 Uhr in der Früh und wir fahren wieder in den Sonnenaufgang. Das Meer ist sehr ruhig, kaum Wellen, etwas Wind aus Südwest. Die Sonne zeigt sich nur kurz, dann regnet es zwischendurch, aber sonst ist es heute bewölkt. Ich mache uns um 08.00 Uhr Kaffee und Brötli und bringe alles ins Steuerhaus hinauf. Es ist noch recht frisch am Morgen und ich brauche wieder die Fleecejacke. Auch „Wullesocke" (Wollsocken) werden montiert (auch für Jörg). Die Motoren laufen wieder wie am Schnürchen und wir kommen mit einem Tempo von knapp 15 km/h gut voran. Nach 7 Stunden erreichen wir den Hafen Juelsminde.

Jetzt will zuerst Fiiny auf die Wiese. Danach aber genehmigen wir uns ein Bier. Bis Sonntag ist hier noch Hafenfest mit dem berühmten Pfostensitzen. Vier junge Leute sitzen auf je einem Pfosten im Wasser und dies während 96 Stunden! Egal ob es regnet, ob man aufs Klo muss, ob es Nacht ist. Sie gehen nicht runter. Seit Donnerstag sitzen sie bereits. Zwei von ihnen haben aufgegeben. Eine junge Frau und ein junger Mann harren noch aus. Zudem läuft den ganzen Tag Musik, überall stehen Festzelte, Wurstbuden, Fischwagen etc. Abends ist Livemusik mit Tanz. Leute sind noch nicht viele da, aber das ändert sich spätestens ab heute Abend.

Es ist jetzt 19.00 Uhr und musikalisch geht die Post ab. Die Band rockt, was das Zeug hält, und die Bässe dröhnen, so dass der Boden der „JOYA" vibriert. Danach kommen lauter alte Beatles-Songs und ein paar 70er-Hits. Das lockt nun eine Menge Volk an. Der Catering-Service hat alle Hände voll zu tun. Aber die Musik ist wirklich toll! Während ich ihr lausche, kommt Jörg mit Besuch vom Spaziergang mit Fiiny zurück. Eine Frau in Uniform tritt ein. Sie ist vom Marineboot, das kurze Zeit vorher eingelaufen ist. Sie möchte gern unser Boot anschauen. Die Küche findet sie am tollsten. Denn sie ist die Küchenchefin des Marinebootes. Danach lädt sie uns ein, dieses zu besichtigen. Wow – das lassen wir uns nicht zweimal sagen! So sehen wir erstmals ein Kriegsschiff von innen. Heute wird es von der freiwilligen Marine benutzt. Diese machen in Dänemark auf See die Kontrolle von Booten, Ausweisen, die ganze Seerettung und den Katastrophenschutz (Ölsperren etc.). Die Mannschaft beträgt 12 Mann und diese Frau bekocht sie. Mit Dank verabschieden wir uns von der Frau und ihrer Mannschaft.

Nun gibt es bei uns Znacht. Wir haben heute noch nicht viel gegessen. Ich mache uns ein frisches, feines Mah Meh mit viel Curry! Zuerst rüste ich allerlei Gemüse, Zwiebeln, Knobli. Dann koche ich die Chinesennüdeli knapp weich. Als nächstes schneide ich die Pouletfilet in kleinere Stücke und brate diese kräftig an, würze mit Pfeffer, Salz und scharfem Curry. Nun kommt alles in den Wok oder eine große Pfanne, auch das rohe Gemüse. Dazu gieße ich etwas Bouillon und lasse alles ca. 10 Minuten köcherln. Fertig ist das Mah Meh!

Es ist mittlerweile 20.30 Uhr geworden, als erneut ein Segler reinkommt und einen Platz sucht. Da er nichts findet, bietet sich ja die Breitseite unserer „JOYA" geradezu an, hier festzumachen. Schon beim Heranfahren steht Madame, eine Zigarette rauchend, bereit mit dem Tau, um es uns rüber zu werfen. Wir lassen sie andocken, sagen ihnen aber, dass wir morgen um 05.00 Uhr wegfahren werden. Jaja, das sei kein Problem, sie würden dann bereit sein. Gut so, schauen wir mal ... Nach dem Abwasch gehe ich schlafen. Morgen gibt's nochmals einen strengen Tag. Die Wettervorhersage sieht für die Ostsee sehr schlecht aus!

16. 08. 2014

Tagwache für mich um 04.30 Uhr. Es ist kalt und regnerisch. Immer noch dunkel. Fiiny versäubert sich und kann noch etwas rennen, dann wecke ich Jörg. Es ist jetzt 05.00 Uhr. Madame von nebenan sitzt unter ihrem Verdeck und raucht eine Ziggi. Jörg ist schnell parat, rasiert wird später. Frühstück gibt es heute „fliegend".

Wir legen ab um 05.20 Uhr, der dänische Segler hat sich bereits nach vorne verschoben, sodass wir freie Fahrt haben. Es ist bewölkt, aber momentan trocken. Wir haben eine mittlere Windstärke aus Südwest und passable Wellen. Heute werden wir versuchen, mindestens bis an die Schlei zu kommen und vorher noch in Aero/DK ein paar Liter Diesel zu tanken, damit wir auf der sicheren Seite sind.

Um 08.00 Uhr frischt der Wind auf, die Wellen werden höher. Die Sonne ist als roter Ball hinter einer dunklen Wolke rausgekrochen. Doch vor uns bauen sich weitere dunkle Wolken auf. Wir müssen da durch – sonst sitzen wir die nächsten Tage wieder fest und kommen nicht vorwärts. Der Wind rüttelt am Verdeck und wir frieren. Ich hole uns den Schlafsack von unten, damit wir wenigstens die Beine etwas warmhalten können. Fiiny binden wir an, da es sie auch hin und her wirft und sie keinesfalls runter auf die Gangway darf bei diesem Wellengang. Schlafen kann sie leider nicht gut, doch ich nehme sie immer mal wieder zwischen meine Beine. So hat sie etwas mehr Halt.

Wir erreichen Aero und kommen fast nicht an die Tankstelle ran, weil uns der Wind in die entgegengesetzte Richtung bläst. Endlich schaffen wir es und ich kann die Leine festmachen.

Jörg muss auch noch kommen und das hintere Tau um einen Poller werfen. Dabei fliegt sein Kartenblatt fort ins Wasser. Shit – zu spät! Bei dem Wind erreichen wir nichts mehr. Unsere Weiterfahrt im kleinen Belt, vor der Insel Als, Höhe Barsö, bringt uns in einen grausamen Sturm hinein mit Beaufort 5. Das Meer ist schwarz und angsteinflößend. Es sieht aus wie ein leicht zusammengeknülltes schwarzes Seidenpapier. Nach einer Stunde erreichen wir den etwas geschützteren Alsfjord und durchqueren den windgeschützten Als Sund nach Sönderborg. Wir beratschlagen, ob wir weiterfahren sollen bei diesem Wetter. Gemäß Wetterbericht ist für die nächsten 4 Tage noch schlechteres Wetter angesagt. Ja, wir versuchen, bis an die Schlei zu kommen, auch wenn uns erneut ein Wellenritt bevorsteht. Wir fahren durch die Flensburger Förde, Beaufort 5 und Wellen, die zeitweise schräg kommen und die „JOYA" ins „Rollen" bringt. Jörg versucht, ihnen auszuweichen, aber es gelingt ihm nicht immer. Auf Höhe der Schleimündung dreht der Wind auf West und die Wellen lassen etwas nach. Obwohl wir schon seit 8 Stunden unterwegs sind, entschließen wir uns, weiterzufahren, da wir sonst erneut festsitzen würden. Um diese lange Zeit sitzend auszuhalten, muss ich mich ständig bewegen, die Sitzposition verändern, im Schiff herumlaufen etc. Nachts machen sich dann entsprechend Krämpfe bemerkbar.

Bei der Überquerung der Eckernförderbucht bekommen wir nochmals 5 Beaufort breitseits! Jetzt genügt es uns langsam. Wir sind müde und haben kalt trotz Schlafsack, den wir uns über die Beine gelegt haben. Es ist sehr ungemütlich und wir hoffen, bald die Kielerbucht zu erreichen, wo wir wieder mehr windgeschützt sind. Nach insgesamt 12 Stunden Fahrzeit machen wir an einem kleinen privaten Steg in einer ruhigen Bucht fest. Es sind noch 500 m bis zur Schleuse des NOK (Nordostseekanal). Wir sind alle geschafft! Für Fiiny war dies auch ein großer Stress. Sie hat uns echt leidgetan. Doch nun sind wir in Deutschland und kommen morgen wieder in die Kanäle. Das heißt, die Elbe steht uns noch bevor. Bei Schlechtwetter kann es auch da zünftig wellen und stürmen.

Doch zuerst freuen wir uns auf eine ruhige Nacht. Nachdem wir festgemacht haben, kommt Fiiny als Erste dran. Sie freut sich und darf zuerst eine Weile schnuffen und herumrennen. Dabei hat sie ganz vergessen, dass sie ja Pipi machen müsste. Dann endlich kann sie ihr Geschäftli auch erledigen. Danach bekommt sie ihr Fressen.

Wir rufen den 1. Vorsitzenden der privaten Steganalage an, dessen Telefonnummer wir im Aushang des Clubs finden und fragen, ob wir hier für eine Nacht liegen dürfen. „Klar doch", meint Herr von Lange freundlich und wünscht uns eine gute Nacht. Der Obolus beträgt 10 €, den wir ihm mit einem kleinen Dankesbriefchen in den Briefkasten legen. Dann begießen wir diese Marathonfahrt und die Ankunft in Deutschland mit einem Bier bzw. einem Campari Orange. Gottseidank hatten wir die Nerven, um zuzufahren. Jetzt kann uns nicht mehr viel passieren, auch wenn sich das Wetter einlässt. Nach einer warmen Dusche und frischen Klamotten spüren wir unseren Hunger. Ich gehe in die Kombüse und schaue, was ich so habe:

Es gibt einen grünen Kraussalat mit kleinen Tomaten, dann eine zünftige Butter-Rösti, dazu Bratwurstrugeli mit vielen Zwiebeln stark gebraten. Hunger ist bekanntlich der beste Koch!

Todmüde nach dieser langen Fahrt gehe ich bald schlafen. Ich freue mich auf das morgige Frühstück, auf das wir jetzt drei Tage verzichtet haben!

17. 08. 2014

09.00 Uhr – es regnet und alles ist grau verhangen. Ich gehe mit Fiiny Gassi. Sie war gestern wohl auch geschlaucht, denn sie hat wie wir bis jetzt geschlafen. Wir frühstücken danach ausgiebig, endlich wieder mit einem 3-Minuten-Ei! Kurz nach 10.00 Uhr binden wir die „JOYA" los und fahren zur Schleuse. Es hat aufgehört zu regnen, windet aber kräftig. Einige Boote warten bereits auf die Einfahrt in den NOK. Auch wir dümpeln davor und warten – warten – warten. Um 11.30 Uhr endlich können wir alle einfahren. Vorher passierten einige Frachter, die Vorfahrt haben. Was für ein Gedränge! Jeder will zuerst einfahren und festmachen. Es hat Platz für alle! Ich gehe mit Hilfe von Jörg die 4 Meter hohe Leiter hinauf (ich habe doch Höhenangst!) und stelle mich in der Reihe an, um die Gebühr von 35 € zu bezahlen. Dann muss ich ja wieder diese Leiter hinunter. Oh, wie ich dies hasse!! Jörg steht bereit und geht vor mir runter und sichert mich so. Es geht gut. Dann sind wir auch schon so weit, um aus der Schleuse rauszufahren. Nun sind wir also im Nordostseekanal und fahren heute bis Rendsburg. Es hat viel Schiffsverkehr. Wir führen bald die lange Kolonne von Booten an. Plötzlich sehen wir, dass weit vorne drei rote Lichter übereinander stehen, die blinken. Das heißt STOP für alle Fahrzeuge. Wir machen an einem Berufs-Schiffspoller fest und die nachfolgenden Boote tun es uns gleich. Wir warten erneut fast eine Dreiviertelstunde. Dann sehen wir einen Schlepper mit einem Ungetüm von Schiff. Es hat eine Stahlkonstruktion geladen und ist etwa 100 m lang und 30 m breit! Kein Wunder kommt da kaum noch einer vorbei. Endlich können wir weiterfahren und erreichen um 15.00 Uhr den uns bekannten Hafen vom Büdelsdorfer Jachtclub, wo wir den letzten Platz an der Steganlage erwischen. Etwa 800 m weiter vorne liegt die Stadt Rendsburg. Es sind viele Holländer hier. Wie wir von einem Jachtie erfahren, gehen die Ferien der Holländer nächste Woche zu Ende. Darum steuern jetzt alle auf die Elbe zu. Er sagte uns, dass wegen des schlechten Wetters der Hafen von Brunsbüttel, also nach der Schleuse, total überfüllt sei mit den Holländern. Darum warte er hier auf besseres Wetter. Tja, dann tun wir ihm das gleich. Es regnet jetzt in Strömen. Das Gute daran ist, dass nun alle Salzkrusten des Kattegats und der Ostsee weggewaschen werden. Morgen steht aber das Putzen der dreckigen Fender an. Das ist meine Arbeit. Jörg putzt die „JOYA" rundherum. Und Morgen gehen wir ins Einkaufszentrum. Wir haben mindestens 300 Flaschen und Bierdosen zur Rückgabe. Wenn ich da mit den Säcken voller Leergut stehe, denken die Leute bestimmt, ich sei eine Randständige. Das wäre mir schon etwas peinlich.

Wir sind soeben fertig geworden mit unserem letzten Käsefondue! Ganze 800g Käse haben wir zusammen vernichtet! Aber jetzt haben wir warm und nun macht sich auch die Müdigkeit bemerkbar.

Ich hänge meine 60°-Wäsche noch auf, die ich vor zwei Stunden in der Waschmaschine gestartet habe. Das trocknet jetzt schön, denn wir heizen ja mit dem Pelletofen warm ein. Heute schaue ich wieder mal TV, vor allem die Nachrichten, damit ich wieder auf dem Laufenden bin. Dann erledige ich einige Telefonate und Emails.

Nach dem obligaten Kaffee verziehe ich mich in meine Koje. Heute mag ich nicht einmal mehr meinen Lieblingskrimi hören!

18. 08. 2014

Es regnete die ganze Nacht und heute Morgen stürmt es noch dazu. Mit Fender- und Bootputzen wird es heute nichts. Ich habe unruhig geschlafen, denn es hat ständig etwas ans Schiff geklopft. Zudem spüre ich meine Gelenke ganz arg. Trotzdem gehen Jörg und ich nach dem Zmorge mit den vielen leeren Flaschen hoch zu Aldi. Nun ist mal eine ganze Menge Leergut weg. Später müssen wir noch Dosen und Fläschchen, die bei Aldi nicht zurückgegeben werden können, entsorgen bzw. zurückgeben. Das gesamte Pfand läppert sich nämlich auf satte 40 € und die verschenken wir nicht einfach so, obwohl es Jörg stinkt, das Leergut zu sammeln. Wegen ein paar einzelner Dosen wäre mir das ja noch egal, aber nicht bei dieser Menge!

Nach dem Wocheneinkauf und dem Verstauen aller Sachen kann ich schon die gesamte Wäsche zusammenlegen und versorgen. Es hat alles super getrocknet dank Pelletofen! Nun kommt Fiiny an die Reihe. Ich will mit ihr rausgehen. Doch sie steckt nur schnell den Kopf raus, bemerkt, dass es regnet und stürmt, und rennt wieder rein in die warme Stube. Ja, so was! So ein Stubenpascha! Mir soll's recht sein, so kann ich meine Berichte in Ruhe schreiben. Ich checke kurz das Wetter im Internet. Vor Donnerstag wird es nicht besser. Das heißt für uns, dass wir wahrscheinlich bis Mittwoch noch hier sind und dann aber losfahren, damit wir am Donnerstag bei gutem Wetter die Elbe runterfahren können. Es ist jetzt 19.00 Uhr, wir haben zumindest die Leergutrückgabe erledigen können. Sonst aber hat sich eine Regen- und Sturmfront nach der anderen abgelöst und wir sind auf keinem Spaziergang mit dem Hund trocken geblieben! Jetzt aber haben wir Hunger! Heute mache ich drei kleine Stück Rindsfilet, die ich irrtümlich aus dem Tiefkühler genommen habe, in der Meinung, es seien Pouletbrüstli. Selber schuld, wenn man nichts beschriftet und meint, man wisse dann schon noch, was drin ist! Vorher essen wir einen Kartoffelsalat mit Ei und Gurken drin (von Aldi). Ich musste ihn unbedingt probieren, denn ich liebe „Härdöpfelsalat"! Und er ist wirklich gut, aber nie so gut, wie wenn ich ihn selber mache! (Eigenlob stinkt). Zu den Filets (natürlich mit etwas Kräuterbutter) gibt's die andere Hälfte vom Blumenkohl, den ich noch hatte, mit Käse überbacken aus dem Ofen. Nach diesem exzellenten Nachtmahl und dem Abwasch, den wir übrigens immer von Hand machen, schauen wir uns einen lustigen Film mit einem „Trabi" an. Draußen stürmt's nach wie vor, doch wir sitzen hier in kuscheliger Wärme und „lümmeln" auf dem Sofa. Oh nein, nicht was ihr jetzt denkt! Mit „lümmeln" meine ich, sich's auf dem Sofa bequem machen. Über die natürlichste Sache der Welt schreibe ich sicher nicht; die kennt ja jeder!

19. 08. 2014

In Büdelsdorf nichts Neues – es stürmt und regnet, dazwischen zeigt sich kurz die Sonne. Einige Segler und ein paar Jachties wagen es und fahren los. Doch die werden alle an der Schleuse von Brunsbüttel im Stau stehen. Da sind jetzt nämlich alle gestrandet, die zugefahren sind. Der Hafen dort sei übervoll und neue Boote, die einen Platz suchen, müssten zurückgewiesen werden. Denen bleibt dann nichts anderes, als irgendwo im Kanal eine geeignete Stelle zu suchen, wo sie anlegen können. Diesen Stress machen wir uns nicht.

Nach unserem feinen Frühstück, diesmal mit Speckeier aus der Bratpfanne, beginnen wir, die „JOYA" sauber zu machen und aufzuräumen. Staubsaugen wegen der Hundehaare ist angesagt. Jörg macht Motoren- und Filterkontrolle. Den Spaziergang mit Fiiny habe ich schon hinter mir und nach der Putzerei gehen wir nochmals mit ihr raus zum Spielen. Heute kann ich auch die Fender reinigen, einfach immer zwischen den Regengüssen. Draußen paddeln 4 lange Drachenboote vorbei. Mindestens 12 Mann sitzen in einem Boot und paddeln wie die Verrückten rund ums Hafenbecken. Sieht lustig aus. Hinter ihnen türmt sich bereits wieder eine schwarze Wand auf. Am Nachmittag machen wir einen langen Waldspaziergang mit dem Hund. Es ist alles nass und die Wege sind aufgeweicht. Viele Hasen stieben davon, als sie uns sehen. Fiiny ist deshalb kaum zu halten und entwickelt einen starken Jagdtrieb. Doch die Hasen sind schneller als sie.

Ganz in der Nähe, oben am Waldrand, kann ich einen EDEKA-Laden erkennen. Ich möchte schnell reingehen, da dieser Laden eine offene Metzgerei und eine Bäckerei hat. Für wenig Geld kaufe ich zwei Stück Kasseler Rippli. Diese wiegen ein gutes Pfund! Auf der „JOYA" habe ich noch Sauerkraut. Kartoffeln habe ich immer im Vorrat. Das wird also heute unser Nachtessen. In der Bäckerei kaufe ich ein lustiges Brot namens „Küstenbulle". Es ist aus Roggen- und Dinkelmehl gemacht.

20. 08. 2014

Heute fahren wir weiter bis vor die große Schleuse von Brunsbüttel. Dann verlassen wir den Nord-Ostseekanal und kommen in die Elbe Richtung Hamburg. Wir fahren um 10.00 Uhr los. Es regnet mal für ein paar Minuten nicht. Wir blicken zurück auf Rendsburg, das in einem dunkel verhangenen Regenloch liegt. Es hat schon sehr viel Schiffsverkehr mit den Ozeanfrachtern. Wir kommen gut voran, teilweise regnet es wieder, jedoch nie lange. Es ist noch kühl und wir sind froh um die langen Hosen. An uns vorbei ziehen die alten Fachwerkhäuser, alte und moderne

Architektur. Immer wieder queren Fähren den Kanal und davon sind viele auf unserer Strecke. Doch meistens warten sie, bis wir vorbei sind. Nach gut 5 Stunden Fahrt erreichen wir Brunsbüttel. Wir legen an der Liegestelle der „Nordstern" an, da der Hafen vorne total überfüllt ist. Hinter und vor uns legen Segler an, die morgen auch aus dem NOK fahren wollen. Da kommt die „Nordstern" zielgenau auf ihren Liegeplatz zugefahren. Ja, jetzt werden wir wohl gehen müssen. Sie kommt ganz langsam und fährt an uns vorbei. Ich rufe dem Käpt'n rüber, ob wir liegen bleiben dürfen. „Klar doch", ruft er, „ist kein Problem!" Wir bedanken uns und sind heilfroh, dass wir nicht noch einen anderen Platz suchen müssen. Die „Nordstern" legt ein paar 100 Meter weiter oben bei einem anderen Fahrgastschiff an. Wir vertreiben uns die Zeit mit Lesen, Jörg studiert die Route für Morgen. Fiiny darf auch noch herumrennen und spielen.

Nach dem schnellen Nachtessen (wir essen alle Reste auf) gehen wir früh zu Bett. Jörg braucht noch seinen *Schlumi**. Morgen wollen wir um 06.00 Uhr aufstehen und dann gleich schleusen.

Schlaftrunk

21. 08. 2014

Die Nacht ist sehr laut gewesen. Ständig sind Ozeanriesen sehr nah an uns vorbei gefahren. Deren Schrauben tönen unter Wasser an meinem Ohr so laut, dass ich nicht mehr schlafen kann. Erst gegen 03.00 Uhr drifte ich für kurze Zeit in tiefen Schlaf. Um 04.00 Uhr weckt mich schon wieder der nächste Koloss! Das ist obermühsam! Ich stehe auf, ziehe mich an und sitze an den Computer. Um 06.00 Uhr wecke ich Jörg. Er hat von allem nichts gehört – ist ja auch kein Wunder bei dem, was er intus hatte! Ich mache uns schnell einen heißen Kaffee, dann fahren wir zur Schleuse. Wir haben schönes Wetter! Nach ca. 15 Minuten Warten können wir einfahren. Jetzt kommen aus allen Ecken Segler daher gefahren und reihen sich in der Schleuse hintereinander ein. Gegen 08.00 Uhr geht das Schleusentor zu und nach 8 Minuten sind wir oben. Es ist nur ein kleiner Höhenunterschied, immer abhängig von der Tide (Ebbe und Flut). Wir fahren raus in die Elbmündung/Nordsee. Die gefürchteten Winde und Wellen sind ausgeblieben. Wir fahren mit der Flut, sprich mit guter Strömung, wenig Wind und kaum Wellen Richtung Hamburg. Der Schiffsverkehr nimmt rapide zu. Dann kommen auch die Wellen! Diese sind aber von den Ozeanschiffen, nicht vom Wind! Die Skyline von Hamburg kommt in Sicht: Hafenkrane sieht man zuerst. Wir fahren an den Airbus-Werken vorbei und kreuzen immer wieder riesige Frachtschiffe. Backbordseitig die schönen Sandstrände von Hamburg, dann das Nobelviertel Blankenese mit seinen tollen Villen. Die Hafenkulisse von Hamburg ist immer wieder imposant! An einem Pier liegt das Kreuzfahrtschiff „AIDA", bereit zum Auslaufen. Viele Touristenboote fahren kreuz und quer durchs Hafengebiet. Der Hafen gleicht einem brodelnden Heißwasserkessel, doch die „JOYA" stampft wacker durch dieses Gewelle. Bei der letzten Brücke müssen wir Bügel und Verdeck runtermachen, damit wir durchkommen. Mit der Flut ist der Wasserstand höher als damals, als wir hier am 03. 06. durchgefahren sind. Nun haben wir wieder ruhigeres Fahrwasser und suchen unseren heutigen Hafen für die Nacht. In einem kleinen Seelein, abseits vom Hauptwasser Elbstrom, finden wir einen wunderschönen Platz. Es ist der Hafen Tespe. Wir legen am Kopfsteg an. Herrlich und ruhig ist es hier! Ich muss zuerst mit dem Hund Gassi gehen. Doch wir kommen am Tor nicht raus. Beim Zurückgehen sehe ich, wo die Schlüssel sind. So, nun geht's zuerst auf die Wiese!

Nicht lange und der Hafenmeister kommt auf den Steg und heißt uns herzlich willkommen. Hier zahlt man pro angefangenem Meter Boot 1 €, für den Strom 2 €. Im Preis inbegriffen sind auch Duschen und Toiletten, welche wir aber nicht benutzen. Ich freue mich auf eine gute Nacht! Zum Nachtessen koche ich uns ein Safranrisotto mit den letzten schwedischen Köttbullar.

Dann muss ich schlafen gehen, denn ich habe ein großes Schlafdefizit!

22. 08. 2014

Habe ich herrlich geschlafen – diese Nacht hat mich für die schreckliche Nacht in Brunsbüttel mehr als entschädigt! Was für eine Idylle! Viele Wasservögel leben hier in friedlicher Eintracht mit den Bootsbesitzern dieses Hafens. Ein kleiner, feiner Hafen, den man nur empfehlen kann.

Wir starten unsere Weiterreise nach einem gemütlichen Frühstück und fahren elbaufwärts. Nach Artlenburg biegen wir steuerbord in den Elbe-Seitenkanal ein. Da kommt uns noch ein Hotelschiff entgegen. Kein großes zwar, aber es macht anständige Wellen. Wir haben regen Frachtverkehr, der uns entgegenkommt. Das kann uns nur recht sein, so können wir vermutlich zügig beim Hebewerk Scharnebeck hochfahren. Das ist eine Schleuse, die wie ein Lift 38 Meter hoch- bzw. runterfährt. Wir melden uns per Funk an. Nach 10 Minuten Wartezeit können wir in die „Wanne" einfahren und werden hochgeschleust. Mit uns gemeinsam im Schleusenlift sind noch ein kleinerer Frachter und zwei kleine Sportboote. Das Ganze geht ruck, zuck und oben fährt man aus der Wanne und direkt im Fluss weiter ...

Unser Ziel heute ist die „freie" Liegestelle Bad Bodenteich. Hier können wir einkaufen und am nächsten Tag weiterfahren. Einkaufen für 4 – denn ab Morgen haben wir Besuch aus Schaffhausen!

Gegen 17.00 Uhr erreichen wir unsere heutige Liegestelle. Es liegt erst ein einziges kleines Sportboot dort. Wir richten uns ein für die Nacht, gehen einkaufen, räumen alles mit System ein und dann besucht uns Edi, ein älterer, dicklicher, gemütlicher, brauner Labrador mit seiner Familie. Ihn haben wir schon bei der Hinreise kennengelernt. Was für eine Freude bei Fiiny! Edi wohnt hier im Dorf und ist mit seiner Familie (Oma und Kindern) beim Abendspaziergang. Die beiden Hunde spielen kurze Zeit miteinander und dann haben die Kinder nur noch Augen für Fiiny! Sie genießt diese Aufmerksamkeiten, bekommt natürlich auch „Goodies" von den Kindern. Dafür kraulen wir Edi, der dies sichtlich genießt.

Unser Nachtessen fällt heute bescheiden aus: Brot, Wurst, Käse, Wein. Morgen werden wir mit unserem Besuch grillieren. Das Filet liegt schon bereit in meiner selbstgemachten Marinade und wir haben viel Gemüse und Salate eingekauft. Mittlerweile ist es 21.00 Uhr und hinter uns liegen noch zwei Sportboote und ein Frachter. Es fahren noch etliche Frachter vorbei, doch ab 22.00 Uhr gibt es Ruhe.

23. 08. 2014

10.15 Uhr, wir fahren los Richtung Wendeburg, wo wir heute im späteren Mittag Sandra und Rolf aus der Schweiz treffen werden. Das Wetter macht auch mit, es ist schön und warm. In Bad Bodenteich konnten wir noch Kaffeekapseln kaufen, die in meine Nespressomaschine passen. Aber Sandra bringt mir noch Originalkapseln mit. Pro Tag brauchen wir, nur Jörg und ich, 6–7 Kapseln. Die deutschen Kaffeekapseln von Merrild und Carte Noir passen und sind preisgünstig. Doch der originale Nespresso schmeckt einfach am besten!

Wir überholen einige langsame Frachter auf diesem Elbe-Seitenkanal. Man fährt im Kanal vorbei an Feld und Wald, hin und wieder an ein paar Häusern. Sehenswertes gibt es hier nichts. Man müsste das Boot verlassen und auf den Landstraßen weiterfahren, um Sehenswertes zu entdecken.

Ich habe für heute Abend das Gemüse gerüstet und angedünstet. Daraus gibt es eine Gemüse-Quiche. Dann habe ich die Gästekoje hergerichtet, alles frisch bezogen und entstaubt. Seit mehreren Wochen ist hier niemand mehr gewesen. Zum Glück hat Fiiny es noch nicht „*erlickt*"★, die Treppe zur Koje runterzukommen. So haben wir kaum Hundehaare unten. Es reicht, was im Salon und sonst im Boot herumfliegt. Wir müssen täglich mit dem Staubsauger das Gröbste zusammennehmen. Heikle Leute würden sich bei uns nicht wohlfühlen. Es könnte ja ein Hundehaar an die Kleidung kommen ...

17.00 Uhr: Sandra und Rolf haben uns gefunden. Wir liegen am Anleger bei km 213, gegenüber der Einmündung des Stichkanals Salzgitter. Wir freuen uns riesig, dass sie ein paar Tage mit uns verbringen. Und Fiiny dreht fast durch vor Freude! Nando, der 14 Jahre alte Rüde von ihnen, ist mit dabei und schaut aus wie ein junger Spund! Nachdem wir das ganze Gepäck verstaut haben, bringen wir auch Nando mit der mitgebrachten Rampe an Bord. Er muss zuerst mal alles beschnuppern.

Dann machen wir es uns gemütlich mit einem Apéro. Wir haben sogar Sonne und es ist noch angenehm warm. Wir haben uns schon lange nicht mehr gesehen und viel zu erzählen! Fiiny darf zu ihnen, wenn wir auf die Hochzeit von Aline gehen. Mit Sandra habe ich einige Jahre zusammengearbeitet und wir haben uns immer bestens verstanden.

Nachdem wir die Hunde versorgt haben, richten wir unser Nachtessen. Sandra macht die Gemüse-Quiche fertig, Jörg legt das Filet auf den Grill, der Tisch wird gedeckt und schon bald sitzen wir alle gemütlich in der Plicht und genießen unser Essen. Die beiden haben uns so viele feine, guten Sachen aus der Heimat mitgebracht, dass wir für eine Weile bestens versorgt sind. Wir sagen euch herzlichen Dank. Was natürlich auch ganz wichtig war, ich konnte bei ihnen Nespresso Kapseln bestellen. Jetzt haben wir wieder für eine kurze Zeit guten Kaffee an Bord. Müde von der langen Fahrt, vom Essen und vom Wein gehen wir alle zufrieden schlafen. Morgen ist auch noch ein Tag!
*begriffen

24. 08. 2014

Die Sonne weckt uns heute Morgen nach einer recht kalten Nacht. Unsere Gäste haben gut geschlafen und Sandra ist mit beiden Hunden bereits auf dem Rundgang. Nach einem ausgedehnten Frühstück macht sich Rolf auf den Weg nach Peine, wo er sein Auto in der Nähe des Bahnhofs parkieren wird. Später kann er dann mit dem Zug zurückfahren und sein Auto holen. Wir Frauen gehen nochmals mit den Hunden auf die Versäuberungsrunde, dann legen wir die Leinen los. Es ist jetzt 10.20 Uhr, der Himmel ist bedeckt und die Sonne macht sich rar.

Wir fahren bis nach Peine, wo wir Rolf wieder an Bord nehmen. Er steht bereits am Ufer parat und kann locker aufspringen. Leider haben die beiden vergessen, zu Hause noch Zahnbürsten einzukaufen, denn daheim putzen sie die Zähne elektrisch. Sandra hat Rolf aufgetragen, unbedingt vom Bahnhof Peine zwei Zahnbürsten mitzubringen. Da es Sonntag ist, findet Rolf keinen offenen Laden.

Was soll's, jetzt warten wir eben bis morgen und kaufen dann welche.

Wir fahren heute bis zur Bunkerstation Lohnde, kurz nach dem Jachthafen von Hannover und fahren danach den Seitenkanal hoch. Hier ist eine Brücke, die nur 4 m hoch ist, wir also nicht darunter durchfahren können. Also wird das Steuerhausverdeck demontiert, der Bügel runtergelassen und die Fahne entfernt. Jetzt fahren wir den Rest mit offenem Cabrio. Im Jachthafen Seelze finden wir einen schönen seitlichen Platz und die dortige Wirtin hilft uns sofort beim Anlegen. Rolf macht sich gerade bereit, um auf den Steg hinunter zu steigen, da ruft sie: „Dass du mir da aber ja nicht runterspringst!" Doch Rolf ist bereits unten. Nachdem wir die „JOYA" sicher vertäut haben, gehen wir gemeinsam ein Bier und Kaffee trinken. Im Hafen vorne ist ein tolles Restaurant mit Palmen im Garten, einer interessanten Speisekarte und sehr freundlicher Bedienung. Die Hunde können auf der nahen Wiese herumrennen und sich auch versäubern. Ja, so stimmt's doch für alle!

Während wir so am Kaffeetrinken und Kuchenessen sind, fragt Sandra die Bedienung, ob es hier in der Nähe eine Tankstelle gäbe, wo sie Zahnbürsten kaufen könnte. Die Wirtin kommt dazu und meint, sie würde nach Feierabend mit Sandra und ihrem Auto kurz herumfahren und schauen, ob sie dies irgendwo bekämen. Sie käme dann zu unserem Boot und rufe. Also das nennt man doch Service! Und wir essen noch nicht einmal bei der Wirtin, sondern kochen heute selber.

Sandra und ich rüsten fürs Nachtessen, da kommt die Wirtin mit einem jungen Paar zum Boot. Sie bringen doch tatsächlich zwei Zahnbürsten. Wir sind wirklich baff! Wie kommt das? Nun, das Pärchen saß am Tisch hinter uns im Restaurant und hörte scheinbar, was uns beschäftigte. Ohne lang zu zögern sind sie losgefahren und haben fünf Kioske abgeklappert, bis sie das Gesuchte gefunden haben. Natürlich möchten sie gerne die „JOYA" anschauen und die Wirtin ist auch neugierig. Wir führen die drei durchs Boot und freuen uns, dass es ihnen gefällt. Danach verabschieden wir uns herzlich von der Gruppe und danken nochmals für diese schöne Geste. Noch am gleichen Abend erhalten wir von Birgit und Dietmar, so heißt das Pärchen, ein herziges E-Mail mit Dank für die Schiffsbesichtigung.

Bald ist es Zeit fürs Nachtessen. Heute gibt es Speck und Bohnen, Salzkartoffeln und Grillbratwürste aus der Heimat. Ich freue mich immer, wenn alles leer gegessen wird, was auch heute wieder der Fall ist. Wir sitzen nach dem Abwasch noch eine Weile gemütlich zusammen, trinken Wein bzw. Campari Orange und fallen irgendwann in die Kojen.

25. 08. 2014

Sandra und Rolf gehen schon früh mit beiden Hunden Gassi. Sie bemühen sich, leise zu sein, doch mit Fiiny ist das unmöglich. Vor Freude wedelt sie mit ihrem Schwanz und klopft dabei an die Küchenwand. Die Kojen sind genau darunter. Jetzt sind alle wach! Doch wir dösen noch ein wenig, bis sie zurückkommen, duschen und dann richten wir das Frühstück.

Heute scheint es bewölkt und kühl zu sein. Ich brauche die Fleecejacke oder muss den Pelletofen einschalten. Ich entscheide mich für Ersteres. Fiiny bekommt auch ihren Zmorge. Rolf und Jörg besprechen, wie weit wir heute fahren wollen. Mindestens bis Minden, meint Jörg. Aber vorher möchte er noch tanken. Gut, dann geht's nach dem Aufräumen bald los. Nun zeigt sich auch ab und zu die Sonne. An der Bunkerstation tanken wir voll. Ich frage noch, ob ich mit Karte zahlen könne, was bejaht wird. Als ich dann aber die 1.500 € mit meiner VISA Karte zahlen will, meint der Typ trocken: „Nö, geht nur EC Karte." So, was machen wir jetzt? Wir haben nicht so viel Bargeld bei uns. Der Mann meint, wir machen eine kurze Fahrt mit seinem Luxusauto. Ich steige also zu einem wildfremden Mann in den Werkstattwagen und wir fahren los. Im nahen Dorf gibt es einen Bankomaten. Mehr als 1.500 € kann ich nicht abheben und wir bräuchten doch auch noch etwas Geld. Egal, schaue ich einfach morgen.

Unsere Fahrt geht weiter und die beiden Männer wechseln sich mit Fahren ab, während Sandra und ich mit dem Fotoapparat vorne an Deck sitzen und uns den Fahrtwind um die Ohren blasen lassen. Fiiny lässt natürlich auch ihre Ohren schlackern. Nando ist schon ein älterer Hund und kann nicht mehr die Treppen hoch. Er macht es sich auf seiner Decke im Salon gemütlich. Unterwegs melden sich Doerte und Edi und erkundigen sich, bis wohin wir heute fahren würden. Sie kommen dann zum Kaffeetrinken vorbei. Edi kennt einen schönen Hafen kurz nach Minden auf der rechten Seite. Dort sollen wir hinfahren.

Nach einiger Zeit halten wir kurz an, damit die Hunde sich versäubern können. Fiiny muss natürlich wieder in den größten Dreck rennen und ist bis an die Ellbogen schwarz mit stinkiger Brühe. So können wir sie nicht aufs Boot lassen! Schnell hole ich einen Eimer und „Frosch Spühli". Damit werden nun Fiinys Füße und Beine geschrubbt. Das passt ihr gar nicht. Selber schuld, denke ich. Danach beginne ich das Nachtessen zu rüsten. Sandra dokumentiert fotografisch, wie ich den Kartoffelgratin mache. Als wir gegen 16.00 Uhr im Mindener Jachtclub am Hahlener Hafen ankommen, stehen Doerte und Edi schon bereit und haben einen Liegeplatz organisiert. Zudem haben wir ihre Hilfe beim Festmachen. So geht das problemlos und nach der Begrüßung können wir den selbstgemachten Apfelkuchen von Edi mit Kaffee genießen. Außerdem bringt Doerte frische, schöne Heidelbeeren mit. Herzlichen Dank dafür! Der Kuchen schmeckt ausgezeichnet. Die beiden sind gute zwei Stunden von ihrem Wohnort Langwedel mit Doerte's neuem Auto hierher gefahren. Dank Doerte komme ich noch zu einer Fahrt mit ihrem neuen Wagen, auch weil ich unbedingt Schlagrahm zu den Beeren haben möchte. Außerdem brauche ich noch etwas Bargeld. Beim Bankomaten zeigt sich, dass meine Karte nichts mehr hergibt. Wahrscheinlich, weil ich schon so viel abgehoben habe. Doerte springt mit ihrer Karte ein und gibt mir Geld. Wieder auf der „JOYA" tätige ich gleich online eine Überweisung und zahle meine Schulden zurück. Es ist mir nie wohl mit Schulden im Hintergrund. Sandra und Rolf sind in der Zwischenzeit mit den Hunden auf die Wiese zum Spielen gegangen. Fiiny wird von ihnen verwöhnt und ich damit auch. So habe ich, vor allem am Morgen, viel Zeit zum Schreiben.

Um 19.00 Uhr verabschieden sich Doerte und Edi von uns. Sie müssen noch eine Weile Auto fahren. Leider ist mein Roastbeef im Ofen noch nicht so weit. Ich habe mich in der Zeit verschätzt. Deshalb essen wir heute etwas später als sonst. Um 20.00 Uhr kann Rolf den Braten anschneiden. Super sieht das Fleisch aus, schön rosig in der Mitte. Der Kartoffelgratin ist lind und die Schmortomaten sind fertig. Jetzt noch schnell die Soße Béarnaise gemacht und los geht's! Bis auf einen kleinen Rest Fleisch wird alles aufgegessen. Das freut mich – zeigt es mir doch, dass es gut war. Rolf und Sandra sparen auch nicht mit Komplimenten an den Smutje. Nach dem gemeinsamen Abwasch schauen wir noch etwas TV, vor allem was in Frankreich los ist, da die gesamte Regierung zurückgetreten ist. Danach ist es Zeit, den Kopf aufs Kissen zu legen.

26. 08. 2014

Es regnet die ganze Nacht und auch noch heute Morgen. Sandra geht bereits früh mit den Hunden los. Neben uns lässt ein Yachtie seinen Motor laufen und quasselt lautstark mit einem anderen Bootsnachbar. Nennt man das etwa Rücksicht aufeinander nehmen? Es gibt einfach überall Rüpel! Ringsum schlafen noch alle in ihren Booten, aber spätestens in einer Minute ist wohl jeder wach! Rolf beklagt sich über den Auspuffgestank seines Nachbars. Er meint, jetzt könne er auch nicht mehr schlafen. Erst als die Ruhestörer losgefahren sind, kehrt wieder etwas Ruhe ein und Rolf kann doch noch eine Runde schlafen.

Nach dem Frühstück schauen wir, wo wir heute landen möchten. Bad Essen ist angesagt. Hier gibt es einen Hafen und die nächste Ortschaft ist auch nicht weit entfernt. Das wäre für heute nur eine dreistündige Fahrt. Bevor wir losfahren, möchte ich die gelesenen Bücher umtauschen. Die Auswahl ist ansehnlich. Meine Bücher sind mit relativ großen Buchstaben geschrieben. So suche ich auch eher wieder Bücher mit größerer Schrift aus. Es ist in Deutschlands Jachthäfen so Usus, dass man seine gelesenen Bücher in „neue" umtauscht. Meist sind es fast neue Bücher, denn einmal gelesen ist noch nicht „zerlesen".

Wir fahren etwa 1 ½ Stunden und lassen dann die Hunde kurz von Bord. Danach geht's weiter bis nach Bad Essen. Doch leider ist der Hafen für uns zu klein, es hat keinen Platz. So fahren wir bis zur nächsten Liegestelle mit Spundwand, ohne Wasser, Strom und Duschen/Toiletten. Das haben wir ja eigentlich alles selber an Bord. Doch morgen muss Rolf sein Auto von Peine zurückholen. Es sind gute 150 km ab hier. Rolf macht sich im Internet schlau, welche Zugsverbindungen es nach Peine gibt. Von hier aus kann er mit dem Klappvelo zum Bahnhof Bohmte radeln, dort einsteigen. Der Zug braucht gute drei Stunden bis nach Peine. Dann fährt er mit seinem Auto zurück und sucht den Punkt, wo wir morgen ungefähr sein werden. Dort treffen wir uns wieder.

Betreffs heutigem Nachtessen gibt es auf allgemeinen Wunsch Hörnliauflauf und Salate. Doch zuerst machen wir Apéro: Bier, Panaché, Campari Orange und Knoblibrot. Als wir so gemütlich da sitzen, spaziert ein älterer Mann mit seinem Rollator und einem Kessel daran langsam auf dem Treidelpfad an uns vorbei. Nach einer Weile kommt er mit seiner Frau zurück, die jetzt den Kessel trägt. Sie ruft uns zu, ob wir Arbeit möchten, und zeigt auf ihren Kessel. Sie haben frischen Holunder gepflückt, der jetzt von den Stauden abgebeert werden muss. Wir scherzen noch eine Weile mit ihnen, dann gehen sie nach Hause. Rolf bekommt später von der Frau noch Auskunft über den Bahnhof und auch die Telefonnummer für ein Taxi.

Jörg geht noch mit Fiiny ausgiebig am Kanal entlang spazieren und kommt mit einem derart stinkenden Hund zurück, dass es uns fast umhaut! Sie habe sich in irgendetwas gewälzt, sagt Jörg. Wir schlagen ihm vor, gleich mit dem Hund zu duschen und Fiiny mit Shampoo zu behandeln. Er habe schon geduscht. Fiiny könne man mit ihrem Tuch abreiben. Schließlich sieht er doch ein, dass er zumindest das ebenso stinkende Halsband gründlich mit Seife putzen muss. Das Gröbste ist schon am Tuch hängen geblieben, aber der Hund stinkt leider immer noch! Mittlerweile hat sich Rolf entschieden, morgen ein Taxi kommen zu lassen. So kann Jörg das Klappvelo wieder versorgen. Nach unserem feinen Nachtessen gibt es Doertes frische, süße Heidelbeeren mit flüssigem Schlagrahm zum Dessert. Diese sind wirklich himmlisch und erfrischend! Wir essen sie „rübis und stübis" leer. Beim anschließenden Kaffee müssen wir noch ein bisschen Jenever und Williams degustieren und schon bald verschwindet jeder in seine Koje.

27. 08. 2014

Was für ein herrlicher Morgen! Ein leichter Nebel liegt über dem Kanal und die Sonne strahlt bereits übers ganze Gesicht. Langsam erwacht das Leben am Kanal, die ersten Frachter tuckern vorbei und ab und zu fährt ein Auto auf der Straße nebenan durch. Sandra und Rolf gehen mit beiden Hunden dem Treidelpfad entlang. Ich richte in der Zwischenzeit das Futter für Fiiny und decke den Frühstückstisch. Nando frisst nicht mehr viel. Gestern hat er die übriggebliebenen Hörnli mit Genuss verdrückt. Heute mag er sie nicht mehr. Ich gebe ihm etwas Käse. Den nimmt er gerne.

Nach unserem ergiebigen Zmorge holt das Taxi Rolf direkt beim Boot ab. Sandra und ich bereiten eine Zwetschgen-Jalousie zu für den Kaffee heute Mittag. Dann knete ich den Zopfteig, der eine Weile gehen muss, bevor ich ihn weiterverarbeiten kann. Da kommt noch einmal die Frau, die gestern den Holunder gepflückt hat, zum Boot und gibt uns ein Glas frisch gemachten Holunder-Gelee mit auf den Weg. So nett – wir bedanken uns herzlich und sie verabschiedet sich mit den Worten: „Meldet euch, wenn ihr wieder mal vorbeikommt." Das machen wir gerne. Dann legen wir ab und fahren los. Es ist noch recht frisch an Deck und ich sitze gerne wieder ins Steuerhaus hinein. Da ist es bedeutend wärmer. Rolf ist mittlerweile im Zug Richtung Peine. Die Natur stellt sich bereits um auf den Indian Summer. Die Bäume färben sich langsam gelblich. Die Pflanzen entlang des Kanals verlieren ihre schöne grüne Farbe. Ein schöner Herbst hat auch seinen Reiz!

Wir laufen um 14.00 Uhr in die Marina Recke, kurz vor Steinbeck, ein. Jörg hat leider einen Moment nicht aufgepasst und bei der Einfahrt in die Box backbord den vorderen Eisenteil des Schwimmstegs gerammt. „Oh nein – das muss jetzt aber nicht sein", höre ich ihn rufen. Es ist halt passiert, was soll's. Wieder eine Schramme am Backbordbug, die aber für Jörg selbst zu flicken ist. Wir planen ohnehin, im September einen Service der „JOYA" machen zu lassen. Dafür muss sie aus dem Wasser. Bei der Gelegenheit kann Jörg diese einzelnen Schrammen ausbessern. Wir überlegen uns, ob wir nicht gleich an den beiden Bugs einen Rammschutz anbringen. Das erspart uns sicher weiteren Ärger. Die Leute vom Nachbarschiff „Paula3" helfen uns beim Festmachen. Der Schwimmsteg ist ziemlich „zitterig" und ich fühle mich sehr unsicher. Endlich absitzen – jetzt brauchen wir einen Drink! Jörg sein Bierchen, wir Frauen unseren Campari Orange. Rolf ist derzeit unterwegs auf der Fahrt mit dem Auto von Peine hierher. Dieser Hafen ist wunderbar ruhig gelegen. Allerdings spürt man den Schwell der vorbeiziehenden Frachter. Wir liegen aber praktisch zuhinterst. Dort ist es nur noch ein leichtes, kaum spürbares Schaukeln. Aber die Fliegen sind hier eine Plage! Kaum habe ich eine erwischt, schwirrt schon die nächste herum. Diese Biester sind einfach eklig! Hocken sich auf alles und legen ihre Eier ab. Ich muss alles abdecken, sonst kriechen die Fliegen durch jedes noch so kleine Loch an die Lebensmittel heran.

Ich mache noch eine 60°-Wäsche und gehe dann zur Beizerin, um den Liegeplatz zu bezahlen und für heute Abend im Restaurant zu reservieren. Wir zahlen hier 14 € plus Strom.

Unser Campari-Konsum ist merklich angestiegen. Sandra liebt dieses Gesöff auch! Bis zum nächsten Edeka sind es 900 m. Wir beschließen, zu Fuß hinzugehen und den Einkauf zu erledigen. Jörg hütet die beiden Hunde an Bord. Natürlich nutzen wir die Gelegenheit und kaufen gleich 2 Flaschen des edlen Getränks sowie genügend O-Saft dazu. Nach unserer Rückkehr geht der Hefezopf in den Ofen und wir entspannen bei einem? Na, was wohl!

Inzwischen ist die Wäsche fertig geworden und kann in der Plicht zum Trocknen aufgehängt werden. Es ist 18.00 Uhr und wir haben immer noch Sonnenschein! Rolf steckt im Stau fest, meint aber, in gut 45 Minuten hier zu sein. Unser Tisch ist auf jeden Fall reserviert. Um 18.00 Uhr gehen wir zu unserem Tisch, die Hunde lassen wir an Bord. Wir können sie vom Tisch aus gut sehen. Mit dem Essen warten wir, bis Rolf da ist. Aber ein Bier genehmigen wir uns. Fiiny bellt die ganze Zeit und „*täubelet*"* wie ein Kind. Nur nicht hinsehen und überhaupt nicht reagieren ist unser Motto. Aber ein älterer Herr, der sein Boot neben unserem hat und eh ein unfreundlicher Kerl ist, regt sich über Fiiny auf und ruft in aggressivem Ton herüber: „Holen Sie den Hund!" In diesem Moment kommt Rolf daher und Fiiny bellt noch lauter. Tja, dem Frieden zuliebe lassen wir uns erweichen und holen beide Hunde an den Tisch. Sie werden am Geländer festgebunden, damit wir in Ruhe ans Buffet gehen und essen können. Jetzt ist Fiiny endlich still.

Das Buffet ist eröffnet. Es gibt vielerlei wunderbare Salate und Fleisch, was das Herz begehrt: Bratwürste, Bratwurstschnecken, Hamburger, Bauchspeck, Steaks, es ist der Hammer und kostet pro Person ganze 12,50 €. Man kann so oft nachschöpfen und Fleisch holen, wie man will! Die Männerherzen schlagen höher, als sie dies sehen. Aber auch ich muss zweimal meinen Teller füllen, denn es ist so fein!

Den gemütlichen Abend lassen wir an Bord ausklingen, schauen noch die Nachrichten und gehen dann bald schlafen.

*trotzen

28. 08. 2014

Heute Morgen sieht es nach Regen aus, obwohl zuerst noch ein wenig die Sonne scheint. Sandra und Rolf gehen zum letzten Mal die Morgenrunde mit den Hunden. Ich habe es alle diese Tage genossen, dass ich noch eine Weile liegen bleiben konnte. Ich richte unser Frühstück her, das wir ohne Eile zusammen mit frischem Hefezopf genießen. Dann geht's ans Packen. Schade, wir hätten es gut noch eine Weile mit den beiden ausgehalten! Aber sie wollen morgen ihre Pferde in eine andere Unterkunft zügeln, darum müssen sie heute nach Hause fahren. Landschaftlich und Sehenswertes konnten wir ihnen leider nicht viel bieten. Als Ersatz habe ich versucht, sie wenigstens kulinarisch zu verwöhnen und so meinen Teil zur Ferienstimmung beizutragen. Wir verabschieden uns in alter Freundschaft und legen dann ebenfalls die Leinen los. Es war schön mit euch!

Es ist jetzt kurz nach 10.00 Uhr. Gemütlich tuckern wir den Mittelland-Kanal entlang. Nach ca. 10 km biegen wir in den Dortmund-Ems-Kanal ein. Wir halten einmal an, um Fiiny kurz rauszulassen, und fahren dann weiter zur Schleuse von Münster. Nach einer kurzen Wartezeit können wir einfahren und schleusen mit zwei weiteren Sportbooten, die noch angefahren kommen. Vorbei am Jachthafen Monasteria (zu klein für uns), weiter zum Stadtanleger von Münster. Auch da fahren wir vorbei. Nach einer Weile sehen wir den Hafen von Fuestrup alte Fahrt (alter D-E-Kanal), der jedoch schon ziemlich voll zu sein scheint. Inzwischen ist der Himmel bedeckt und es regnet ein paar Tropfen. Aber es hört gleich wieder auf.

Unser Ziel heute ist der idyllische Hafen von MYC Kanalstadt-Datteln, der auch in einem alten Seitenarm dieses Dortmund-Ems-Kanals liegt. Wir melden uns telefonisch bei Jürgen, dem freundlichen Hafenmeister, an. Er verspricht, uns den Platz freizuhalten.

Nach Münster sehe ich endlich den lange gesuchten Brückenpfeiler mit dem schönen Graffiti. Schon bei der Hinfahrt ist er mir aufgefallen, doch ich verpasste es, zu fotografieren. Diesmal schieße ich von diesem Bild Fotos. Leider ist es durch Übermalen schon wieder zum Teil verunstaltet worden. Man konnte vorher eine riesengroße Krake sehen, die jetzt leider kaum noch erkennbar ist. Wir haben viele Graffitis gesehen, doch dieses ist eindeutig das schönste! Weiter geht die Fahrt im Kanal, hin und wieder erblicken wir schöne alte Bauernhöfe oder auch mal ein gelbes Feld mitten im Grünen. Dann kommen Kanalbaustellen, an denen wir langsam machen müssen, weil Kreuzen nicht erlaubt ist. Vor uns fährt bereits der Frachter „Ursula" und ein anderer Frachter kommt uns entgegen. Leider ist diese Baustelle länger als ein Kilometer und wir kommen nur im Schritttempo vorwärts. Endlich sehen wir die Einfahrt zu unserem heutigen Jachthafen! Es ist bereits 17.15 Uhr und wir werden schon sehnlichst erwartet. Jürgen, der Hafenmeister, steht bereit und noch ein paar Helfer. Sie haben uns am Außensteg eine Lücke freigehalten, in die Jörg jetzt hineinzirkelt. Passt! Wir müssen die holländische Stahljacht hinter uns noch etwas zurückschieben, dann bleibt genügend Luft zwischen allen Booten. Der Hafen ist ziemlich voll, doch sind nur drei Boote „bewohnt" (Gastboote), der Rest ist von clubeigenen Leuten belegt.

Nach dem Duschen bekommt Fiiny ihre Mahlzeit, dann suche ich alle Reste zusammen und mache einen warmen Znacht daraus (Teigwaren, Speckstückli, Tomaten, Zucchetti, Champignons und Zwiebeln gescheibelt; alles in der Bratpfanne angebraten). Das nenne ich Pfanne Kunterbunt, abgeschmeckt mit Reibkäse. Dazu trinken wir etwas Rotwein aus der letzten dänischen 3-Ltr. Tetrapackung. Jörg geht bald zu Bett, ich warte noch, bis meine Wäsche durch ist, dann hänge ich alles in der Plicht zum Trocknen auf. Jetzt aber krieche ich ebenfalls in meine Koje.

29. 08. 2014

Ich habe wunderbar geschlafen. Jörg hat eine schlechte Nacht hinter sich. Um 07.00 Uhr fragt er, ob ich eine Tablette für ihn habe. Seine Backe ist angeschwollen und er redet wie mit einer dicken Zunge! Ich gebe ihm zwei von meinen starken Schmerztabletten. Danach schläft er noch mal bis gut 09.00 Uhr. Ein Zahn im Oberkiefer sieht nicht gut aus und ich rate ihm, heute noch zum Zahnarzt zu gehen, denn wir haben bald Wochenende. Ich suche ihm im Internet einen Zahnarzt in Lüdinghausen heraus. Jörg ruft dort an, schildert sein Problem und bekommt einen Notfalltermin in einer Stunde. Schon bald fährt er mit dem kleinen E-Velo nach Lüdinghausen.

Heute ist mein Waschtag, da wir noch einen Tag hier bleiben. Nur braucht meine Maschine zwei Stunden für eine 60°-Wäsche. Das ist etwas mühsam. Dazwischen gehe ich mit Fiiny auf eine Runde entlang dem Kanal. Jürgen, der Hafenmeister, ist auch schon unterwegs. Zwei Gastboote sind bereits wieder losgefahren, wir sind jetzt die einzigen Gäste am Steg. Ich sage Jürgen, dass wir gerne noch mal eine Nacht hier verbringen. Diese Leute sind alle sehr herzlich und freuen sich über Gästebesuch. Heute scheint die Sonne, zwischendurch ist es wieder bewölkt. Aber es regnet wenigstens nicht. Ich mache für Jürgen und mich einen Kaffee und wir *schnaken** eine Weile. Dann ruft uns die Arbeit wieder. Ich habe mir vorgenommen, heute mal die Plicht zu schrubben, was ich auch mache. Der Boden hatte es nötig! Um 13.00 Uhr kommt Jörg zurück. Er ist erleichtert und froh, dass er zum Zahnarzt gegangen ist. Unter einer alten Krone mit ehemaliger Wurzelbehandlung hat sich eine Entzündung gebildet mit Eiter. Das wäre genau übers Wochenende am schlimmsten geworden. Der Zahnarzt hat seitlich aufgeschnitten, den Eiter entfernt und gesäubert, Medikamente reingelegt und wieder zugemacht. Nun muss Jörg noch ein paar Tage Antibiotika nehmen, danach sollte es wieder gut sein.

Weil mir meine Langzeit-Medis leider ausgegangen sind, radle ich um 16.00 Uhr nach Lüdinghausen, um welche zu kaufen. In der Apotheke sagen sie, dass ich diese nur mit Rezept erhalte. Das aber liegt in meinem Ordner daheim. Die nette Dame gibt mir Voltaren mit, das sind allerdings eher schwache Tabletten. O. k., ich werde damit auch noch über die Runden kommen. Bald bin ich in der Heimat, da kann ich mir wieder Nachschub besorgen. Diesmal passe ich besser auf, was so am Boden liegt. Mein Knie

ist immer noch nicht abgeheilt. Solange es einen Veloweg hat, geht das wunderbar. Aber auf der Straße ist das zu gefährlich. Jedenfalls schaffe ich den Rückweg ohne Sturz. Nun ist es Zeit für ein Bierchen. Das trinken wir gemeinsam mit den Jachtclubleuten oben auf der Terrasse vom Clubhaus. Die Flasche Bier kostet nur 1 €! Zudem kommen wir immer wieder gerne mit den Einheimischen ins Gespräch. Am Samstag würden sie alle grillieren und gemütlich zusammensitzen. Wir sollen doch noch einen Tag länger bleiben, meinen sie. Eigentlich planten wir, morgen weiterzufahren. Wegen der 100-Jahr-Feier ist aber der Rhein-Herne-Kanal am Samstag gesperrt. Wir könnten den Wesel-Dattel-Kanal nehmen, müssten später jedoch rund 30 km gegen die Strömung des Rheins ankämpfen. Wir beschließen daher, einen weiteren Tag anzuhängen und mit den Clubmitgliedern am Samstagabend zu grillieren.
*schwatzen

30. 08. 2014

Ein trüber und regnerischer Tag erwartet uns heute. Es ist kühl und immer wieder regnet es ein paar Tropfen. Meine Wäsche trocknet schlecht. Wir heizen den Pelletofen ein und hängen die Wäsche im Salon auf. Jörg saugt alle Böden gründlich, ich rüste eine Schüssel Salat für heute Abend, die ich ins Clubhaus mitbringe. Wär das schön, wenn am Abend nochmals die Sonne kommt und wir auf der schönen Terrasse essen könnten! Fiiny wartet schon auf ihren Spaziergang. Sie liebt es, am Kanal entlang rennen zu können. Eigentlich müssten wir sie einmal gründlich schamponieren, denn sie riecht etwas streng. Jörg meint, das habe jetzt noch keinen Sinn, solange sie immer im Kanal badet. Naja, etwas angenehmer für meine Nase wäre das schon, vor allem, wenn sie auf dem Sofa neben mir liegt ...

Jetzt lässt sich aber der Regen ein – im Grillhaus wird bereits eingeheizt. Es ist überdacht und wer da drin sitzt, riecht selbst wie eine Grillwurst! Wir haben heute Lust auf einen Servelat und eine Bratwurst. Dazu habe ich Tomaten und Zucchini in Folie eingepackt, die auch auf den Grill kommen. Fiiny „*vergitzlet*"★ schon jetzt von den vielen Düften und kann kaum noch warten! Um 18.00 Uhr sind alle um den Grill versammelt. Dieser ist ein gedecktes rundes Häuschen. In der Mitte ist ein riesiger verstellbarer Grill und drum herum sitzen wir. Jeder legt sein Gemüse und seine Fleisch- und Wurstwaren drauf. Irgendeiner, er heißt Frank, wendet die Sachen mit einer Zange. Es wird geschwatzt, gelacht und auch derbe Sprüche fehlen nicht. Doch das gehört einfach dazu!

Wir essen unsere Tomaten, Zucchini und die Würste. Was aber diese Männer hier verschlingen – wir sind baff! Da ist Jörg ein Waisenknabe! Nach dem Essen werden uns Williams, Caipi-Drinks und Anderes kredenzt. Urplötzlich verschwinden die Frauen. Ich gehe auch und lasse die Männer unter sich ...

Es war eindrücklich, lustig und einfach toll! Herzlichen Dank euch allen für diese Gastfreundschaft! Ihr werdet nicht so schnell vergessen und wir kommen wieder. Also bis zum nächsten Mal!
★*hibbelig, ungeduldig*

31. 08. 2014

Wann Jörg in seine Koje gefallen ist, weiß ich nicht. Irgendwann gegen Morgen. Ich wecke ihn um 08.00 Uhr, denn wir wollen früh los heute. Wir fahren ohne Frühstück, nur mit einem Kaffee um 08.30 Uhr los. Es ist regnerisch und kühl. Leichte Nebel liegen über dem Kanal. Heute befahren wir den Rhein-Herne-Kanal und müssen einige Schleusen passieren. Vielleicht gibt es Stau nach dem gestrigen Zwangsstopp im Kanal. Mal sehen ...

Bei der ersten Schleuse müssen wir nicht lange warten und können mit einem anderen Sportboot zusammen durchschleusen. Bei den nächsten beiden Schleusen warten wir länger, bis zu einer Stunde. Dann können wir bei einem Frachter hinten anschließen und mit diesem zusammen schleusen. Wir haben viel Zeit verloren durch die Warterei. Zudem kommen wir nur langsam hinter dem Frachter voran. Überholen bringt nichts, da der Frachter sowieso Vorrang hätte. Also tuckern wir hinter dem Frachter her. Endlich, die letzte Schleuse, die in den Rhein führt. Hier haben wir Glück und können bei einem schnelleren Frachter ansaugen. Allerdings müssen wir kurz warten, bis die Schleuse frei wird, denn ein Frachter muss zuerst rausfahren. Wir haben an einem holländischen Frachter festgemacht und warten. Das Frachtschiff kommt aus der Schleuse genau auf uns zu! Immer näher und näher. „Was soll das!", ruft Jörg und gibt Signalzeichen. Sieht uns denn dieser Frachter nicht? Bald kracht es – Jörg ist es nicht mehr wohl und ruft mir zu, sofort loszumachen. Er startet durch und fährt wenige Meter vor dem Frachter weg. Uff, das war aber knapp! Doch der Frachter hat uns nur verarscht. Jetzt hat er aufgestoppt und macht ein Anlegemanöver. So ein Ar...! Wir fahren jetzt hinter dem schnelleren Frachtschiff in die Schleuse ein. Der Schreck sitzt uns noch in den Knochen und Jörg ist ziemlich durchgeschwitzt!

Heute ist eh nicht Jörgs Tag. Ich glaube, er hat gestern etwas zu viel Alkohol erwischt und ist heute entschuldigt. In der Schleuse vorher wollte der Schwimmpoller nicht mitfahren und Jörg geriet schon in Panik, doch nach einem Meter kam der Poller in Bewegung. Zudem macht ihm auch sein Zahn bzw. die Operationsstelle noch Schmerzen. Hoffentlich ist er morgen genießbarer ...

Im Rhein können wir endlich zufahren und trotz starker Strömung bei viel Wasser kommen wir mit knapp 12 km/h vorwärts. Edi und Doerte melden sich telefonisch. Sie sind in Düsseldorf und werden uns morgen im Hafen dort besuchen.

Im Holzhafen von Duisburg legen wir um 19.00 Uhr an. Leider sind alle Längsstege besetzt und der Hafenmeister ist nicht mehr vor Ort. Zum Glück wissen wir, wo es einen Schlüssel gibt, um wieder in den Hafen hineinzukommen. Wir haben nämlich telefonisch im Restaurant „Dreigiebelhaus" reserviert. Hier isst man vorzüglich und Preis/Leistung stimmen! Viel Zeit bleibt uns nicht, zuerst muss sich Fiiny noch versäubern, dann heißt es umziehen und los geht's. Wir sind in 10 Minuten im Restaurant. Wir beginnen mit einem Glas Pinot Grigio bzw. einem eiskalten trockenen Sherry (für mich). Ein Gruß aus der Küche (Kräuterquark und dunkles Nussbrot) nehmen uns den ersten „Gluscht". Als Vorspeise gibt es einen Blattsalat mit Balsamicosoße und frischen warmen Pfifferlingen mit Speckcroûtons. Mittlerweile haben wir auf Rotwein umgestellt, einen wunderbaren italienischen Abruzzenwein. Der Hauptgang ist bei Jörg Tortelloni mit Pfifferlingen an Kräuterrahmsoße und bei mir Zweierlei Filet mit Marktgemüse und neuen kleinen Bratkartöffelchen an einer Dijon-Senfsoße. Wirklich ein Gedicht! Zum Schluss einen Espresso mit einem Jubi Aquavit für Jörg und für mich einen Elsässer Williams (hat das Haus offeriert, weil wir schon als Stammgäste angesehen werden). Wir waren schon bei der Hinfahrt im Mai hier. Und wir werden nicht zum letzten Mal hier gegessen haben!

Zu Hause auf der „JOYA" kann ich wieder auf dem Sofa meine Füße zu Jörg rüberstrecken. Er massiert sie mir jeden Abend intensiv. Er hat schon gefragt, ob mein G-Punkt an den Füßen liege, weil ich diese Massagen sehr genieße. Für mich ist dies Entspannung pur, andere brauchen dafür ihren Weinschoppen zum Runterfahren.

Um 23.00 Uhr ist es Zeit für uns, ins Reich der Träume abzusteigen.

KAPITEL 6

01. 09. 2014

Der Holzhafen Duisburg liegt mitten in der Stadt und zu Fuß erreicht man in Kürze alle wichtigen Stationen. Man hört das Leben pulsieren, auch wenn man es vom etwas tieferliegenden Hafen nicht sieht. Dieser Hafen war früher ein wichtiger Handelshafen. Übrigens ist Duisburg mit seinen 21 Hafenbecken Europas größter Binnenhafen!

Wir haben nicht allzu gut geschlafen, vielleicht lag's daran, dass wir üppig und relativ spät gegessen haben? Um 08.00 Uhr gehe ich mit Fiiny Gassi. Ich muss nicht weit gehen, da bin ich schon im Grünen. Über dem Hafen liegt Nebel – ich kann den vorderen Teil nicht mehr sehen. Aber die Sonne drückt und bis Mittag wird der Nebel verflogen sein. Ich richte das Frühstück, schneide das krustige Bauernbrot auf und erstarre! Pfui Teufel! Das ist doch eine dicke gebackene Kakerlake! Die war wohl im Mehl schon drin. Das Brot habe ich in einem Supermarkt mit Bäckerei gekauft. Mir hat es den Glust auf Bauernbrot genommen – ich muss es entsorgen. Ich kann das nicht mehr essen. Zum Glück habe ich Knäckebrot in Reserve.

Mittlerweile ist es 10.00 Uhr und der Nebel lichtet sich langsam. Wir bezahlen beim Hafenmeister die Liegegebühr von 22,50 € und fragen ihn, wie es vorne auf dem Rhein mit der Sicht bestellt ist. Er ruft seine Kollegen von der Wasserschutzpolizei an und die meinen, es dauere eine Weile, bis die Sicht besser werde. Es wären noch einige dichte Nebelbänke da. Wir erkundigen uns auch wegen der Boote, die hier überwintern. Der Hafenmeister erklärt uns, dass sie vom weiter vorneliegenden Kraftwerk her immer eine warme Strömung hier im Hafen hätten. Daher gefriere es nie. Dies sei der ideale Ort zum Überwintern. Die Kosten dafür halten sich in Grenzen.

Um 11.00 Uhr fahren wir weiter, heute vermutlich bis Düsseldorf, wo Doerte und Edi schon auf uns warten. Im Rhein ist viel los – Frachter rauf und runter! Wir haben eine starke Strömung und sehr viel Wasser. Unsere Motoren stampfen kräftig und bringen uns mit gut 11 km/h voran. Wir überholen eine Stahl-Motorjacht, die gerade mal mit 5 km/h gegen die Strömung ankämpft. Die brauchen ja Stunden, bis die nur in Düsseldorf sind! Jetzt kommt auch die Sonne etwas durch und die Sicht ist gut. Jörg fährt steuerbordseits rheinaufwärts. Die Bunen reichen weit hinaus und er muss aufpassen, damit wir nicht auflaufen. Ich gehe in die Küche runter und knete den Teig fürs neue Brot. Nach einer Weile hält unsere „JOYA" abrupt an und vor uns sehe ich eine schwarze Wand. Ich eile sofort rauf zu Jörg. Er ist dermaßen erschrocken, weil er glaubte, der Frachter fahre direkt auf ihn zu. Jörg wollte nach Steuerbord ausweichen.

Da bemerkt er jedoch, dass es hier untief ist. Aber das Frachtschiff steht ohne Anker still in der Strömung! Ganz einfach, es sitzt fest, ist aufgelaufen. Die Mannschaft bewegt sich ziemlich hektisch da oben. Jörg umfährt es backbord. Weit hinten sehe ich schon das Polizeiboot heranbrausen. Wir aber fahren weiter und ich gehe wieder auf Fotomotivsuche. Im Moment ist die Industrie noch dominant und nicht sehr fotogen. Doch schon bald sieht man die Sandstrände am Rhein, die Villen und kleine Städte. Um 13.30 Uhr überholen wir die „MY Aurora", die 1 ½ Stunden vor uns den Duisburger Holzhafen verlassen hat. Jetzt ist das Messegelände von Düsseldorf auf unserer Backbordseite zu sehen. Im Moment ist da die große Wohnmobil- und Campingmesse. Jörg gibt nochmals Gas, um einen Frachter zu überholen. Bei km 743 kommt die Einfahrt in die Marina Düsseldorf am Zollhafen, direkt unter dem Fernsehturm. Wir bekommen einen ruhigen Platz in einer breiten Box, direkt am Längssteg. Jetzt scheint die Sonne. Ich lege schnell mein Brot in den Ofen, damit wir nachher noch ein wenig in die vor uns liegende Großstadt gehen können.

Mit Fiiny, Rucksack und Arztrezept begeben wir uns in die Stadt. Ich versuche nochmals in einer Apotheke die starken Voltaren zu bekommen. Wieder gibt es Probleme, obwohl ich das ärztliche Rezept dabei habe. Ich müsste zuerst zu einem deutschen Arzt, der mir dann ein Rezept ausstelle. So ein Quatsch! Die Apothekerin meint, die Schweiz sei nicht in der EU, darum sei dies so. Erst als ich ihr schlagfertig antworte, dass wir mit den bilateralen Verträgen und dem Schengener Abkommen mit der EU gleichgestellt seien, lenkt sie ein und gibt mir das Verlangte endlich. Dann kaufen wir noch frisches Gemüse für die Küche und Bier für Jörg ein. Es ist wieder sehr warm und wir setzen uns in eine Gartenlounge am Hafen. Herrlich – man sieht über den ganzen Hafen und zum Rhein hinüber. Ein flinker Kellner bringt uns sofort unsere Getränke: Bier für Jörg, Campari Orange für mich. Die Preise sind gesalzen! Wir legen satte 14 € für die beiden Getränke hin.

Die Häuser hier sind sehr speziell: Eines sieht aus wie aus Folie und nichts ist gerade, da ist das Hundertwasserhaus in Wien ein Klacks dagegen! Gleich daneben ein weiteres Gebäude, in Weiß gehalten, aber auch nichts im Winkel. Das sei moderne Kunst! Auf der anderen Seite des Hafens sind auch farbenfrohe Gebäude zu sehen. Alles eben top modern!

Edi und Doerte kommen ja heute Abend zu uns aufs Boot. Ich mache Spaghetti mit meinem legendären Hack/Tomatensugo. Dieser braucht aber seine Zeit und muss mindestens eine Stunde köcherln. Also nichts wie zurück zur „JOYA", wo ich sofort den Sugo zubereite. Ein kleiner Tipp: Schneidet mal ganz feine Streifen von Stangensellerie, auch von den Blättern, rein und kocht es so mit. Das gibt ein speziell feines Aroma! Kurz nach 17.30 Uhr ist unser Besuch da. Sie kommen direkt von der Messe und sind hungrig. Mit einer großen Schüssel Romanasalat wird der erste Hunger abgedeckt. Sie haben wie immer viel zu erzählen. Dann bin ich auch so weit und wir können essen. Zum Dessert gibt es rote Grütze aus Erdbeeren und Rhabarber mit Bourbonvanillesoße, was erfrischend ist. Um 21.00 Uhr brechen sie auf, da sie mit der OeV gekommen sind und noch eine Weile brauchen, bis sie wieder bei ihrem Wohnmobil am Messegelände sind. Nach dem Abwasch darf Fiiny nochmals in die Nacht hinaus, dann ist es auch für uns Zeit, schlafen zu gehen.

02. 09. 2014

Blauer Himmel, wärmende Sonne! Was will man mehr! Der Tag fängt gut an und wir freuen uns auf die Weiterfahrt bis zum Hafen Hitdorf, wo wir schon bei der Hinfahrt im April übernachtet haben. Um 10.00 Uhr fahren wir los, nachdem wir im Hafen 31 € bezahlen mussten für eine Nacht mit Strom. Düsseldorf war eindrücklich, vor allem das Hafengebiet. Als wir aus dem Hafen in den Rhein einbiegen, fahren bereits zwei lange Frachter bergwärts und ein anderer kommt talwärts mit ziemlicher Geschwindigkeit daher. Jörg hängt sich sogleich bei einem Frachter hinten an und so kommen wir gut vorwärts. Vorbei an den Düsseldorfer Vororten mit ihren vielen im Jugendstil erbauten Häusern, der Stadt Zoms mit ihrer mittelalterlichen Altstadt und der gut erhaltenen Stadtmauer mit ihren Türmen und Toren. Zoms wird auch als das Rheinische Rothenburg bezeichnet. Bemerkenswert sind der Rheinanleger, der Juddeturm und der Mühlenturm. In der Windmühle befindet sich im Innern das gut erhaltene hölzerne Mahlwerk. Später fahren wir vorbei an Monheim, Dormagen und bei Rheinkilometer 707 liegt die Einfahrt zum Sportboothafen Hitdorf-Leverkusen. Die Frachterkapitäne kennen das Fahrwasser so genau, dass sie stets wissen, wann sie wieder auf die Steuerbordseite wechseln müssen oder umgekehrt. Sie überholen sich gegenseitig und das sind nicht selten gewagte Manöver bei dem Verkehr, der um diese Zeit auf dem Rhein herrscht.

Wir erreichen den Hafen nach einer angenehmen, sonnigen, aber recht welligen Fahrt gegen 14.00 Uhr. Drei Paar helfende Männerhände empfangen uns und machen die „JOYA" sogleich fest. „Das is' aber ein Ding!", meint einer der Männer und staunt. Wir amüsieren uns immer köstlich … Fiiny wartet schon auf ihren Spaziergang.

Entlang dem Rhein steht ein schöner Park und sie kann hier rennen. Heute kann ich endlich alle Jeans waschen, denn erstens haben wir hier Wasser und Strom und zweitens können wir heute wieder kurze Hosen tragen. Wind hat es auch, dadurch trocknen die langen Hosen gut.

Wir gehen gemeinsam ins Dorf, wo Jörg in der alten Brauerei sein Bier trinkt. Ich kaufe gegenüber ein paar Sachen ein, die wir noch benötigen. Dann gehe auch ich ein Alsterwasser trinken. Das ist ein Radler. Es ist richtig warm geworden und wir sitzen im T-Shirt und kurzen Hosen im Garten der alten Brauerei. Fast wie im Sommer! Hoffentlich hält das schöne Wetter noch eine Weile an.

Zurück auf der „JOYA" überlege ich mir, was es heute zum Znacht gibt. Da wir kurz nach Ankunft hier die Reste von den Spaghetti aufgebraten und gegessen haben, brauchen wir nicht mehr viel. Für Jörg mache ich die zweite Hälfte der Crevetten aus dem Tiefkühler (endlich ist dieser begonnene Pack auch leer) und jedem zwei Frühlingsrollen, noch von Schweden. Das sind aber reine Kabisrollen mit einem „Mü" Gehacktes drunter. Nichts Besonderes, aber man kann sie essen. Dafür koche ich morgen wieder etwas Gutes (damit meine ich Fleisch). Trotzdem meinte ein Clubmitglied im Vorbeigehen, es rieche so wunderbar aus meiner Küche, da kriege man gleich Hunger.

Nach einem herrlichen Sonnenuntergang gehen wir rein und schauen Nachrichten. Mir schaukelt der Boden unter den Füßen immer noch, obwohl wir hier total ruhig liegen. Ich gehe duschen, dann haue ich mich in die Koje. Jörg muss noch etwas abschalten.

03. 09. 2014

Wir werden um 08.00 Uhr durch lautes Helikopter-Geknatter aufgeweckt. Direkt vor uns, am Ufer des Rhein, landet ein Polizeihelikopter. Links von uns, am Feldweg zum Rhein, stehen diverse Polizeiautos, ein Panzerfahrzeug, ein Krankenwagen und eine Taucherequipe, die sich gerade bereit macht. Zudem steht ein Leichenzelt neben einem der Fahrzeuge der Spurensicherung. Mensch, was ist denn hier los? Ist jemand ertrunken? Ich stehe auf unserer „JOYA" und fotografiere, was das Zeug hält. Die WSP (Wasserschutzpolizei) steht im Rhein bereit und regelt den Verkehr, da einige Frachter mit ziemlichem Tempo rheinabwärts fahren. Mindestens 30 Uniformierte stehen herum, die Taucher lassen ihr Schlauchboot zu Wasser und die Heli-Piloten stehen vor dem Fahrzeug und warten. Aber ich sehe keine Hektik und keine Aktionen einer Rettung. Dann muss es wohl eine Hauptübung oder dergleichen sein. Später landet ein zweiter Helikopter und danach noch ein wuchtiger Militärhelikopter. Auf dem Rhein sind einige Taucher im Wasser, andere fahren mit ihrem Schlauchboot herum. Dann geht der Polizeihelikopter in die Luft und fliegt sehr tief über dem Wasser, dass es auf beiden Seiten die Gischt hochwirbelt. Ich sehe, wie vom Helikopter aus versucht wird, eine Person aus dem Wasser zu bergen, doch es gelingt nicht. Neuer Anflug, neuer Versuch. So geht das eine Weile. Die Polizeifotografin macht fleißig Aufnahmen. Vielleicht braucht die Polizei neue Flyer? Egal, ich habe genug gesehen und habe jetzt Hunger! Jörg hat zwischenzeitlich in der nahen Bäckerei frische Brötchen geholt und Fiiny Gassi geführt. Ich bereite die schon zur Gewohnheit gewordenen 3-Minuten-Eier zu, lasse Kaffee raus und decke den Tisch. Trotz Rotorenlärm genießen wir unser heutiges Frühstück.

Um 10.30 Uhr legen wir ab, denn wir haben einige Rheinkilometer aufwärts und gegen die Strömung zu fahren. Das braucht viel mehr Zeit bei dem Hochwasser! Wieder hängt sich Jörg hinten an einen Frachter und wir fahren so mit wenig Diesel und guten 9–10 km/h rheinaufwärts. Es wird warm im Steuerhaus und schon bald können wir unsere Fleecejacken ausziehen.

Wir fahren vorbei an Leverkusen, den Vororten von Köln mit den Industrien, den schwimmenden Bootshäusern und Restaurants. In Köln selbst wird am Kölner Dom wieder mal renoviert und die Kranen und Gerüste verschandeln das Bild vom Dom. Gerade noch vor Kurzem haben wir „Kölner Lichter" im Fernsehen geschaut, jetzt fahren wir genau da durch und denken daran, wie es sein könnte! In Köln-Porz-Zündorf sind zahlreiche historische Gebäude zu sehen, Fachwerkhäuser, die Pfarrkirche St.Michael und der Turmhof aus dem 14. Jh. In Köln-Sürth sind die dicht beieinanderstehenden, meist aus dem mittleren 19. Jh. stammenden Backsteinbauten zu sehen. Der turmbewehrte Mönchshof und seine weiten Grünflächen bilden zusammen mit der Pfarrkirche St. Remigius und der Parklandschaft des ehemaligen Friedhofes ein Ensemble von seltener städtebaulicher Qualität. Wesseling, die zwischen Köln und Bonn gelegene Industriestadt besitzt den größten Umschlaghafen für Braunkohle und Erdöl am Rhein. Wahrzeichen von Wesseling ist die Pfarrkirche St. Germanus aus dem 10. Jh.

Nun kommen wieder diverse Altarme des Rheins, die kleinere Häfen für Sportboote beherbergen. Wir erreichen unser heutiges Ziel Mondorf gegen 15.30 Uhr ohne Probleme. Der Hafen liegt auch in einem Seitenarm, umgeben von Wald und dem nahen Städtchen Mondorf. Wir finden eine Liegestelle am Kopfsteg, ideal für mich und unseren Vierbeiner zum Aus- und Einsteigen. Wir zahlen hier 1 € p/M Boot. Strom nimmt man vom Automaten am Steg, das Kw für 50 Cent. Wasser ist frei. Die Anlage ist abgeschlossen und gesichert. Ein total ruhiger und idyllischer Hafen. Rund um den Hafen hat es eine Parkanlage, die durch den Wald zum Rheinufer führt und sogar behindertengerechte Wege hat.

Wir richten uns für die Nacht gemütlich ein, ich genehmige mir einen Campari Orange. Nach dem Bier von Jörg gehen wir mit Fiiny auf Erkundungstour. Wir treffen eine Frau mit einem fast gleichen Labi an namens Nilla. Tönt fast wie Vanilla, unsere erste Labradorhündin, die wir auch ab und zu Nilla gerufen haben. Die beiden Hunde spielen eine Weile miteinander, dann trennen sich unsere Wege wieder. Es ist jetzt 19.00 Uhr und wir genießen die letzten Sonnenstrahlen, die genau in den Hafen einfallen. Dann beginne ich das Nachtessen zu kochen:

Spätzli (ausnahmsweise nicht selber gemacht), Brokkoligemüse aus dem Steamer, Nierstückplätzli gebraten aus der Pfanne, vorgängig Tomatensalat mit Mozzarella an Balsamicoessig und Olivenöl.

Rülps … es war so gut! Wir haben alles leer gegessen und dazu unseren roten Tischwein getrunken. Ich schreibe nun noch den heutigen Eintrag fertig und dann möchte ich wieder einmal einen Krimi im Fernsehen anschauen.

04. 09. 2014

Fiiny bellt wie gestört um 07.00 Uhr – „Hey, was ist denn los?" rufe ich und gehe nachsehen. Ach ja, hätte ich mir ja eigentlich denken können – es sind die Schwäne, die majestätisch an unserem Boot vorbeischwimmen. Unsere Hündin muss diese immer noch anbellen, obwohl sie längst weiß, dass Schwäne und Enten auf dem Wasser dazu gehören. Über dem Rhein liegt eine dichte Nebelwand und der Himmel ist mit grauen Wolken total verhangen. Schlafen kann ich jetzt nicht mehr. Ich ziehe mich schnell an – Jörg schläft noch – und gehe auf leisen Sohlen samt Hund vom Schiff und in den naheliegenden Wald. Fiiny versäubert sich frühmorgens immer sehr rasch und nach einem kleinen Rundgang gehen wir zur „JOYA" zurück. Im Hafen ist noch kein Mensch auf den Beinen, es ist totenstill. Auch kein Vogelgezwitscher, kein Entengeschnatter, einfach nichts! Da ich mich jetzt nicht duschen kann, ohne Jörg zu wecken, verschiebe ich das eben auf später. Aber einen starken Kaffee brauche ich!

Nach dem gemeinsamen Frühstück gehen wir mit Fiiny rund um die Insel herum. Dann legen wir gegen 10.00 Uhr ab. Wir haben Sonne und können gleich bei einem Frachter anhängen. So fahren wir lange Zeit und kommen gut vorwärts. Wir lassen die Vororte von Bonn an uns vorbeiziehen, ebenso die Stadt selbst. Wunderschöne Herrenhäuser im Schlösslistil sind direkt an den Rhein im bekannten Kurort Bad Godesberg, das seit 1969 zu Bonn gehört, gebaut worden. Hier waren auch die meisten Botschaften angesiedelt, als Bonn noch Bundeshauptstadt war. Der ganze Hügelzug, den man hier sehen kann, ist das Siebengebirge.

Die Rheinpromenade von Königswinter auf unserer Backbordseite ist 5 km lang. Königswinter mit seinen vielen Ortsteilen reicht bis ins Siebengebirge und ins Oberpleiser Hügelland. Am sagenumwobenen Drachenfels beginnen die Weinberge. Eine Zahnradbahn, erbaut 1883, führt auf Schloss Drachenburg. Oben steht ein Restaurant mit einem sehenswerten Weitblick. Ferner kann man von hier aus auf einem schönen Wanderweg zum Petersberg, zum Ölberg und der Löwenburg gelangen. In der malerischen

Altstadt von Königswinter sind die barocken und klassizistischen Bürgerhauser ein Blickfang. Immer am 1. Mai-Samstag feiert man hier „Rhein in Flammen" und ab dem 1. Oktober-Wochenende finden überall die Winzerfeste statt. Ich hoffe, dass wir auch noch in den Genuss solcher Feste kommen werden.

Um 14.30 Uhr erreichen wir unseren heutigen Liegeplatz, den Hafen Brohl. Nichts Schönes, doch nur zum Übernachten geht es. Bis Koblenz wären es nochmals drei Stunden, was uns heute einfach zu lang wäre. Wir bezahlen hier auch einen Euro pro Meter Boot, es ist sehr laut von Straße und Eisenbahn. Nachdem wir unser Schiff vertäut haben, gehen wir mit Fiiny am Rhein entlang. Hier kann sie wieder nach Herzenslust rennen. Bei einem Biergarten machen wir kurz Rast und trinken wie immer etwas Hopfensaft. Jörg kommt mit den Einheimischen ins Gespräch und will nicht mehr aufhören. Also lasse ich ihn bleiben und geh mit Fiiny zum Boot zurück. Ich muss ja noch meine Berichte verfassen, zudem habe ich heute brutales Rückenweh. Ich muss mich zuerst eine halbe Stunde hinlegen und den Rücken entlasten. Schlägt eventuell das Wetter um? Nach einer guten Stunde kommt Jörg beschwingt „heim" und findet, er habe viel Interessantes erfahren. Einer habe erzählt, die Leute hier hätten ein starkes Ausländerproblem. Kosovo Albaner würden jedes leerstehende Haus aufkaufen, umbauen und Landsleute hereinbringen. Brohl bestehe bereits aus 70 % Ausländern. In Remagen seien es die Türken und in Bad Ems die Russen. Letztere seien durch die Zarenzeit dort angesiedelt worden und heute sei Bad Ems fest in russischer Hand.

Ob man das alles glauben kann?

Draußen beginnt es zu nieseln und es wird neblig. Doch ein Wetterumschlag! Jörg telefoniert mit dem Tankhersteller, der in Remagen beheimatet ist. Wir haben von ihm bis heute keine Antwort auf unser Mail wegen der Späne im Tank erhalten. Jörg erklärt der Sekretärin den Sachverhalt und wünscht, dass sich der Chef bei uns meldet, da wir nun „Nägel mit Köpfen" machen. Nach einer guten Stunde meldet sich der Chef tatsächlich. Ja, er komme morgen nach 08.00 Uhr zu uns, dann könnten wir alles besprechen.

Ich überlege mir, was ich heute zum Znacht machen könnte. Ich habe vor ein paar Tagen einen Block Raclettekäse eingekauft. Heute weihen wir das 2-er Raclette-Oefeli von Matthias und Nathalie ein. Beigemüse habe ich genug und die Kartoffeln reichen auch. Nur der Weißwein geht langsam aus. Aber morgen sind wir ja wieder an der Mosel, da gibt es Nachschub. Das kleine Oefeli hat viel Power und wir essen gemütlich in der Plicht Raclette. Der Hafenmeister, der mit seinem Boot gleich 10 m entfernt liegt, fragt, was das denn sei. Ein Ofen zum Käseschmelzen? Das habe er noch nie gesehen. Nach dem Abwasch brauche ich einen Zerreißer (Schnaps) – der Käse liegt mir schwer im Magen. Ich genehmige mir einen „Willi" und schon geht es mir wieder besser. Aber eine Nussecke mag ich nicht mehr zum Kaffee. Jörg schlägt dafür zu. Nach den Nachrichten verschwinde ich in meiner Koje.

05. 09. 2014

Um 07.00 Uhr treiben mich meine Rückenschmerzen aus dem Bett. Ich habe miserabel geschlafen. Es war auch laut von der Straße her. Bewegung tut jetzt gut und ich gehe mit Fiiny auf eine Runde. Dichter Nebel liegt über dem Wasser. Einige Frachter liegen noch vor Anker, andere fahren bereits rheinaufwärts. Nieselregen dringt durch die grauen Wolken. Was für ein trister Morgen! Der Spaziergang hat mir gut getan und ich wecke um 08.00 Uhr Jörg. Der Chef der Kunststofffirma, der unsere Tanks gefertigt hat, steht um 08.30 Uhr vor dem verschlossenen Hafentor. Jörg geht ihm öffnen. Herr A. staunt zuerst mal über die „JOYA". Dann kommt Jörg zur Sache und zeigt ihm die Fotos der verstopften Vorfilter und des Herausgrübelns der Späne. Herr A. weiß nicht mehr, was er sagen soll. Er meint schließlich, kleine Späne gebe es immer mal, aber das habe er bis jetzt nie gehabt. Auch keine solchen Rückmeldungen anderer Kunden. Er sei nicht abgeneigt, uns entgegenzukommen, aber er wolle dies zuerst mit seiner Frau besprechen. Soweit gut, dann sagt Jörg, dass wir noch Kunststoffleisten benötigen für die französischen Kanäle quasi als Schürleisten. Sie nehmen die Masse auf und Herr A. ist sehr beflissen, uns diese so bald wie möglich, spätestens morgen, nach Winningen an die Mosel zu bringen. Ja, wir schauen dann morgen, wie wir das abrechnen werden.

Um 09.45 Uhr legen wir die Leinen los. Die Sonne drückt durch den Nebel. Diesmal haben wir kein Frachtschiff, an welches wir uns anhängen können. Im Nebel liegt die Insel Hammerstein, die wir backbordseits an uns vorüberziehen lassen. Die Sicht ist nicht sehr gut und für Fotos ist es zu diesig. Schade, denn nun kommen die Burgen und Ruinen links und rechts des Rheins. In Leutesdorf sieht man die bekannte Marienburg. Eingangs Andernach steht ein alter historischer Kran in Rundbauweise direkt am Ufer. Vorbei geht's an Neuwied, Weissenthurm, Urmitz. In Urmitz setzte Julius Cäsar im Jahre 55 v. Chr. erstmals über den Rhein. Engers, ein Stadtteil von Neuwied, gilt als älteste römische Siedlung des rechten Rheinufers. Reste der Stadtbefestigung aus dem 15 Jh. wie der Römerturm sind heute noch zu besichtigen. Interessant sind auch das alte Rathaus, der graue Turm mit Zollstation, der Stadtturm auf dem Friedhof und die Pestkapelle von 1662. Am Ufer des Rheins steht zudem das barocke prunkreiche Schloss Engers. Der zweigeschossige Festsaal ist einer der kostbarsten Rokoko-Innenräume des rheinfränkischen Barocks.

Schon bald ist Koblenz in Sicht. Mittlerweile strahlt die Sonne, die Nebel sind verflogen und es wird ein heißer Tag, ja nochmals ein Sommertag. Am Dreiländereck tummeln sich viele Touristen. Die Ausflugsschiffe und Rheinfahrtenschiffe, die entweder die Mosel hochfahren oder den Rhein hinunterfahren bis nach Holland stehen bereit. Wir aber steuern auf die Koblenzerschleuse zu. Sie ermöglicht uns die Einfahrt in die Mosel.

Im Jachthafen von Winningen endet unser Sommertörn und wir können jedem Bootseigner nur empfehlen, diese abenteuerliche Reise mit über 4.500 gefahrenen Kilometern einmal selber nach Schweden zu machen. Wir hatten Glück mit dem Jahrhundertsommer 2014. Nicht immer ist es so schön und warm wie dieses Jahr.

(Quellen: aus Wikipedia, Prospekten, Reiseführer Südschweden)

Die Autorin

Die Autorin Verena Schwarzer-Zaugg wurde 1953 in der Schweiz (Schaffhausen) geboren. Nach der kaufmännischen Lehre und einem Englandaufenthalt wechselte sie in den Polizeidienst (Kripo), wo sie ihren Mann kennenlernte. Nach elf Jahren Polizeitätigkeit quittierte sie den Dienst um sich ganz der Erziehung ihrer beiden Töchter zu widmen. Im Jahr 2000 gelang ihr der Wiedereinstieg ins Berufsleben im Sozialversicherungsbereich. Krankheitsbedingt gab Schwarzer-Zaugg 2011 diese Tätigkeit auf. Zusammen mit ihrem Mann fand sie im Reisen und Schreiben wieder eine sinnvolle Beschäftigung.

Der Verlag

> *Wer aufhört
> besser zu werden,
> hat aufgehört
> gut zu sein!*

Basierend auf diesem Motto ist es dem novum Verlag ein Anliegen neue Manuskripte aufzuspüren, zu veröffentlichen und deren Autoren langfristig zu fördern. Mittlerweile gilt der 1997 gegründete und mehrfach prämierte Verlag als Spezialist für Neuautoren in Deutschland, Österreich und der Schweiz.

Für jedes neue Manuskript wird innerhalb weniger Wochen eine kostenfreie, unverbindliche Lektorats-Prüfung erstellt.

Weitere Informationen zum Verlag und seinen Büchern finden Sie im Internet unter:

www.novumverlag.com